大鱼
有爱的
青春
陪伴者

小花阅读

比个心心甜甜你

Bige Xinxin Tiantianni

清酒 著

QINGJIU WORKS

花山文艺出版社

河北·石家庄

图书在版编目（CIP）数据

比个心心甜甜你 / 清酒著. —石家庄：花山文艺出版社，2019.11

ISBN 978-7-5511-4862-7

Ⅰ. ①比… Ⅱ. ①清… Ⅲ. ①长篇小说—中国—当代Ⅳ. ①I247.5

中国版本图书馆CIP数据核字(2019)第169300号

书　　名：比个心心甜甜你
著　　者：清　酒

统筹策划：张采鑫
特约编辑：蒋彩霞
责任编辑：董　舸
美术编辑：胡彤亮
责任校对：齐　欣
装帧设计：蔡　璨　西　楼
封面绘制：imiko喵君
出版发行：花山文艺出版社（邮政编码：050061）
（河北省石家庄市友谊北大街330号）
销售热线：0311-88643221/29/35/26
传　　真：0311-88643225
印　　刷：湖南凌宇纸品有限公司
经　　销：新华书店
开　　本：880×1230　1/32
印　　张：9
字　　数：207千字
版　　次：2019年11月第1版
2019年11月第1次印刷
书　　号：ISBN 978-7-5511-4862-7
定　　价：35.80元

目录

Contents

Chapter 01 / 粉墨登场麻烦精 001

Chapter 02 / 仗义出手为哪般 020

Chapter 03 / 吃货的人生哲学 042

Chapter 04 / 最坑不过猪队友 060

Chapter 05 / 突如其来的邂逅 081

Chapter 06 / 喜欢的他喜欢她 096

Chapter 07 / 秋天是造作的季节 116

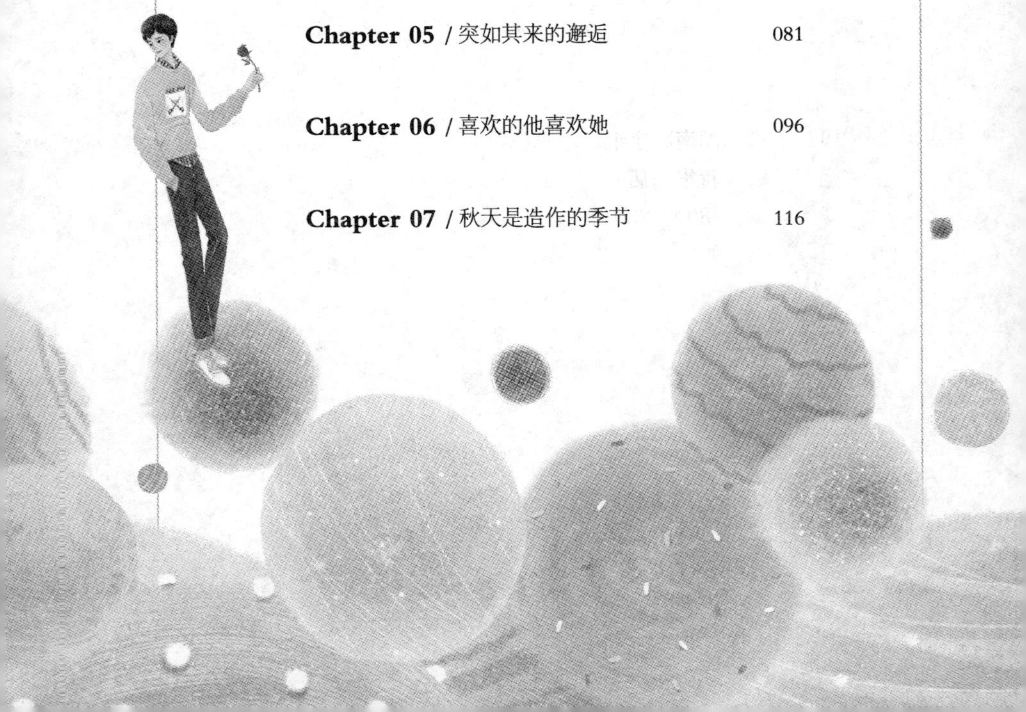

目录

Contents

Chapter 08 / 跌宕起伏的人生 137

Chapter 09 / 来啊！搞事啊！ 166

Chapter 10 / 浅喜似苍狗，深爱如抽风 190

Chapter 11 / 论醉酒的重要性 215

Chapter 12/ 对你图谋已久 233

Chapter 13/ 朝暮与共 266

番　外 275

Chapter
01

粉墨登场麻烦精

“老师！老师！有人受伤了！”

周末，安静的S大被突如其来的喧闹声打破，几个挂了彩的男生大呼小叫地冲进校医院寻找着值班的校医老师，后面还跟着个被人强行搀扶导致走路一瘸一拐的高挑女生。游棠瞥一眼小腿上已经渐渐凝住血的伤口，无奈地重申：“我没事，我真的没事！”

“怎么会没事！你瞧瞧，流了这么多血！”搀着她的女孩子苍白着脸，纤瘦的身体不住地颤抖着，看起来比游棠还像个伤员。即便如此，她也还是坚定地“搀”着时刻想掉头就走的游棠向校医院的方向移动。

没伤筋没动骨的，不过是被划了一刀破了点皮流了些血，在游棠看来还真不是什么大问题，毕竟曾经在中东时，她愣是拖着自己骨折的伤腿冲出了轰炸区。不过，游棠瞄着女孩子已然红了的眼眶，聪明地选择闭上了嘴。

唉，新同学太热情了！

看着已近在眼前的校医院，游棠无奈叹息。算了，来都来了，顺便看看好了，就当是提前踩点。

从小磕磕碰碰长大的游棠是医院的常客，以至于凡是见到和医院沾边的地方，都会产生一种莫名的亲切感，她相信，她和医院多年的谜之缘分不会在大学被打破。

想到这儿，她来了几分兴致，反拉着搀了她一路的女孩连蹦带跳地上了几层矮阶，站在校医院的玻璃门口好奇地向里望去。午时阳光正好，婆娑的树影里洒下金黄的光斑，在透明玻璃的折射中交错溢彩，游棠眯起眼，被这份绚烂光影晃得什么都看不清。

同行的女孩就没有游棠的这份闲情逸致了，她看着生龙活虎视腿上伤口于无物的游棠，只觉得三观都在刷新。

这这这……这真的是个女生吗？

女孩抖着手，一时不知该说什么好，好在突如其来的声音将她拉出了这个困境："快进来，有个学长说可以帮你处理伤口！"

玻璃门从里拉开，一个男生朝站在门口的游棠招招手，正是方才跑在前面找医生的几人中的一个，也是唯一没有挂彩的一个。他不好意思地笑了笑，搔搔头引着游棠往里走，一边走一边小声说着情况："刚才南门附近发生了一起车祸，值班老师都赶过去了，只留了一个校医老师的助手在，是医学院的学长……"

在男生的絮絮叨叨中，十来步的距离转瞬即逝，游棠默默揉着耳朵，进了已经塞了不少人的屋子，眼中映入个穿着白大褂的背影。肩宽腿长，笔直挺拔，光看身材倒是十分有料。悄悄地腹诽完，她摸着下巴准备多看两眼好饱饱眼福。

听到门口响起的脚步声，叶屿不慌不忙地给“排排坐”的一溜学弟擦完紫药水，这才放下托盘转过身，想要看看他们口中的“女英雄”是何方神圣。只是这一转身，门里门外的两个人不约而同地愣住了。

“哟，真是人生何处不相逢啊！”

游棠眨眨眼，率先从晃神状态中脱离出来，伸手撑着门框偏头懒散一笑：“别来无恙啊，叶屿。”

“是，好久不见。”叶屿双手插进衣兜，轻扬起嘴角展露出一抹意外又欣喜的笑意。只是目光转到她腿上的血口子，他按了按眉心，眼中划过一抹忧色，心中升起一阵无奈，“先过来处理下伤口。”

游棠脚下不动，从身后捞出个娇小女孩来：“我觉得现在她更需要医生。”此刻这个女孩就像一棵随风飘摇的小草，正颤颤巍巍地打着摆子，看得游棠好生同情。可怜见的，这就吓着了？所以说啊，丰富的人生经历还是很重要的，教育要从娃娃抓起！

叶屿的动作一顿，从小习惯了大大咧咧的游棠，乍一看到与之截然不同的画风，还真不怎么适应。看着明显是被惊到的女孩，他斟酌半晌才开口道：“她这种情况……应该去和楼上的心理老师聊聊。”

闻言，女孩的脸色更白了。游棠伸出手拍拍女孩的肩，正要出言安慰，话到嘴边却卡了壳，忽然迟疑起来：“那个……你叫什么名字来着？”

女孩的表情有些破碎，游棠的脸色有些尴尬：“我不是故意的，我……”

“她只是严重脸盲。”旁边一道沉静的声音插了进来，截断了游棠的吞吞吐吐。叶屿看一眼游棠，向女孩温和地笑了笑解释道，“她从小就这样，总是分不清新同学的模样。”

一阵难言的沉默过后，女孩的表情恢复了几分，带着善意伸出一只手道：“我们重新认识一下吧，我叫白茵茵。”

“我叫游棠！”

游棠一把捞住白茵茵的手上下左右直摇晃，因叶屿的话淡下去的神色又如先前一样飞扬：“你放心，这次我记住了，绝对不会忘的！”

“好、好……”白茵茵被游棠的大力一摇，顿时一个踉跄，默默抽回手，“我还是去找心理老师聊聊吧……”

表面上像是一场久别重逢，但诸人却感受到了其下的波涛汹涌，白茵茵就像个引子，在叶屿与游棠的奇怪氛围中，屋里其余人也找着理由接二连三跑了出去，不多时就溜得干干净净。

“没义气！”游棠看着比兔子跑得还快的一帮男生撇了撇嘴，转身坐在空出来的排椅上，跷着腿在银色的托盘里找消毒水，一边找一边哼着满大街都在播放的流行音乐的调调。那没有一个音肯老实待在自己原位上、活像是重新进行了编曲还是最折磨人耳朵的小调就像一把无形的锯子，争先恐后地涌入叶屿的耳郭，试图蔓延至他的大脑好锯断他的神经。

当然，神经磨炼得比钢铁还结实的叶屿是不会被这点小问题打败的，他只是翘起嘴角笑了笑，露出了久违的神色。

“那有义气的女英雄又去哪里伸张正义了？”他走过来递出一瓶紫药水，“我们这么熟，就不用重新认识了吧？”

游棠扭过头给他一个后脑勺，用行动充分传达着“我们不熟”的信息。叶屿耸耸肩在游棠身旁坐下，伸出一只手，手中的紫药水已经换成了酒精：“好吧，那重新认识一下，我叫叶屿。不过你就不必介绍自己了，我和你熟。”

把她受伤的右腿直接搭在自己膝上，叶屿麻利地卷起她的裤脚，轻柔又快速地给她处理伤口。

就像以前一样。

“生气了？”叶屿手上动作不停，偏头望了望游棠。

游棠正靠在椅背上，目光在室内漫无目的地逡巡，闻言抿了抿唇，把目光投递到叶屿身上，定定地瞧着他不说话。叶屿也不追问，一笑换了话题。

“听说你现在包扎极好，我本来还想见识一下。”

“林阿姨告诉你的？”这次游棠略略沉默后，倒是回答了，“什么好不好的，就是速度快了点，外形还是和以前一样丑。”

“在T国，速度每快一分，就能多救一个人。”

游棠没有反驳。T国不是中东地区最混乱的地方，却是最危险的地方，不时有战争和暴动发生，当真一分一秒都是生命。她跟着身为战地医生的妈妈，对此的认识更是直观，她也靠着这手极快的包扎术帮了不少人。

血污在棉签的擦拭下一点点变得干净，露出柔韧素白的肌肤，也露出一道细细浅浅的疤痕，那疤痕蜿蜒附在小腿正中的位置上，像一条拉链连接起了左右两部分。叶屿伸出手摸了摸那道凸起，抿了抿唇轻声问道：“你的腿……”

“骨折了，才好没多久。”游棠抻了抻伤腿，“去的第一年年底伤的，那天吃坏了东西拉肚子，本来动作就慢，还要逞英雄去救人，结果就被倒塌的房子埋了半截，挖出来的时候腿就已经断了。”

阿依莎带着活泼笑容的稚嫩小脸浮现在眼前，想起那个总跟着自己的小尾巴，游棠弯了弯眼，觉得一条能恢复的腿换一条活生生的生命真是太值得了。

她说得轻描淡写，甚至眉眼弯弯都是笑意，但叶屿却能想象出当时有多危险，重逢的喜悦已消失无踪，心中犹如装进了大石，沉甸甸压得他飞扬的笑容再也维持不住。两人相顾无言，游棠也收了笑，注视着叶屿线条依旧的侧脸出神，心中却翻江倒海，起起伏伏都是这两年来越发难挨泛滥成灾的思念与喜欢。

“叶屿……这两年你去了哪里？”心里藏了许多的问题，她终于问起了那年夏末的不告而别，犹如卸下了背负已久的重担，游棠整个人都透出几分释然来。她坐起身，背脊挺得笔直，落在叶屿身上的目光灼灼。

终于问出来了。

游棠不是个能藏住话的人，事实上，原以为一见面就会抛出来的问题被拖到现在才讲，已经足以让叶屿惊讶了。看来这两年，成长的并不是他一个。他流畅的动作终于卡住，微蹙起眉，唇翕动着，想说什么又欲言又止，最终他归于沉默，探手取过纱布给游棠的伤口缠裹。

看出了他的逃避，游棠垂下眼睫遮住了眼中满眶的失望，只觉得眼前的人有点陌生，失落和茫然掀起的浪潮似要将她淹没。明明还是那个人，可她就是能感觉到有什么不一样了。

夏蝉固执地在九月微凉的风中继续鸣叫，用自己的语言送来不知名的诗篇。白色的窗纱轻摇曼舞，在空中划出圆润的曲线，间或洒下的斑驳光影，是过往的十数载的剪影，仿佛一霎回到熟悉到让人心惊的从前，小小的她揉着惺忪的睡眼，等叶屿来喊她一起上学……

十一岁的游棠被忙碌的父母送到了爷爷奶奶家照顾。

大清早，隔壁就传来一阵喧闹。林静出去转了一圈又回来，笑眯眯地朝儿子招手："小屿啊，隔壁游爷爷家的小妹妹来了，你要不要去和妹妹玩？"

同样十一岁的叶屿摆弄着手中刚拼好的飞机模型，头也不抬地拒绝："我不要。"

"为什么呢？妹妹很可爱啊。"林静不解，想到游家小姑娘乖巧的样子，她在早慧儿子身上快消磨殆尽的母爱又要泛滥了。

好想有个这样的小女儿啊！林静不由得发出羡慕的感叹声。

可爱？

叶屿想起了大院里同样被母亲夸过可爱的李家妹妹和王家妹妹。如果他母亲对"可爱"的定义一如往常，那这个"游家妹妹"不是个泪包子，就是个告状精，总之和"可爱"二字是沾不上什么边的。

本着多一事不如少一事的原则，他抱着模型向房间走去，留下了望穿秋水的母亲。而林静看着走得干脆利落的儿子摇了摇头，还是忍不住眼馋隔壁香香软软的小姑娘，打开门再一次出去了。

和煦的风从打开的窗格子拂过，带来清新空气的同时也带来了热闹的气息。游家长子的小家庭一直在外为社会奉献光与热，大院家中长年只有一双父母在，两个老人家都是喜欢清静的性子，少有如现在一般热闹的时候。叶屿走过去关窗，发现隔壁与他房间相对的那间屋子已经不知何时换了布置，那铺天盖地的粉红粉蓝粉紫粉白看得他眉梢一跳，连忙从窗前走开。当然，现在的叶屿还不知道，这间让他有些接受不能的屋子将会住进他心心念念的姑娘。

虽然关上了窗子，但丝丝缕缕的声音还是锲而不舍地钻了进来，叶屿索性带着他的飞机模型下楼，在院子中找了个安静的地方试飞。

好巧不巧地，模型卡在了树上，任小小的叶屿怎么蹦跳都够不到，他只好耐着性子在原地等待，希望有人经过时好帮他拿下来。只是他却忘了，安静的前提就是人烟稀少。苦等无果的叶屿对着没有人影的院子，索性决定爬上树去取。

刚爬上枝丫将模型取下，院中小径的那一头就出现了个小小的身影，叶屿望着那逐渐接近的陌生小姑娘，不动声色地将自己藏好在树上。

受大院的几个娇滴滴动辄搅得天翻地覆的小姑娘的影响，以至于现在叶屿看到年龄相仿的小女孩，心中升起的第一个念头就是麻烦。没有人喜欢自找麻烦，叶屿和所有人一样，对自己所定义的麻烦都是避之不及的，自然是不希望被这个小姑娘发现。他紧盯着“不速之客”，看着那慢吞吞一团挪了过来又向着来时的反方向而去，他不由得舒了口气。

不，他放松得还是太早了——那小小的一团即将走出叶屿藏身的树荫时，突然“呀”的一声，回头瞧着一处地方不动了。软软糯糯的声音带着一丝讶异，却让叶屿的神经一下子绷紧，他眼睁睁地看着小团子重新返回树下，弯腰从茵茵绿草中捡起个亮晶晶的东西。

他的扣子！

摸着领口的线头，不知何时掉了扣子的叶屿懊悔不已。塑料的透明纽扣在阳光的照射下发出绚丽夺目的光芒，小团子凑在眼前看了看，又四下观望着，似是不知草丛中怎的有个孤零零的扣子。看着她的动作，叶屿轻轻屏住了自己的呼吸，抱着树干的手紧了紧。

他的反应过度了。须知道过犹不及，人越是紧张，就越容易在关键的时候坏事，叶屿就是如此。以往总对电视剧里各种意外暴露嗤之以鼻，可当他自己在紧张之下扳下一块树皮发出声音之后，他整个人都僵硬了，只想变成一片树叶与周围融为一体。

“你怎么在树上？”

小团子循声抬起头，就看到头顶的树杈上坐了个小男孩。那仰起的一张脸粉嫩嫩的，两只澄澈的眼睛闪着好奇的光，滴溜溜地绕着叶屿直打转。被这目光一盯，一句话从叶屿的口中脱口而出：“看风景！”

小团子“哦”一声，摊开肉嘟嘟的小手，露出刚捡到的扣子：“这是你的吗？”

叶屿瞅着那让他功亏一篑的扣子，虽然不情愿，但还是点了点头。小团子便咧开嘴笑了：“我捡到了你的扣子，你下来呀，我把扣子还给你。”

然而叶屿坐得稳当，丝毫没有动弹的意思：“你把扣子放在地上就行了，一会儿我自己取。”

闻言，小团子收回手，却没有如叶屿所说的将扣子放在地上，而是带着几分羞怯，用胖乎乎的手指搔了搔脸颊，笑得阳光灿烂：“那个……我叫游棠，你叫什么呀？我能不能和你一起玩？”

原来这就是游爷爷家的小孙女，这么看着，倒真是比之前那些娇气包乖巧可爱多了，妈妈的眼光有进步啊。如此想着，叶屿收回了略带审视的目光，松开了自己紧绷的神经，但还是没有下来的打算，也不准备说出自己的名字，只淡淡道：“我现在不想下去，你先去找别人玩吧。”

“可是……我找不到其他人啊……”游棠比了比两根食指，有点小委屈。她在院子里转了这么久，一个小朋友都没碰到，刚发现的这个又冷冰冰的，一看就不是能一起玩耍的小伙伴，虽然他很好看，让人忍不住想要爬上树跟他坐在一起……

爬上树……游棠先是一愣，旋即眼睛一亮，双手击在一起发出脆响，连语调都扬了起来：“你不想下来，那我上去找你啊！”她一向是“山不来就我，我就来就山”，此时更是行随心动，脑中才冒出念头，人就摩拳擦掌着准备将爬树付诸行动了。

观望着她的动作，叶屿连忙出声阻拦：“等等……你、你别上来……”

“你是怕我摔着吗？”游棠偏头看了看他，笑出一口大白牙，“你看起来冷冰冰的，人倒是蛮好的。你放心，我爬树爬得可好了，不会摔到自己的。”

谁怕你摔到，我只是不想让你上来。叶屿在心中吐槽连连。他的心理活动游棠当然不会知道，此刻小姑娘已经做好了准备，一个助跑就攀住了树枝，以和圆嘟嘟的身体极不相符的敏捷翻了上去，等叶屿反应过来，身边已是多了个人。

还真是爬得蛮好的，最起码比他利索多了……

叶屿难得无言。得，人都上来了，他还能怎么办？余光瞥一眼身旁坐得端端正正的人，他往一边挪了挪，当真看起了风景。

过了片刻——

“你看什么看！”叶屿低吼道，耳根子有些泛热，整个人都不自在了。原因无他，旁边有个人一直盯着自己看，任谁都会觉得不自然。

“看你呀。”显然，看人的人并没有这个自觉，游棠捧着脸，歪头看着叶屿，回答得一本正经，“你这么好看，不多看看多浪费啊！”她倒是想一起看风景，可她实在不知道，一片树林子有什么好看的？

“不准看！”叶屿把头扭到一边。想到游棠那亮晶晶的眼睛，他就一阵气结。

“为什么？”游棠很纳闷，“你看你的风景，我不会打扰到你的。”

她脑中灵光一闪，回忆起了爸爸曾经念给妈妈的一首诗，觉得很应眼前的景，便活学活用地搬了出来，还即兴进行了改编，奶声奶气道：“你坐在树上看风景，看风景的人坐在旁边看你……”

她卡了壳，苦恼地抓抓脑袋苦思冥想，却是怎么也想不起来后面的两句。虽然被改得不伦不类，但拜顶好的理解能力所赐，叶屿还是与看过的原诗对上了号。热度从耳朵扩散，他的脸“噌”地就烧红了。

所以，他是被一个比他还小的小姑娘给……调戏了？

这一刹的感觉不亚于天崩地裂，叶屿一时间僵住，只觉得全身血液源源不断地往脸上冲。而游棠注意到他的异样后，立刻像发现了新大陆一样，饶有兴致地伸出一只小胖手戳了戳他的脸颊：“哎呀！你的脸好红啊！”

“你！”叶屿抖着手指着游棠，口中再蹦不出第二个字。他悲哀地发现，如此关键的时候他词穷了。

“我？”游棠反手也指了指自己，疑惑又无辜地问，“我怎么啦？”

面对翻脸变呆萌的小丫头，叶屿只觉得心好累，他把模型在怀中抱好，想要离开这个“是非之地”。

“你要干什么？”他刚攀着树站起来，一道阴魂不散的声音就追了上来，“你这样站着很危险的，快坐下来。”

“我要回家，你一个人慢慢玩儿吧。”叶屿硬邦邦道。

“别呀！”听他这么说，游棠急了，“我一个人好没意思的！你再待一会儿嘛。”刚找到的小伙伴要走，急得她的两弯小眉毛都耷拉了下来，“你是不是生气了？那我……那我不看你了。”

叶屿不为所动，依旧要走。游棠无法，伸手就紧紧抱住了叶屿的腿。

“松手！”叶屿使劲往外抽自己的腿。

“不松！”游棠使出了吃奶的劲。

“快松手！”

“不！”

“你……你！你无赖！”既要抱着模型，又要保持平衡，还要拼了命挣脱自己的腿，不知不觉中，叶屿就被一条树枝钩住了裤子。他心中拢上了一层不祥的预感，却暂时无暇他顾。

终于，在新一轮的“拉扯”过后，他的预感成功地照进现实。“哧”的一声轻响，两个人不约而同地停下动作，先四目相对，然后一起掉转视线望向了声音的来源。

“啊——”短暂的寂静过后，一声尖叫划破了这一方的安宁。游棠总算如叶屿所愿松开了手，将一双胖乎乎的手盖在了自己的眼睛上，连带着遮住了大半张脸。

“你喊什么喊！”叶屿黑着张脸，从树枝上用力拽下自己裤子被钩破的一部分。

“你流氓！妈妈说不能让男孩子看自己的屁屁，也不能看男孩子的屁屁！”

“……”

看着义正词严却从指缝中露出一双乌溜溜大眼睛的游棠，叶屿终于忍不住咆哮出声：“你才流氓！”

今天的老皇历上一定写着不宜外出。

历经千辛万苦终于踩在坚实地面上的叶屿如此想着，脸沉得简直能拧下一摊水来。瞥一眼跟着蹦下树的游棠，他从口中挤出几个字来：“麻烦精！”

亏他先前还觉得妈妈的眼光有进步，没承想这臭丫头不哭不闹的，折腾人的本事倒更胜一筹。他捂紧了自己裤子被剐开的地方，板着脸就要大踏步离开这里。

同一件事，叶屿的心情糟糕透了，游棠却未必。她颠颠地跑上前，朝着叶屿扮出个鬼脸，笑嘻嘻说出一句“海绵宝宝”，在叶屿的怒火还未喷涌而出的时候撒腿便跑，甩起小短腿风一般穿过小径，从叶屿的视野中消失不见。

那速度与长度严重不成正比的小短腿让叶屿愣了愣，随后才反应过来游棠说了什么，顿时脸又成了一块大红布，也不知是窘得还是气得——他今天穿的小内裤上印的，就是一整个海绵宝宝。

游棠一口气跑回家，正好在楼底下碰到隔壁的林阿姨。

“阿姨好！”

因着才见过，且很喜欢这位和气的阿姨，是以游棠对林静还有印象，当即停下脚步问好。

“棠棠找到小伙伴啦？”林静笑得温柔，弯下腰摸了摸游棠的头，满腔爱的泡泡又开始泛滥。哎呀，瞧瞧这乖巧的小模样，真是惹人爱啊！真想自己也有一件“小棉袄”啊！

“找到啦！”游棠点点头，脸上红扑扑的，眼睛笑成了一道弧，

“虽然他不太爱说话，人也冷冰冰的，脾气还有点怪，但我们还是玩儿得很开心！”

“棠棠真厉害！”林静一边夸着游棠，一边在心里嘀咕，听着怎么像她家那个一身毛病的臭小子呢？

“那棠棠的小伙伴叫什么名字啊？”为了印证自己的猜测，林静问道。

“我不知道。”游棠摇摇头。

“不知道？”林静讶异地重复了一遍。

“对呀，他没有告诉我。”游棠瘪了瘪嘴，但很快又高兴起来，“我叫他‘海绵宝宝’！因为他的‘小内内’上有一个海绵宝宝！”

小内内？

林静觉得自己跟不上游棠跳跃的思维了，同时又觉得哪里不对。她记得今天叶屿这个臭小子穿的就是海绵宝宝……

不会这么巧吧……

这样想着，视线里就多了一手抱着模型一手背在身后的自家儿子，正垂着头慢慢走近。走近了，她才发现叶屿哪里是背着手，分明是捂着豁了口的裤子。林静一下子就串起了整件事，连忙抿嘴强忍住笑，直到满身低气压的叶屿毫无察觉地即将从眼前走过，她才乐呵呵地唤道：“小屿！”

叶屿闻声抬头，就看到一大一小两张笑脸，其中小的那个还挥了挥手，冲他又喊了声“海绵宝宝”。

“妈……”他选择性忽视掉游棠，一丝一毫余光都不想分给她，目光都落在了林静身上。

“哎呀，脸色这么臭，我的小屿要不帅了！”

这话叶屿不知该如何接，索性选择沉默以对。倒是游棠仰头看看林静又看看叶屿，疑惑地问："海绵宝宝就是林阿姨家的小哥哥吗？"刚见面的时候，林阿姨告诉过她，她家里有个小哥哥。

"对啊。"捏捏游棠软乎乎的小脸，林静含笑道，"他和你同岁，只比你大了两个月，以后你们可以常在一起玩。"

"好啊好啊！"游棠拍着手笑了。

叶屿却一言不发转身就走，三两步进了楼洞。

"没礼貌的臭小子！"自家儿子不捧场，气得林静直跺脚，转而安慰游棠，"棠棠，他就是这个臭脾气，你可别生气。"

游棠摇了摇头，睁着水汪汪的大眼睛笑嘻嘻道："海绵宝宝不找我玩，我可以找海绵宝宝玩啊！他可好玩了，我喜欢和他玩！"

说着说着，她就跟着钻进楼洞，在叶屿家门外追上了叶屿："海绵宝宝，明天我再来找你玩！"

叶屿面无表情地睨她一眼，扭开门把手进门，"啪"的一声干脆利落地摔门落锁，留下游棠摸了摸自己的脑袋，笑眯眯地转身进了自己家。

第二天，在相对的小阳台上，两个人又见面了。

大清早的，叶屿就听到动静，过来看的时候发现自己阳台上多了张皱巴巴的纸，对面阳台上伸出截在空中挥舞的手臂。

经过一夜的缓冲，叶屿已经恢复了素日的平淡。他拉开门抱着手臂走到阳台上，对着那一蹦一跳露出的发顶凉凉道："你在干什么？"

"是你吗，海绵宝宝？"游棠蹦得更加起劲了，"我来还你扣子呀，昨天忘记了！你看看有没有一张纸？我包在纸里扔过去了。"

“扔？”叶屿反问。

“我够不到嘛。”游棠答得坦率。

叶屿瞅着半天连眼睛都露不出来的小矮子，觉得要求她用别的方法确实是为难她了。他环顾一圈，瞧见扣子早已从纸团中落下，一路骨碌碌滚到了阳台边缘的缝隙里，他走过去捡起，又顺手捞起那纸团，下意识地看了一眼，只见巴掌大的纸上歪歪扭扭地写了一句“还给海绵宝宝的扣子”。

真是什么时候都忘不了“海绵宝宝”这四个字。

按了按隐隐作痛的额角，叶屿决定要和这个“麻烦精”谈谈。他有一种预感，如果再不采取措施的话，这四个字一定会被游棠宣扬得尽人皆知。

“游棠。”他走近墙边严肃道。

“怎么了？”游棠总算想起了可以从屋中搬一把椅子垫在脚底下，此时她踩着椅子扒着墙，摇摇晃晃地探出大半个脑袋，和叶屿保持在同一个高度。

“不要再喊我海绵宝宝了！”

“那我应该喊你什么？你还没有告诉我你的名字。”

叶屿一愣，心里立即盘算起来。两害相权取其轻，转瞬他便有了决定：“我叫叶屿。”

“叶……屿？”游棠跟着重复了一遍。

“对，以后你直接喊我的名字，不许提海绵宝宝！”

“我记住啦！”游棠高兴地点点头，转而期盼地看着叶屿，“我们都知道了对方的名字，那我们是不是就成为好朋友了？”

我为什么要和麻烦当朋友？

叶屿在心里吐槽连连，面上却不露端倪，只拿眼睛定定地看着游棠。游棠把脑袋枕在臂弯里，侧头看着上方陌生的天空，丧气而又闷闷不乐道："我没有好朋友……"

叶屿一愣，半天才想起妈妈之前告诉他的事情：游家父母因为工作的原因经常要天南地北地跑，直到今年游爸爸光荣晋升维和战士要去驻留中东，而游妈妈作为战地医生也要跟去，这才不得不把游棠送回大院跟爷爷奶奶同住。

想来也是，整日东奔西跑的，哪里交得上好朋友？

眼看着一直神气活现的游棠突然低迷，原本想干脆利落拒绝的叶屿不知怎的就微微点了点头。游棠立即雀跃起来，眼角眉梢都填满了在叶屿看来"傻乎乎"的笑意。

他也勾起唇笑了。

就让你先开心开心吧……反正在接下来的很长一段时间里，你是见不到我了。

游棠再一次扑了空。

"阿姨，叶屿什么时候回来啊？"刚交到的好朋友转眼就不见了，小小的游棠很失落。她站在隔壁门前，仰着脸向温柔可亲的林阿姨询问叶屿的归期。

"棠棠乖，小屿去看爷爷奶奶了，很快就回来了。"

"他都走了快一个月了。"游棠扳着手指头，越数越委屈。说好的好朋友一起玩呢？

"这……"林静笑得有些尴尬。叶屿一向有主见，是以她还真的不知这小子什么时候回来。"应该就是这两天了。"看着游棠皱巴巴的小脸，她决定再打个电话催催叶屿。

“我知道了阿姨。”游棠礼貌地道谢后，垂着头下了楼梯。送她过来没两天，爸妈就去工作了，又不能闹身体不好喜欢清静的爷爷奶奶，唯一的好朋友又消失不见……游棠觉得天地有多大，她的孤独就有多大。

这种感觉在看到满院子一起玩游戏的小朋友时达到了顶峰。来了几天她才知道，大院里还有很多跟她年龄相仿的小朋友。最开始的时候，她也曾兴高采烈地想要加入，可是不知为什么，大家好像怕她似的。这种集体性的无声排斥很伤小游棠的心，渐渐地，她就不再尝试融入，只在一旁默默围观。

站在温暖的阳光下，游棠对着一片欢声笑语出神。许是孤独感爆棚的缘故，她再一次鼓起勇气走上前，想要加入欢乐的队伍。

出乎意料的是，这一次她得到了不同的回应。

被朋友们戏称为“小李子”的李啸是大院的孩子王，今年十二岁，整日里掐东惹西，真正是猫狗都嫌。他看着天天来旁观今天再一次想要加入的游棠，露出了一个隐秘的坏笑。

“你想和我们一起玩？”

游棠猛点头。

“我们可以让你加入，不过我们现在在玩‘摸瞎子’，你得当摸的那一个！”

已经被喜悦冲晕头脑的游棠毫不犹豫地答应了，很快，就有人将蒙眼的布条系在她的眼睛上。

视野一片漆黑，游棠伸出手摸索着，凭着先前的记忆开始挪动。

只是她不知道，在她眼睛被蒙上的一瞬间，周围的孩子们已经在小李子的一个眼神之下四散而走，偌大的游戏场地里，转眼只剩下了她孤零零的一个人。

甫一踏进大院的门，叶屿就看到几个打过照面的同龄人鬼鬼祟祟地蹲在树后，正指着一个方向捂嘴笑个不停。风从沙沙作响的树叶间穿过，顺路捎来了他们的只言片语：

“你们看她在那里绕圈子的样子！是不是笨手笨脚的？”

“不光是笨手笨脚的，人也笨！这么久了都没发现人都跑了！”

“这样才好玩嘛！发现得太早有什么意思。”

“快看快看！她撞到墙了！”

一看这架势，就知道又有倒霉蛋栽在这些唯恐天下不乱的惹祸精手里了。叶屿习以为常地收回视线，目不斜视地从一旁走过，满脑子惦记的都是组装新模型的事。他完全沉浸在自己的思考中，以至于在穿过园子时完全没有发现，一个蒙着眼的人正循着他的脚步声跌跌撞撞地靠近。

直到他被撞上，还被以一种“生怕他跑了”的架势紧紧抱住，叶屿这才从自己的小世界里脱离出来。

垂眼看着这个灰头土脸却似曾相识的身影，叶屿一挑眉头，觉得自己知道这个倒霉蛋是谁了。

Chapter 02

仗义出手为哪般

“抓到了！抓到了！”

完全不知自己遭遇了什么的游棠紧紧圈着手臂，兴奋得简直要跳起来，嚷嚷半天才记起扯掉布巾，想要看看自己抓住了谁。阳光落在脸上驱走了黑暗，她不适应地眯起眼，一张脸在视野里逐渐清晰。

这不是……

“叶屿？你回来啦？”

“海绵宝宝”这几个字险些脱口而出，游棠想起叶屿先前的叮嘱，硬生生把到嘴边的话转了个圈吞了回去。

叶屿扫一眼周围渐渐聚拢过来的小萝卜头们，不动声色地点点头。算这家伙识相，没有大嘴巴地嚷嚷出来。

呼，好险好险。

从叶屿眼中读出了隐藏的信息，游棠庆幸地拍拍胸口，哎，叶屿的眼神好凶啊！她环顾着周围的新玩伴，拉拉叶屿的袖子小声问道：“你要和我们一起玩吗？”

一起玩？一个人孤零零地站在那儿被一群人当乐子看热闹？叶屿自认没有这种闲情逸致，他用相当无语的目光瞅了瞅游棠，斩钉截铁地拒绝后视她央求的目光于无物，目不斜视地就要从人堆里穿过。

“为什么？”游棠锲而不舍，拔腿便追。

“不熟。”

“玩一玩就熟了嘛！”

游棠继续追，只是斜刺里突然出现的一个嬉皮笑脸的人拦住了她的去路：“他从来不跟我们玩的，你就别追了！”说罢，李啸的手就搭上了她的肩，把她往人堆里推去，“别管他了，我们继续。”

身后的安静渐被哄闹声取代，离开了些距离的叶屿脚步开始放缓，最终在走出园子前停下脚步回头看了眼仍然不明情况的游棠。眼见某人不出意外地又一次要被布巾蒙上眼，叶屿无奈了。之前不是挺机灵的？怎么现在就傻乎乎地任人捉弄呢？

“喂！游棠！”掂了掂手里的盒子，他突然扬起声喊，“跟我去玩新模型！”话出口，叶屿自己尚有些难以置信，他怎么就想着帮她脱离泥潭呢？他明明发过誓要远离这个麻烦精啊！

叶屿的嘴巴动了动，十分想收回自己泼出去的水，遗憾的是他没有这个机会了，刚才还站得稳稳当当的游棠犹如得到了召唤一般，眨眼就从人堆中钻了出来，露出的灿烂笑脸刺眼无比，扎伤了被搅局的李啸。李啸哼一声，心中对叶屿的不爽又增加了几分，却又拿远去的两人没法子，只得一跺脚粗声粗气地招呼小伙伴："不理他们，我们走！"

"小屿回来啦？呀，棠棠也来啦！"

来开门的林静惊喜地看着肩并肩的两个小萝卜头，连忙让开路让两人进来，边摸着游棠的小脑袋边对叶屿嗔怪道："你这孩子，回来也不提前打个招呼，我也好去接你啊！"

"妈，你从来没接过我。"叶屿换鞋进门，放下自己随身的小背包，毫不留情地戳穿自己"母上"的谎言。

"这个嘛……车站不就在院子外面？妈妈这是相信你！"林静打着哈哈，连忙转移话题，"你看你一声不吭就走了这么久，棠棠一个人多孤单？她还没交到其他好朋友呢！"

一个猛点头的应声虫游棠，再加上一个看热闹不嫌事大的"母上"，叶屿按住自己要撒丫子去跳广播体操的神经，露出一抹冷艳高贵的笑。

以为这样就可以问住他了吗？

怎么可能！

他托着手里的模型缓缓从游棠面前游弋而过，刚才还在和林静统一战线的游棠瞬间便忘了自己的初衷，目光一路飘移追了过去，活像是一只被食物牵住了视线的小仓鼠。

这丫头！见状，林静扶额无奈叹息，赶苍蝇似的对叶屿摆手："去去去，别在我眼前晃悠了，自己找地方玩去！"

叶屿发出一声得逞的轻笑转身向房间走去，不带走一片云彩却带走了一只"仓鼠"。

第一次进男孩子的房间，游棠很好奇，但很快她就无趣地撇了撇嘴，拉了凳子坐在叶屿的对面。原因无他，叶屿的屋子简直就是她房间的翻版嘛！不说物件长得像，就连摆放位置都差不多。

“咱们房间的布置好像啊！”游棠感叹道。这年头，听说过撞衫的，没想到连屋子布置都能撞。

叶屿已经把模型零件铺了一桌子：“因为游奶奶不知道该给你布置成什么样，所以借鉴了我的屋子，只是……”他顿了一顿，下意识想抬头望向对面，又赶紧制止了自己的冲动。他真的不知道，类似的物件只是挨个换了个颜色，组合起来的杀伤力却有这般大。

言未尽，意已至，游棠已经充分体会到了叶屿有限的六个小点点里表达出的无限嫌弃。哼！五十步笑百步！乌鸦笑猪黑！她气哼哼地做着心理建设，却把自己给逗笑了，嗯，这么说来他们半斤八两，该是谁也别笑话谁！

叶屿已经有些习惯游棠偶尔异于常人的反应，见怪不怪地摆弄手中初具雏形的模型，一双眉毛不知不觉拧了起来。嗯……接下来该拼哪里呢？

“这个啦！”举棋不定间，一只手拈着块零件利索地移了过来，正卡在他犯难的地方，“咔嗒”一声仿佛敲掉了叶屿的牙齿一样，让他“嘶”地倒吸口气，“噌”地站了起来。游棠及时缩回腿，完美避开了被误伤的命运。

“你干什么！”椅子倒地的咣当声里，叶屿的五脏六腑像被铁扇公主的芭蕉扇狠狠扇了几下似的，瞬间燃起了焦灼的火，竟不知是先瞪“罪魁祸首”的好还是赶紧检查模型。一瞬犹豫过后，心中天平排山倒海倾倒，终是模型占了上风，只是——

“咦？”

他将模型翻来覆去地看了又看，意外地没看出什么问题来。由游棠按进去的那一块零件与周围严丝合缝，明显是正确的选择。他舒展了眉宇，扶起椅子重新坐下：“你……会拼？”

一旁，游棠缩成一团，看起来好不弱小可怜又无助，要不是她眼睛里的狡黠犹未散去，叶屿就差点相信自己吓到她了。不过他也知道，自己方才的态度绝对算不上友好，所以在短暂的沉默后，他立即为自己的过激反应买单：“对不起，我刚才太激动了。”

“可吓死我了！”游棠瞬间暴露了真实面目，鸟一般扑腾过来，捂着胸口浮夸地大呼了一口气，“你刚才好凶，我还以为要被你按在地上摩擦了！”

真没看出来……

仿佛心中徘徊已久的洪荒之力找到了出口，她突然跳下椅子，抬起右手对着空气敬了个不甚标准的礼，气盖山河道：“不过——祖国的花朵和社会主义的接班人是不会被这点小小的困难所吓倒的！”

叶屿注视着她，额上滑下几条不可见的黑线。继“麻烦精”之后，他又发现了游棠新的属性：戏精潜力股。

这叫什么？人在家中坐，“朋友”天上来，顺带还附赠不知几何的随机属性？售后服务都没有这么好吧？还有一种挖掘宝藏的既视感是怎么回事？

如是想的叶屿沉默了。

最终叶屿邀请游棠一起组装模型。在一只手都能数清的有限接触里，虽然游棠画风清奇，但叶屿还是发现了她脑袋好使这一闪光点，至少在模型的限定里得到了上帝垂青，被强加了不少技能点。

有同一件事做沟通的桥梁，两人倒是融洽了不少，间或交谈些其他趣事，也算是增进了对彼此的了解。若将几次意见分歧导致两人互相嘲讽抛开的话，也算是其乐融融。唯一美中不足的一点是，眼看游棠驾着友谊的小船就要扬帆起航，叶屿却仍站在岸边观望，思考着未来这艘船沉没甚至是被自己亲手凿穿的可能性。

时间在表盘上哗啦啦地跑动着，像是在附和一般，楼下一群半大的孩子也咋呼着如脱缰的马呼啸跑过，嘻嘻哈哈的打闹声一路顺风而上，突破了双层玻璃的阻隔攀附上刚刚结束动手能力训练的两人耳朵。叶屿习以为常，眼皮子都没抬一下，继续收拾桌上的木屑和废弃物。游棠眼前却不知怎的晃悠出了叶屿闪亮登场时的情景，当时还未觉出什么，现在回想起来，真是哪儿哪儿都透出几分诡异来。

那么问题来了，敢问路……哦不，答案在何方？

伸到一半的懒腰也不继续了，游棠忽然便得出一个结论，当即三步并作两步地蹦跶到叶屿身边去求证："叶屿，你是不是和小李子有过节儿啊？"

叶屿正踮着脚把新鲜出炉的模型摆上橱柜，暂时无暇他顾，只随口问道："你这结论从哪里来的？"

"直觉！"

"直觉？你当自己是天线宝宝自带信号接收器可以听到来自宇宙的声音吗？"他啼笑皆非。

"你懂什么？这叫'结论本天成，妙手偶得之'。"游棠振振有词。

"看你说得这么有道理的样子，我差点儿就信了。"模型在橱柜上端端正正地摆好，叶屿双手环胸靠在橱柜上，总算腾出眼睛看向游棠，“不过你这直觉倒还算准。”

“怎么说？”游棠激动起来。

看她这么激动的样子，叶屿摸着下巴沉吟半晌，慢悠悠开口却不是让游棠期待的一番起承转合，而是一个反问抛还给了她：“嗯……这段时间你是不是被孤立了？”

游棠不明所以地点点头，用眼神催促着叶屿赶紧说。

叶屿又是一番沉吟后，深沉道：“这就对了。”

游棠脸上顶着问号，忍不住问道：“对了？什么对了？你们到底有什么过节儿啊？”

叶屿扬眉一笑：“你猜？”

游棠的脸一下子扭曲了。

偶尔皮一下的叶屿开心过后总算还记得给游棠解谜：“其实事情很简单，就是他单方面不待见我，连带着你也倒霉被孤立了。不过你也是傻，他们明摆着捉弄你，你还真自己跳进去。”

“我那是无聊才配合他们的好不好！倒是你，你干了什么他才不待见你？”

要是之前，游棠肯定是站在叶屿这一边的，可现在，她觉得自己要审视一下自己的想法了——毕竟这世上没有无缘无故的爱也没有无缘无故的恨，谁知道叶屿和李啸之间谁才是那个“单方面”，唱的又是独角还是双簧？

“那你可真是舍己为人，宁可牺牲自己也要娱乐大众啊。”叶屿目露讶异，“我就不一样了，我就没让他得逞过，所以他才不待见我。”

“只是这样吗？”游棠选择性忽略掉他前一句话，对后一句话表示质疑。

“那不然呢？”叶屿摊摊手，“非要我编出截狗血剧情你才满意吗？”

“我就是觉得没这么简单……”游棠嘟囔。

“唔，其实这件事有个后续的……李爷爷不知从哪儿听说了这件事，把李啸痛骂了一顿，他大概以为是我告的状吧。”

“那是你告的状吗？”游棠眼睛一眨不眨地盯着他。

叶屿勾起个高深莫测的笑：“告状？我才不做这种损人不利己的事，当然是有同种遭遇的其他人去告的，我就是随口一提，谁知道……啧啧，看来大家都积怨已久啊！”

游棠无语地瞅着身边一脸无辜的人，不由得感慨人世险恶。瞧瞧叶屿，不动一兵一卒，兵不血刃悄无声息地就把人阴了回去，真是……吾辈楷模值得学习啊！想到这里，她此道的任督二脉似有所松动，当即活学活用龇牙一笑：“你就不怕我告诉小李子？”

“怎么会？”叶屿眼神信任笑容怡然，“我们是朋友啊！”

游棠的千言万语生生被这六个字堵了回来，总算体会到了什么叫挖个坑自己跳。这一刻，她甚至有些同情李啸，不是己方疏于防范，实在是对手段数太高！

眼一闭一睁，一个暑假就吵吵嚷嚷地过去了。在这个暑假里，游棠摸熟了整个大院的同时也和李啸成了冤家对头，还成功让叶屿登上了与自己的塑料友谊小船。不过船上唯二的两名乘客都不知道的是，这艘小船一路摇摇晃晃驶向大海深处，在偏离目标星辰大海的同时也会在无形之中蜕变为爱情的巨轮。

每年的九月一日，都充斥着学生的狂补作业和老师的唉声叹气，明明只是普通得不能再普通的一天，只因为它自带的含义，便硬生生地有了一种仪式感，这个仪式是众人年少时几不可少的噩梦来源，是无数血泪的回忆，也是长达两月欢乐的终止键，虽然它的名字只是毫无韵味可言的三个字：开学日。

游棠大概是为数不多还在这天保持着极好心情的人了，她跟着自己和蔼的班主任走在前往六年级一班的路上，对置身的新学校满怀好奇。

等班主任简单介绍完她，游棠就站上讲台准备自我介绍，眼睛往乌压压的台下一扫，就从一堆辨不清的萝卜青菜里发现了两张熟面孔：坐得端正笔直的叶屿和拄着下巴转笔转得飞快的李啸。

嗯，这种情况，该说是巧还是不巧？

其实出现这种情况也不意外，游棠所转入的这所学校地理位置实在占优，和大院的距离之近简直可以忽略不计，是以大院的孩子们几乎一个不落地都在此扎堆了，若是课间在走廊兜上一圈，还能遇到更多熟面孔。

全班同学对笑容甜甜的新同学表示热烈欢迎，李啸敷衍地跟着拍了两下手掌，甚至连新同学的模样都没看就又投入转笔大业中去，心情跟着越转越快的笔一起飞扬起来。

他也是这个特殊日子里保持好心情的少数人之一了——在这个让人悲痛的暑假里，他遭遇了人生中第一场滑铁卢，这使得他无比期待开学。他后悔了，他不该去招惹游棠的，这丫头看起来和和气气、腼腼腆腆，怎么就这么记仇呢！整天变着法地跟他作对不说，还找来了叶屿那家伙帮忙！要知道叶屿虽然蔫坏蔫坏的，但一直都不怎么搭理他，现在却带着一肚子坏水来给游棠当后盾。他生在国旗下沐浴着阳光长大，哪里会是叶屿的对手？

不过好在开学了，他总算要摆脱这两人联手的折磨了，阔别江湖两月有余，他李啸又要回来了！

内心的小人一阵叉腰狂笑，李啸已经完全放飞了自己，直到他的耳朵捕捉到了一句话："大家好，我叫游棠……"

我叫游棠我叫游棠我叫游棠……

笔"啪嗒"一声从僵住的指间滑落。后面的话李啸已经听不见了，他的大脑自动和耳朵断开了连接，疲于应对着旋转跳跃盘旋上升的四个字。这个声音怎么这么耳熟？这个名字我好像在哪里听过？

他抬起头，正对上叶屿意味深长的笑容，顿时整个人都不好了。江湖险恶，人心难测，山高水阔，他还是就此别过吧……

如果故事在这里画上句号，那将不过是一个失足少年被迫学会重新做人，但李啸显然不甘心就此湮灭在江湖的传说里，为了捍卫大院一霸的地位，他决定带领自己一帮或真心或假意的小弟对叶屿游棠二人组宣战，虽然对方从未回应过。

这倒不是人数悬殊的问题，而是叶屿和游棠一致觉得，这样隔空喊话实在是太 low 了，他们丢不起这个人；不过被动挨打也不是两人的风格，在具体的行动方针上，两人从没含糊过——毕竟说啥不重要，重要的是行动！

就这样小打小闹了大半个学期，李啸终于等到了一个绝妙的机会准备干一票大的，他要让游棠记住这次"教训"，让她再也生不起跟他作对的念头！

事情是这样的：在一个惠风和畅的下午放课后，游棠第一次落单了——有着“邻居”“同班同学”和“好朋友”这三重身份加持，导致除了各回各家各找各妈之外，游棠和叶屿几乎是形影不离，让李啸咬牙切齿又无可奈何，直到今天机会突然降临。

“我看见班主任把叶屿叫去办公室了！”

李啸带着一帮小弟躲在拐角，指着树荫下一蹦一跳兔子似的游棠道：“今天就剩她一个了，我们得抓住机会好好教训教训她！”

“好！”旁边立刻有人应声，不过转瞬又搔了搔头，迟疑着问，“不过啸哥……怎么个教训法？打一架？”

“这……”李啸也搔了搔头，回头环顾着身边七八个大院弟兄，讷讷道，“打女孩子不太好吧……”他只想着出一口心中郁气便罢，也没真想着把人小姑娘怎么着，更遑论己方这么多人，排排站在游棠面前什么都不做都可以说成以多欺少恃强凌弱了。最重要的是，在他眼里游棠只能算是个帮凶，真正的罪魁祸首还是叶屿。

没道理放过大鱼使劲欺负小鱼啊！他们丢不起这个人！

“那……咱们就散了？”为难之下，有人试探道。

“不行！”李啸想都不想地拒绝。难得天上掉馅饼，就算接不住整个，难道还抓不住个边边角角？弃之不顾是不是太暴殄天物了？

这也不行那也不行，一帮半大小子齐声叹息：姑娘家真是难办啊！

眼看正主都要迈进大院的门了，这边的“墙根会议”还没倒出个子丑寅卯来，尚未修炼出耐性的“天降馅饼”组齐刷刷地按捺不住了，一个个开始躁动，直到李啸大手一挥做出决定：“兄弟们给我压阵，我先去探探敌人虚实！”

“嘁！”众人皆嗤，对李啸表示鄙视。明明就是无计可施了，还非要美其名曰探虚实！人与人之间能不能多点真诚？

对此，李啸丢出一个白眼，大踏步追了过去，其他人见状也连忙跟上，一行人从挤挤挨挨的墙角出来，集体转移到了大院。

等一帮看客到齐，李啸与游棠已经“剑拔弩张”地对峙上了。只见李啸勾着嘴角压着音调，冲游棠极有社会大哥范地一笑：“游棠，可逮到你了！”

“李啸？”这个人很眼熟，十分眼熟，非常眼熟，跟整天与自己别苗头的人长了张一模一样的脸，只是那同往日大相径庭的风格委实让游棠愣住，好半晌，她才不确定道，“你要是生病了就赶紧回家躺着，这样怪吓人的。”

说罢转身就走，换李啸愣愣地看着她的背影。不是……这这这！这剧情发展不对啊！这丫头不应该被他的气势所折服，痛心疾首地反省自己以往的作为，然后在他宽宏大量地表示原谅后加入他的阵营，从此与他冰释前嫌皆大欢喜吗？

释放的善意被无视得彻底，受到了打击的李啸头脑一热，转身拦在了游棠身前，一边撸袖子一边喊口号似的大喝一声：“游棠，今天我非要好好教训你！”

游棠总算反应过来了。合着这家伙是来挑事的？叶屿不在，她觉得自己更要捍卫住两人的面子，于是配合地撸袖子，更大声地回应：“要打架？来啊！”

那就打呗。

别的不说，在一帮小弟围观的情况下，这面子是万万不能丢的。不过他打定了主意不动真格的，姑娘家胆子小，吓一吓就够了。

纯粹是为了面子之争的两人就这样摆开了阵势。被逼上梁山的李啸就很郁闷了，明明是他占据主动来着，怎么现在成被迫应战了？这姑娘什么时候把节奏带偏的？

思考着怎样放水才不明显的李啸硬着头皮冲了上去。周围不明真相的吃瓜群众震惊了——刚才还在说和女孩子打架不好，结果现在就要亲身上阵了？

“真香”！

吐槽归吐槽，眼见事情发展像雪崩一样走向不可控制的方向，立刻就有机灵的撒腿去找能控制局面的家长。只是刚迈开腿，一声人体落地的闷响就传了过来，听得众人眉头齐齐一跳。这声响……李啸下手太重了吧？

坏了，事情大发了，那丫头该哭了。

想法刚钻进脑海，果不其然就有哭声伴随着惨叫传来。

只是……声音好像不对啊？

众人机械地转头望向声音的来源，就看到李啸四仰八叉地倒在地上，正抹着猝不及防之下被摔出的生理泪水。

疼啊！

“身手很一般嘛。”游棠评价道，随即拍拍手没事人一样潇洒离去，留下一圈目瞪口呆的看客张大嘴吸溜着日益转凉的风。一只乌鸦“呱呱”叫着从蔚蓝天空飞过，投映在李啸的视野里，总算拉回了他被摔出窍的七魄三魂。他哎哟连天地支起身坐起，瞪着游棠的背影，突然攥起拳头砸向地面，声音透出满满的不可思议。

“失算了！

“这丫头，练过！”

“我回来啦！”

游棠脚步轻快地跑回家，像往常一样先钻进厨房在做饭的游奶奶脸上香了一口，又解了书包扑进沙发，一个打滚便窜到了另一头看晚报的游爷爷身旁。

“打架赢了很开心？”

游爷爷抖抖报纸，老花镜后一双眼睛饶有兴致地瞧向小孙女。

“啊？”游棠蒙了。爷爷是有千里眼还是有顺风耳？她那边才打完老人家就知道了……

似是猜到了她的所思所想，游爷爷悠悠一笑：“不光是我，整个大院都知道你的壮举了。”

这就是好事不出门，坏事传千里吗？

游棠捏着衣角，讷讷着不知该怎么回答：“爷爷，我……我……”

“我就是随口一问，瞧把你紧张的。”游爷爷看着游棠涨红的脸，顿时笑得不可自抑。他家的孙女啊，可真是个宝贝。“打架累了吧？让你奶奶给你晚饭加鸡腿。哎呀，不愧是我孙女，有我当年的风范！在部队里的时候他李老头可从没赢过我！”说着说着，竟是带出几分得意来了。

一边张罗着加餐一边对自己点头的爷爷让游棠内心有点崩溃，她以为就算不上思想教育课，也会来一场直击心灵的对话，万万没想到会是眼下这样轻松甚至还带着些……赞许的场景，直到自家奶奶出场：“好什么好！棠棠一个女孩子家，打架伤着了怎么办？”

气贯丹田，势若雷霆，游奶奶手里的铲子都没来得及放下就出来和游爷爷理论。

“咱们棠棠这不是打赢了？”游爷爷颇有些不以为然，“再说了，小孩子家家的，打打闹闹不是很正常嘛。”

“那要是没打赢呢？对方一帮小子可都在边上看着！”

这次游爷爷还没说话，游棠就抢答了：“奶奶，我能打赢的，爸爸教过我打拳呢！”

“打……拳？”

大家闺秀出身的游奶奶觉得自己有点晕。

“对啊，打拳！我打得可好了！”游棠认真点头，连带着比画了两下以示自己所言的真实性。

“游山这臭小子，教什么不好非要教棠棠打拳！”游山自然就是游棠那身处战乱地带发光发热的爸爸了。游奶奶捂了捂跳得有些快的心口，向游棠嗔怪道。

“打拳怎么了？”游爷爷不乐意了，“又能强身健体又能保护自己，哪里不好了？”

“怎么了？等棠棠打顺手，以后但凡遇事就挥拳的时候，你就知道了！”游奶奶一噎，登时没好气道。

“孩子间玩闹罢了，你也太夸张了。”游爷爷摇摇头，乐呵呵地把注意力转回游棠身上，“刚耍的两下倒是不错，什么时候全套打给爷爷看看？”

“好啊好啊！”游棠当即应和。爷孙俩齐齐笑弯了眼，看得游奶奶气不打一处来，索性眼不见心不烦，挥舞着铲子重新进了厨房。

“你奶奶这是担心你。”游爷爷向游棠挤挤眼睛悄声道，又扬起声音笑呵呵喊游奶奶，“哎，老婆子，别忘了咱们棠棠的鸡腿！”

“想都别想！”游奶奶汹汹地拒绝，厨房里传来一阵锅碗瓢盆剧烈碰撞的声音。

话虽如此，可在上桌吃饭的时候，还是多了一盘堆得满满的烧鸡腿。游棠抱了抱自己嘴硬心软的奶奶，把最大的鸡腿夹进了奶奶的碗里。

吃完了饭，游棠被赶去写作业。游爷爷帮游奶奶收拾完碗筷，盘着自己圆滑光润的核桃去找老朋友李啸的爷爷老李喝茶，刚到李家的大门外就听到老李扯着大嗓门训孙子。

抬手敲了敲门，游爷爷对来应门的李家爷爷呵呵一笑：“哟，训孙子哪？”

看热闹的语气一下子让李家爷爷刚降下去的火气呼啦啦又烧了起来，转过身对着李啸又是一通训：“这么大的人，整天惹是生非就算了，现在居然欺负上了女孩子，你丢不丢人！”

明明讲的是言语恐吓的副本，可为什么大家都说他干的是武力威胁的活计？

李啸已经被连番的语言迫击炮轰炸得无精打采、思维混乱了，讲真的，他都差点信了自己是一个不辨是非、无恶不作、欺凌弱小的人了。

可被吊打的明明是他啊！

李啸委屈，李啸心里苦，李啸要为自己正名！他终于忍不住发声反驳：“游棠才不是女孩子，哪有那么凶的女孩子！”

人爷爷还搁这儿杵着呢，你就敢说人孙女凶？李爷爷简直要被自己的蠢孙子气死了。

再说那边，要开始写作业了，游棠才一拍脑袋想起来，自己的作业本还在叶屿的书包里躺着，便捏了块橡皮扔过阳台去敲叶屿的窗。

橡皮落在窗上，“啪”的一声轻响，那边窗帘被拉开，不多时走出个人来。叶屿拿了游棠的作业本，又弯腰捡起橡皮一起递给趴在阳台上只露出个脑袋的游棠。

“你怎么知道我来要作业本？”游棠奇道，她还什么都没说呢。

“我还知道下午我不在的时候，你干了一件大事。”叶屿抱着手臂倚在阳台上，把游棠看了又看，怎么都和那个一下就把李啸给放倒的“游棠”联系不起来。

这丫头，藏得挺深啊。

“连你都知道了？”游棠咂舌。这种全世界都知道了的感觉是怎么回事？她不由得深深叹了口气，“我也没想到会这样，明明是他要来和我打架，结果才动手他就倒了，还害得我背锅……”

她都准备迎接来自社会的毒打了，可谁知李啸搞了这么一出，让她发自内心地忧伤了——人怕出名猪怕壮啊！

游棠一脸惆怅的模样引得叶屿发笑：“那不如我们找个时间较量一下？”

游棠耸耸肩，不置可否。

跟游棠的情况类似，叶屿也是跟着父亲学过的，两人你来我往地过招，倒也是旗鼓相当，只是不经意间被李啸看到，又是一波重击如冷雨一般劈头盖脸浇在他身上，真正是透心凉。

一直以为叶屿就是个辅助型的军师，结果人家也是个强力输出？

他到底有多想不开才一直招惹这俩人？回顾过往，他简直是在作死的路上一去不返。

在摸清对方的真正实力后，李啸当机立断悬崖勒马，决定就算不能把旧账一笔勾销，也要井水不犯河水才行。只是不幸的是，天并未如他所愿——在他琢磨具体方案的时候，一张附着游棠照片的“大字报”贴上了学校门口的宣传栏，其上内容简单来说，就是游棠是个没爹没妈跟着爷爷奶奶一起生活的可怜虫。虽然这张字迹和内容皆拙劣的纸被过路老师及时撕了下来，但还是化为一道流言悄无声息地吹遍了整个校园。

更糟糕的是，从其他大院孩子嘴中偶然流露出的一些信息，在有心人的拼凑之下，无形中便成了流言的佐证，以至于越传越玄逐渐走偏，各种各样离谱的言论也如雨后春笋一般争先恐后冒了出来，甚至有了谁接近游棠谁就会倒霉的说法。

小孩子总是天真而残忍的。善恶在他们的心中并没有明确的分界线，为了满足自己的好奇心，他们不惜以最大的恶意去揣测一个人。他们会毫不犹豫地刨根问底，不在意自己的行为是否会化为利刃伤及与自己同样的存在，而后又会在趋利避害的本能下抱团远遁，在观望中凝聚出更大的风暴。

游棠此时就身处风暴，只是好巧不巧在风暴眼中。她那与生俱来的粗疏为她织出了一道屏障，让她在晴朗灿烂的阳光下自得其乐，半点没感受到风雨欲来的沉重。

哦，不对，在风暴还未形成的开始，她还是有察觉到一些不对的——她好像被同学们疏远了？

当她带着疑问去找叶屿求证时，叶屿临场发挥，把锅全推到了李啸身上，让游棠以为又是李啸当初玩的孤立那套把戏。于是在对李啸一通鄙视过后，她开始对周围所有意味不明的目光和态度泰然处之视若无睹。只是苦了叶屿，既要替游棠挡下风言风语，又要在游棠面前不露端倪。

叶屿不似游棠，“大字报”还贴在宣传栏上的时候他就知道此事，只是他晚去了一步，并没有直接见到。在他还在犹豫要不要告诉游棠的时候，事情已经在人心的推动下发酵膨胀，直到不可收拾的地步，其中催生出的不少言论，让叶屿听了都心底发寒。这种情况下，他也只好全力拉走游棠的注意力，免得她听到恶意的中伤。

只希望这场风波能快些过去。

“你干什么去？”

叶屿轻轻吐出口郁气，从寒风中依旧青翠的草坪处收回目光，扣住了蠢蠢欲动起身想溜的同桌。为了降低意外，他甚至向老师提出申请与游棠成了同桌。

游棠的脸一下子垮了下来。能和叶屿成为同桌，她原本是很高兴的，可是没想到叶屿简直是只可远观的代名词——整天防贼似的盯她盯得死紧！日常三连“干什么？不行！不准去！”跟三座大山一样把她压制得死死的。最关键的是，叶屿这么做的原因居然是怕她出去为祸一方！说她太暴力了！

想起叶屿说这话时的神态语气，游棠就忍不住把一口好牙磨了又磨。她到底做了什么事让他叶屿产生了这么大的误解？嗯？果然是距离产生美吗？

要知道雷锋同志曾经说过一句名言：对待同志要像春天般温暖，对待敌人要像严冬一样残酷无情。可不知什么时候起，她就一直置身于料峭严寒之中，再也没有感受到来自叶屿同志的温暖。

天苍苍，野茫茫，叶屿最近不正常！游棠同学扁着嘴，伸手指向聚作一堆正叽叽喳喳聊天的一个小团体："我想和她们玩！"

叶屿偏头看过去，在游棠接触不到的方向刹那冷了目光，刀锋一般迎上那几抹意味复杂的窥探。其中蕴含的警告太过浓烈，小女生们一惊，连忙慌乱地收回自己自认为隐秘的心思。

他这才慢悠悠地转回脑袋，面向游棠的一瞬间又恢复了往日的状态，瞧着她淡淡道："快期末考试了，别总想着玩……作业写了吗？预习了吗？复习了吗？"

"写了写了，都写了！"

游棠终于按捺不住自己恼怒的小宇宙了，抱起一沓书本重重丢在叶屿面前，双手拍在桌上，"咣"的一声，镇得喧闹的课间都陡然寂静了下来。

"叶屿你讨不讨厌！我是犯人吗？你这么管着我！"

嘹亮的嗓音在教室里回荡，叶屿顶着各色目光神色如常，翻看着游棠的作业，挨个指出其中的错误："错别字、计算错误、单词拼写不对……"他抬起头，看着气鼓鼓的游棠平静道，"你大概不想因为考砸了被游奶奶整天追着念叨吧？"

"要你管！"

话虽如此，被精准踩中七寸的游棠还是板着脸坐了下来，把手里的书翻得哗啦响。叶屿露出一个几不可察的笑，越过她和对面的李啸对上了目光。

一直关注着两人动静的李啸苦了脸，揉着腮帮摆出副凶神恶煞的模样，摩拳擦掌向方才那几个流言中转站走了过去，准备好好和这些嘴巴比脑子快的人聊聊人生和理想。

有泰然自若的叶屿在侧，游棠就显得格外烦躁了，胡乱地翻了几页书，她“噌”地又站了起来，对目光探寻的叶屿硬邦邦道：“我出去一下！”

叶屿也不因她的语气着恼，笑了笑跟着站了起来：“我和你一起。”

“你确定？”游棠抬了抬下巴，微带挑衅地瞅向他，“我要去卫生间！”

“那你快去快回。”一瞬微窘过后，叶屿不动声色地坐下，低头看起了书。游棠瞄一眼他隐隐泛红的耳郭，扬起得意的笑容。

听着那匆匆远去的脚步声，叶屿无奈地摇了摇头，紧接着就发现书页上投下了一片剪影，他复抬起头，询问地望着不知何时来到自己桌旁的女生。

女生对上他的目光，无意识地揪了揪衣摆，期期艾艾地开口道：“叶屿……你和游棠关系很好吗？”

“怎么了？”叶屿微皱下眉，仔细打量一眼这个不甚相熟的女生，不答反问。

女生因他这一眼红了红脸，咬咬下唇再度开口时，紧张得有些磕巴起来：“你、你不知道吗？游棠……游棠是个——灾星！所有接近她的人都会倒霉的！”说着说着，她的语言倒是流畅起来，到最后甚至有些理直气壮，好似说出口的不是什么传言，而是确凿的结论。

“灾星？”

指间的笔漫不经心地敲打着桌面，溜出零散的音符，叶屿忽而轻笑出声，漫不经心道：“灾星？是天煞孤星转世还是扫把星下凡？我和她既是邻居又是同桌的，怕是沾了不少晦气……你不焚香祷告画符驱邪就过来，不怕撞霉运？”

双手按在桌上徐徐站起，他突然冷了脸色，睨着女生扯出个意味不明的笑，意有所指道：“要我说，那些编传造谣的人，才是真正的灾星……你觉得呢？”

女生惶然抬头，正撞进叶屿冷然的眼中，那一抹了然惊得她踉跄后退，连磕在桌角隐隐作痛的地方都顾不及，捂着脸就跑了。

这一幕又被李啸看到，吹着口哨向叶屿比出个“厉害”的手势。他一直觉得能打的才是最厉害的，可看着叶屿动动嘴皮子就能屈人之兵，却也莫名觉得痛快。叶屿瞥他一眼不作声，把目光拐向门口，面上闪过一抹忧色。

已经去了这么久，怎么还没回来？

该不会……出事了吧？

Chapter 03

吃货的人生哲学

不得不说，有时候人的直觉还是很靠谱的，只是叶屿猜中了开头，却没有猜中结果——此时的游棠正靠在隔间的板壁上，津津有味地听着自己的八卦。

对，津津有味——若不是地点场合不对，她肯定会花生瓜子小板凳摆齐活，然后一边听一边叫好。

隔壁的女生大概是个极度热爱八卦的人，用抑扬顿挫的声调和感情丰富的语言，凑齐了起承转合唱念做打情景相融虚实结合四件套，生生排出了一锅逻辑有序须尾俱全的大杂烩，她估摸着，流言最完整的版本就在这里了。

这样说吧，若非她就是游棠本人，她可能真的就信了。

游棠乐呵呵地托腮一笑，复又小小叹口气，为与流言严重不符的事实感到可惜。真要有这能耐，那她可算得上是人形自走究极大招了，随便往哪一站就是一场史诗级灾难，还不用整天和李啸过招拆招，光跟着他就有够受了。

果然是理想很丰满，现实很骨感哪！

一阵抽水声过后，隔壁门开了又关，说话声和脚步一起远去，见没有下文可听，游棠耸耸肩，推开门也走了出去。

“游棠！”爬上教学楼天台，叶屿望见那个背对着自己趴在围栏上的熟悉身影，停下了匆匆的脚步。他平复着略显急促的呼吸，重新迈开平稳的步伐，“你怎么跑这里来了？”

过了许久游棠都没回来，叶屿直觉出了岔子，丢下没写完的作业就出来寻找，在同班女生的口中得知游棠并不在卫生间后，他的心就是一沉。

千防万防，果然还是……没包住吗？

接下来就是匆匆寻找，还是李啸眼尖，遥遥发现天台上多了一个人影，而后叶屿来不及多想，拔腿便跑。瞅着他在逆光中逐渐变小，李啸一甩书包，踏着放学的铃声吊儿郎当地准备回家。

天台上，游棠并没有回头，而是向叶屿的方向摆了摆手，双肩小幅度抖动着，看起来就像是寒风中的小白菜，真真是弱小可怜又无助。

哭了？

最讨厌哭哭啼啼的叶屿皱紧了眉头，十分嫌弃九分头疼八分想要掉头就走，但安慰的腹稿还是不知怎的就开始成型，大概是她平日里的厚脸皮提高了他容忍度的阈值？他认命地按了按额角，扶着游棠的肩把人转了个圈，却在看到她的脸后愣住，然后吁口气笑了。

游棠脑补着自己的“倒霉”属性如何大发神威，正乐不可支的时候忽然听到叶屿的呼喊，还没等她憋住笑，就被带着转了个圈。努力把快要飞起的眉毛按回去，她摸摸鼻子，有些不好意思地觑向叶屿，却意外捕捉到他还未完全消退的担心。

噢——

一个音在游棠心里风驰电掣地拐出了九曲十八弯，她眨眨眼睛，悟了。就说嘛，流言都能出合集了，早该是沸沸扬扬满城风雨，她这个主人公居然一点风声都没听到，原来是有人替她挡了下来。

想想叶屿近来越发奇怪的举动，游棠整颗心都被暖融融地填满。原来被朋友关心是这种感觉，不同于家人无微不至的关怀，却是恰到好处的帮助和陪伴。

“好兄弟，谢了！”抓着叶屿的手使劲摇了摇，她吸吸鼻子，真诚地望向他的眼睛，“虽然你人冷嘴巴毒还总凶我，可对我是真的好！”

从未有过这种体验的游棠眼泪汪汪，被感动得一塌糊涂，脑筋不知怎的就向桃园结义搭了过去，当即决定叶屿就是她一辈子的兄弟了，还是铁的，哦，不，金刚石的那种！虽然许多年后的她很想把此时的自己狠狠敲醒就是了——姑娘你脑袋逗秀了吗？结什么义！兄什么弟！这种时候就该无以为报以身相许啊喂！

被放了两年鸽子的某人在某个时间节点上回忆起这件事，忍不住捶胸顿足，悔不当初。

“人冷嘴巴毒还总凶你？”叶屿瞧着游棠生机勃勃的小脸，把这几个明显是贬义的形容词放在口中咀嚼一遍。

她没事人的模样让叶屿放下心的同时也关注起了别的问题，比如："原来我在你眼里就是这样的形象？"

"这个嘛……口误！"游棠干笑。

叶屿睨她一眼："我看是真情流露吧。"

"怎么会？我这是故意说反话来烘托你高大的形象呢！"她当即声情并茂替自己洗白，"在我心里，你是电！你是光！你是唯一的神话！是我的 Super star！"

"那也不能掩盖我人冷嘴巴毒还总凶你的事实。"叶屿陈述道，转身向楼梯走去，"走吧，回家。"

这个梗过不去了是不？

游棠泪流满面，跺跺脚赶紧追上叶屿的步伐。

太阳仿佛也沾染了冬日独有的慵懒气息，早早便开始向西山飘移，从绵密的云中拉拽出一条火烧般的绚烂长裾，铺洒了半个天际。游棠坐在路旁甜品店的落地窗前，望着打旋儿飘落的梧桐枯叶，往嘴里又塞进一块蛋糕。

叶屿的目光落在她鼓鼓的腮帮子上，十分费解她对这种甜腻腻食物的喜爱。刚才走在路上，游棠表示自己的心灵受到了打击，需要甜食来抚慰一下，然后就拉着他一头钻进来大快朵颐。受没受到打击叶屿不知道，但他能肯定的是，游棠嘴馋了。

无言半晌，他把自己的那一块也推到了游棠面前，游棠的眼睛顿时亮晶晶的，盛满了笑。

"这下心情好多了！"她摸摸肚子喟叹道。

"你有心情不好的时候吗？"叶屿就纳闷了，"心情不好"这几个字和她有半毛钱关系吗？

“当然有！”游棠不满地横他一眼，瘪了瘪嘴，“刚才就可糟糕了。”

“哦？”叶屿不动声色地发出一个单音节，想要试探游棠到底知道了多少。游棠也果然不负他的期望，打开话匣子就哗啦啦倒个干净。

“你说我既不伤天害理又不欺男霸女，怎么就成谁沾谁倒霉的扫把星了？”她气息有些萎靡，蔫蔫地趴在玻璃桌上，沁凉的触感直达心底。她屈起手指敲击，发出一串沉闷的声音，就像她的心情一样。

偏偏这个时候，叶屿不能感同身受不说，还在“叭叭”放冷枪：“以后你干脆叫‘游·扫把星·棠’好了。”

瞧瞧这话说得多扎心，这朋友还能不能做了？

“你还说风凉话！”游棠扫来一眼，顿了顿问，“不过话说回来，你听到这传言的时候，心里就没有一点点动摇吗？”她拇指和食指间现出一点微不可察的缝隙，在叶屿面前晃了晃。

叶屿轻嗤一声，神色间颇有些不以为然，唇边施施然溢出一串字音：“富强民主文明和谐自由平等公正法治……”

游棠呆了一呆，反应过来后捶着桌就是一通大笑：“好想法！建国之后还不许成精呢！我就是扫把星本星也作不了妖啊！”她抹抹眼眶上笑出的泪，枕在臂上偏头看他，“你真会开解人，现在我剩下的烦闷也烟消云散啦！”

“你可别多想，我是怕你哭天抢地伤了我的耳朵，才勉为其难逗逗你罢了。”叶屿写了满脸的嫌弃，好像真的如他所说是游棠想多了一样。

“是是是！”对着这么一个口是心非还嘴硬不认账的人，游棠也是无奈了，“不管怎样你都辛苦了，我替你的耳朵谢谢你。”

叶屿不置可否，看她一握拳转而愤愤道：“接下来就要把始作俑者揪出来！无缘无故泼我脏水，我一定要让他们知道什么叫唯女子与小人难养也！”

“就快了。”他高深莫测一笑。

游棠不由得兴奋起来：“你早有准备？”话落，她一拍脑袋醒悟过来，“对哦，你这么奸诈，肯定不会坐以待毙……说说？”她凑近叶屿，眼睛装满了好奇的光，却被叶屿以“一指禅”毫不犹豫地弹开。

“你等着就是了。”叶屿掸掸袖子，慢条斯理地坐直身体，格外认真的目光将游棠整个包裹，“倒是你该说说才对——心里那些不痛快的，别憋着，今天我舍身给你当一回树洞。”

啥？

合着这半天，自己是在“强颜欢笑”了？

你的思路很清奇啊少年。

游棠“囧囧”出神，这种气氛下，实在很让人有一本正经胡说八道的冲动和想法啊！只是对着叶屿严肃的面色，她很快就偃旗息鼓，转而努力剖析自己的心路历程。

这是一个艰难的活计，因为没心没肺如她，已经把初时想法忘得七零八落了。无法，她一拍桌子，干脆简单粗暴地反问：“我为什么要因为别人的谣言来为难自己？”

最开始是有些难过没错，但机智如她很快就看出了其中的阴谋，自然就不会上那些居心叵测之人的当。想让她愁云惨淡自怨自艾？那她还偏要一路阳光普照高歌凯进！只要心态不崩，她就立于不败之地！

那游棠的心态会崩吗？

笑话！

她山之高海之深磐石般稳的心态怎么可能说崩就崩？就算是天崩地裂地崩山摧山崩海啸她的心态都不会动一动的好吗？

“我开心了，搞事情的人就会抑郁；他们越抑郁，我就越开心！”她抬抬下巴，傲娇道，“这个良性循环我喜欢！”

“再说了……”她把原本属于叶屿的蛋糕也扫荡一空后，眯起眼露出餍足的笑，“没有什么事是一块蛋糕解决不了的！如果有……”她比出两个手指，笑意逐渐灿烂。

“那就来两块！”

好像……没毛病？

确认过眼神，是游棠的思维。

输了！打扰！告辞！

叶屿顿觉自己的担心十分多余。芥子纳须弥，游棠的心就和芥子似的，装着一整个星辰大海浩瀚宇宙，端的是无边无际。

果然，这丫头就是个宝藏。若说这世上的每个人都是独一无二的风景，那她就是斑斓绚烂的万花筒，偶有消沉低落，也会很快被自己丢出，在千变万化中保持着明丽的色彩，不会自伤，不会彷徨，永远奔跑在追逐阳光的路上。

在她身上，始终可以感受到希望。也许这就是最初放任她一步步接近，踏进自己领地的原因吧？

他低头一笑陷入短暂的思考，却正巧错过了游棠投来的目光。

虽然生活很吝啬，不肯回赠同样的善意，但还好，有叶屿站在前面，始终相信自己。

游棠摸摸心脏的位置，觉得严丝合缝的那里裂开空隙，盘桓已久的孤独见缝插针，溜得干干净净。但她不准备去找回，只想沉浸在洒进的名为“温暖”的光束中，静静地感受深处的悸动。

那是憧憬在落地发芽，吐蕊成花。

“叶屿，一会儿要是我奶奶念叨我，你可一定要帮我拦着点！”

踏进大院的时候天已经黑成了包公脸，从未这么晚回家的游棠心惊胆战，生怕被游奶奶揪着就是一通说道。她紧拽着叶屿的袖子，想要给自己定下一个场外援助。

没办法，她奶奶就喜欢叶屿披在恶劣本质上的乖宝宝外衣。一直被当作反面教材的游棠无数次试图告诉老人家，所谓的“别人家孩子”那都是人设，不能当真的！只可惜的是，至今她都没有成功。

她就纳闷了，到底谁才是老太太的亲孙孙？

叶屿和煦一笑：“你不是常在李啸面前说自己天不怕地不怕？”

游棠翻出一个白眼：“拜托，这种吹嘘自己的话怎么能信？再说了，怕不怕天都不会降雷劈我，我奶奶就不一样了，她能说得我想反手劈死自己。”

她把耳朵探到叶屿面前：“你看看你看看，我老觉得耳朵是堵着的。”

“不怕。”叶屿揉揉她的头发，顺手推开挡在眼前的脑门，“真堵上了，我给你送挖耳勺。”

“你可真客气，我谢谢你了。”

“哪里的话，咱俩谁跟谁。”

游棠木着脸，真想甩手就走。眼见好言相商行不通，她索性死皮赖脸地拉着叶屿不让走：“不行，你得帮我！不然……不然我就哭给你看！”正卡着壳，她忽然灵光一闪，想起叶屿怕人哭，当即用此来“威胁”。

“你哭啊。”谁料叶屿并不按套路走，他抱着手臂，好整以暇地欣赏着游棠瞬间扭曲凝滞的面孔，“哭得出来算我输。”

What？

剧本不是这样写的啊喂！

脸色灰败的游棠酝酿半晌，还是没有挤出“金豆豆”……不，这么难挤，她的应该是“钻石豆豆”才对。

但意志顽强的她准备垂死挣扎一下，死死堵在了楼道门口，出乎意料的是，叶屿似乎并不准备强行突破她的防线。

莫非！难道！叶屿是在故意说反话？

然而她已经没有去证实猜测的机会了，因为生活总是充满了意外——楼洞中不知哪一层的门骤然开了又关，一串急促杂乱的脚步声由远及近，等她呆滞地抬头去看时，就只看到次第亮起的感应灯。

愣了三秒，她猛地跳起来，抓着叶屿就往树丛后躲，生怕是自家老当益壮的奶奶提着擀面杖找下来了。

不多时，一前一后冲出了两个人影，游棠松了口气的同时也明白发生了什么：真是同一个世界，同一个悲剧，不知是哪家的倒霉孩子干坏事被家长逮到教训。隔着夜色，她只觉得跑在前面的那个挺眼熟，直到叶屿微讶道：“李啸？”

哎？

她立即探出脑袋去看，发现还真是李啸。

“他这是……在干吗？”

“显而易见，在被迫接受教育。”叶屿接过话，也探出头看了看，然后拉着游棠就从树丛走了出来。

“你就不能说点我不知道的。”游棠咕哝一声，和叶屿并肩站在路旁看李啸以八百米冲刺的速度狂奔接近。

“小兔崽子，我就三个月没回家，你就长出息了！连污蔑人的事都敢干！”

“不是我！”李啸已在偌大的院子里兜了一圈又跑了回来，整个人上气不接下气，脚下步伐却不敢停，“爸，你听我解释！”

“敢做不敢当？”一听这话，李江的怒火更是膨胀，“你可真给咱们家长脸！”

“我冤枉啊！”李啸哀号，只觉得自己比窦娥还冤。游棠被谣言卷进漩涡没多久，他就被另一波一边倒的说法推上了风口浪尖——几乎所有人都认为是他在“新仇旧恨”的刺激之下搞了这么一出，连老师都明里暗里找他谈过话。

昔有飞来横祸，今有天降飞锅，格外瓷实的锅子不偏不倚地兜头落下，砸得李啸五雷轰顶。

他能怎么办？他也很绝望啊！

暴躁过后的李啸身心俱疲，整个人都不好了，恨不得披上道袍做法布雨，给这些人好好洗洗眼睛。

这样给无辜的他扣屎盆子，你们的良心不会痛吗！

每日照例咆哮完，他拖着沉重的步子回家，却不想遭遇了更大的危机——他那暴脾气的老子从部队轮休回家，不知从哪儿听来了消息，提着皮带就要抽他，吓得他赶紧窜出家门逃命，一边吸溜着冷风一边气歪了脸。

这又是怎么一回事呢？

前不久叶屿找过李啸，表示相信李啸是无辜的，问他愿不愿意与自己合作，一起揪出始作俑者。

这话说的，他是能不答应还是咋的？

就算没打算和这两尊大仙修好，他也得动手把自己的屎盆子扒下来啊！于是没有多加思考，李啸就上了这条贼船，当然，这是他不知道这艘船注定要沉的情况下，因为他错算了叶屿的无耻程度。

所谓的“一起”，就是叶屿盯住游棠阻断流言靠近，剩下的活计则一股脑都丢给了李啸，真真是把他当成了一块砖，哪里需要哪里搬。偏偏他还不能拒绝，只能硬着头皮顶上，和宛若被洗脑的同学互喷以求得一线生机，同时抽空骂叶屿两句。

被寒风吹透了心的李啸真想抱抱可怜的自己。跑了许久，双腿灌了铅似的沉，他险些就要自暴自弃停下脚步，却在抬头抹汗的瞬间瞄见不远处钻出了两个笔直笔直的身影。

嘿！

舔舔干燥的唇，李啸重新抬起了腿。伴随着一声嘶吼，一道旋风刮过游棠和叶屿身边，呛了两人满口冬日的冷冽。

“叶屿你还杵在那儿干吗呢！赶紧说句公道话！”

叶屿瞥一眼游棠冻得有些红的鼻尖，强制性地拉起衣领替她掩住，这才施施然踱到路中间，正迎上追来的李江。

“李叔叔好。”他礼貌性问好。

“是小屿啊，一段日子不见，好像又长高了！”看清眼前的小人后，李江转眼就按熄了头上熊熊燃起的青烟，摸着叶屿的头笑呵呵地打招呼。

事实证明，“别人家孩子”这一设定不仅在游奶奶面前吃香，在李江面前也同样适用。所谓“没有对比就没有伤害”，李江看看身姿笔挺温文尔雅的叶屿，再看看垮着肩趿拉着脚步的李啸，深深怀疑当年在医院里抱错了孩子，不然都是一个大院长大的，没道理老叶家是好苗子，自家是皮猴子啊！

对自己的战友叶屿的父亲叶悉报以羡慕嫉妒之后，李江眼中的光瞬间阴沉沉地锁在了自己不成器的崽身上。

“过来！”

李啸原地抻了抻腿，半点没有过来的意思。他是傻吗，上赶着挨打？

他不动，有人却动了。游棠左看看右看看，蹦蹦跶跶到了叶屿的身边跟着喊“叔叔”，仰起脸就是甜蜜蜜一笑，瞬间萌化了大老爷们一颗粗犷的心。

太可爱了！

他也想有个这样的小闺女啊！

李江柔了目光，怕吓到小姑娘，还特意半蹲下来和游棠保持平齐：“你就是游棠吧？”

待小姑娘点点头，李江也摸摸她的脑袋，感慨道：“当年你出生的时候我还抱过你，那么小小的一只，转眼都这么大了……”

李啸抖落一身鸡皮疙瘩，投来诡异的目光，他发誓，从没见过他爹这样感性的一面。然而，感性的李江也不会忘记要揍李啸的事——

当李江缓缓站起看向他的时候，李啸的汗毛就像草原上疯长的野草一样立了起来。

“叶屿你哑巴了！”

他望着双手插兜怡然自得的叶屿，忍不住原地暴躁了。喵的！这黑心眼的难道准备吃自己话把子？过河拆桥也不外如是吧？

不得已，李啸开始规划逃跑路线。就在这时，一只手拉住李江的衣角，阻止了李江的行动。

“叔叔！叔叔！”

游棠对上李江凶巴巴的双眼，目光不自觉地向李啸的方向溜了溜。尽管两人略有争闹，但她还是站在中立的角度去看待李啸，客观地提出了自己的感受和看法：“我觉得，这事不是他干的。”

“哦？”李江认真看着她，半晌后似有了悟地缓缓道，“棠棠，不要怕，有什么委屈尽管说，我不会偏着李啸的。”

“不是的。”她连忙摆摆手，“这是我真实的想法。虽然我们算对手，但我还是很了解他的，毕竟知己知彼才能百战不殆嘛。”游棠摸摸后颈，笑得有些不好意思，“背后中伤不是他的风格。”

“真的？”李江回头瞅了瞅倚着树的懒散身影，半信半疑道，“这小子有你说的这么好？”

瞧瞧，他做了什么伤天害理的事才让自己老爹都这么大意见？李啸踢踢踏踏地走近：“人家游棠都比你了解我……”他“啧”一声，“你这老爹当得很渎职嘛！”

“谁让你平时不干好事！”李江没好气地瞪他一眼，抚着下巴沉思。

“这次真的是冤枉李啸了，他也是受害者。”一道声音插入，静静当背景板的叶屿终于看够了热闹，开刷存在感。

“哟，黄花菜都谢了，你这金口总算是开了！”李啸睨来一眼，阴阳怪气道，十分不领情，反倒是对游棠一抱拳以示感激。

“行吧，既然棠棠和小屿都这么说，那我姑且信你一次。”最终，李江一锤定音，看在李啸没干什么缺德事的份上决定先放过他，不过还是在临走前投来警告的一眼，“你最好继续保持，别让我知道你搞了什么事，不然……”

“小心你揍我！”李啸迅速接过话头，端的是流畅无比，显然是个熟练工了。

李江一噎，有些悻悻道：“你知道就好……”

送走了一座大山，三人两派宛若会谈般盯着对方不眨眼，好似谁先移开眼睛谁就矮了对方一头似的，李啸勉力以一敌二，最终还是败下阵来。这年头，脸皮厚的人连眼皮都厚吗？

用力瞪过皮厚心黑的叶屿，他把目光转到游棠身上，竟有些不好意思起来。他没想到，和他“素有嫌隙”的游棠不仅没有落井下石或事不关己，反而替他说起了公道话，这就让李啸这个大老爷们后悔起以前的所作所为了。

故意和姑娘家作对，脸呢？

唾弃完自己，李啸搓搓手凑到游棠面前，嬉笑道：“游棠啊，今天多亏你了！”

“不客气，不客气。”游棠笑眯眯摆手，十分大度地表示不在意，“一方有难，八方支援！再说了，你要真被你爸抽了，不就没人和我唱反调了，那生活得缺多少乐趣？”

呵呵，乐趣？

你当我是猴子派来逗你开心的？

说出去的话要怎么收回来？在线等，挺急的。

不想回答游棠，李啸瘫着脸，假装自己没有感情，但叶屿显然不给他这个机会，开着嘲讽技能亲身上阵："怎么说我们也帮你避了顿打，你就不准备表示一下？"

准备个大头鬼哦，我看你看戏看得蛮开心哦！

想起刚才叶屿津津有味的模样，李啸磨了磨牙，觉得按不住自己四十米的大刀了。也不知是哪里来的冲动，他突然想看看叶屿的下限究竟在地平线下的哪里。

"你觉得怎么表示比较好？"他假笑问道。

叶屿抱着手臂气定神闲："就……把你大院扛把子的名头借游棠玩两天？"

好啊！你个浓眉大眼的家伙总算暴露真实想法和险恶用心了！

玩两天？我信了你的邪！你知道你左眼写着"无"右眼写着"期"吗？

一阵来自李啸单方面的硝烟味无风自起，游棠眼神茫然，不明白怎么就扯上了自己："那个……'大院扛把子'是什么啊？"

"就他。"叶屿朝李啸努努嘴。

游棠的兴趣立刻落了一大截，摆着手说不要，嫌弃的表情直直扎向李啸。也是这段时间受到的刺激太多，他脑子一抽，一句话脱口而出："扛把子有什么不好？打架的时候可是一群人等着帮你拍砖！"

说完，李啸就恨不得给自己一个嘴巴子，你这不是上赶着递话吗！果不其然，游棠撇开的头又重新扭了回来，一双亮晶晶的眼里满是兴味：“‘扛把子’这个名号，你是怎么得来的？”她舔舔唇，兴致盎然地咨询。

“我说是靠我的人格魅力得到大家的拥戴你信吗？”

“我说我的拳头一点也不痒你信吗？”游棠不满，催促道，“你就别藏着掖着了，好东西要和大家分享，你说出来让我也去复制粘贴一个。”

李啸的一口老血险些喷了出来，你当这是农民伯伯的大白菜吗还能给你照模照样搬一个？

不能吗？游棠眼神困惑。

叶屿含笑“解围”：“来吧，打一架，谁赢就归谁怎么样？”

原本决定抗争到底的李啸顿时后背一毛，又想起了不久前被吊打支配的恐惧，整个人都萎靡了。顶着游棠灼灼的目光，他在心里激烈地斗争着，最终艰难地做出决定，打着哈哈瞬间变脸：“哎呀，多大的事嘛还要打架，游棠想要就借她好了……”

“那你准备借多久呢？”叶屿好整以暇。

李啸要哭了：“她想借多久就借多久呗……”不带仗着武力值高就这样欺负人啊！

眼见叶屿三言两语就搞定了事情，游棠目带崇拜，当即拍板任命叶屿为她的军师。

“我看是狗头军师吧！”李啸冷哼，气都带着不顺。

“那也比你这个拍砖贮备军好不少吧？怎么样，由扛把子到小弟的转变还适应吗？”叶屿微笑，态度如春风般友善，说出的话却产生了极度的反差，气得李啸转头就走，生怕晚一点就按不住想要和叶屿约架的冲动了。

“叶屿，你为什么给我要来这个名头啊？”哪怕是在兴奋中，游棠也没有忘记是叶屿提出这个要求的。

“你不是说自己从小没什么朋友？这下好了，直接收获一票小弟。”

“原来是这样……”疏星映照万家灯火，游棠在一地斑斓的色彩中感动得稀里哗啦。

真是个傻丫头。

叶屿也笑了。如果告诉游棠这不光是为了让她有更多的朋友，更是为了在以后遇到难关时能有更多的人保护她帮助她的话，他是不是就能见识到一场水漫金山了？

“发什么呆呢，该回家吃饭了！”脆亮的声音打断他的思绪，抬眼就看见游棠已经收拾好了情绪，跑出几步向他挥手，“快一点！”

还是算了，今年不缺雨水，还是让她自己收着吧。

叶屿如是想着，笑意渐渐加深，慢悠悠地跟上了前方雀跃的一张面孔。

内心没有阴霾的人似乎天生就有一种能量，可以比常人更快地驱散生活中的阴霾。

没过几天，散播谣言的始作俑者就在校方和李啸等人双管齐下的努力中现行了：原来是四个素来品行不良的学生，在一次施行校园勒索时被游棠撞见并阻止，由此怀恨在心，计划了这一次的报复，还将污水泼向李啸来隐藏自己。鉴于这四人“前科”斑斑，校方最终决定记大过处分。

待真相公之于众，许多拿异样眼光看待过游棠的同学都满怀歉意地前来道歉，偶尔说到当时的情景，游棠从未变色，内心也极少起波澜。因为在那个故作无谓的时候，有人陪伴着她保护着她，给了她直面困境的勇气和源源不断的力量。

Chapter 04

最坑不过猪队友

“游棠你再不出来，就自己跑着去学校吧！”

撩起袖子看一眼转得飞快的秒针，叶屿再次敲响游家的大门下达最后通牒。

“来啦！”游棠气贯山河，起音还在房间，落音的时候已经推开了大门，以左书包右外套嘴里还叼着面包片的形象出现在叶屿面前。对此，叶屿已是习以为常见怪不怪了，顺手接过她的书包就往楼下走，游棠跟在后面，边啃面包边穿校服外套，整套动作行云流水，转眼就是一身齐整。等抱着两人的书包坐上叶屿的变速车后座，她又从口袋摸出一包纯牛奶来喝。

自从升上初中，这一幕几乎是两人开始一天学习前的保留节目了，以叶屿变速车一载二的形式来往三站路外的学校，贯穿两个寒暑，将他们的身影镌印进路旁榕树的年轮。

其实游棠也有属于自己的变速车，且极为漂亮，可在她发掘叶屿后座这一宝地后，就开始任其蒙尘，再也没让它亮过相。而叶屿呢，虽然看起来不胜其烦，却从来没拒绝过游棠。就这样，两人开始了新的求学之路。

车轱辘一圈圈转动，徐徐驶进一中大门，等两人踏进教室时已近打铃，觑着叶屿有点黑沉的脸色，游棠再三保证明天早早出门，提着书包就赶紧溜到自己座位上端端正正坐好。见状，叶屿几不可察地轻哼一声，也坐了下来。

脑勺后传来的哼声让游棠不由自主地捂脸，认真忏悔完自己的罪行，她回头向后桌的叶屿一笑，极尽谄媚。

“笑得这么可怕，是想吓得我这一天都听不了课吗？”叶屿伸手把她的头拨到一边。

可怕？

游棠刚握进手里的笔发出了“咔”的一声。行吧，友情宣告破裂，唱着“那就这样吧”，她很有志气地留给叶屿一个背影。

隐隐约约听到游棠嘀咕着“明天要自力更生”，叶屿不禁抚了抚额头。他就开个玩笑，怎么还当真了？

在游棠拒绝沟通的冷漠态度之下，叶屿决定以毒攻毒，把恶人当到底：“早读把今天要学的文言文背下来，不然你下午就得考虑自力更生回家的事了。”

请问你是魔鬼吗？

惊吓来得太过突然，游棠立刻把头扭过来，用不可置信的眼神瞪叶屿，却只换来一句“再瞪眼珠子就掉下来了”。

看样子是没得商量了，她怏怏地趴在桌上，拿头砰砰砰地撞书，真想就这样把课文都撞进脑子里。正郁闷着，江邂赶着早读铃声冲进来，一把将自己摔进座位里，伏在桌上直喘气。

“早啊。”游棠无精打采地跟同桌打招呼。

“不早了，再晚一步我就要被老王记迟到了！”江邂浑身都散出一股劫后重生的疲惫感。

老王是隔壁班主任，也是年级组长，还负责每天早上的考勤，专抓迟到早退。而江邂此人，是个大事从不含糊，小事没少迷糊的家伙，开学第一天就因为找不到路迷失在了偌大的教学楼里，被巡视的老王遇见，提溜着亲自送到了初一（二）班。她由此一战成名，并成功被老王记住了——这一点具体表现在查人时她总是格外被关注的那一个。

噫吁嚱，不幸的人果然各有各的不幸，游棠从忧愁中短暂脱身，安慰地拍拍江邂的肩。大清早的，同桌俩似乎是在比惨，一个赛一个低迷。

气慢慢喘匀，江邂充沛的精神也随之重返，想起昨天得知的消息，她猜测游棠还不知道，连忙凑了过来：“给你说个事情。”

“什么事？”送上自己的耳朵，游棠接过江邂递来的棒棒糖，两个姑娘头碰头地剥着糖纸说悄悄话。

“这两天放学后你别到处乱跑，赶紧回家！”江邂努力做出一张严肃脸，只是腮帮子被糖撑得鼓起，实在是让人出戏。游棠憋住笑，也端着脸配合地问下文。

“最近不知道从哪里来了一伙痞子，整天在咱们学校周围转悠，专等着放学占落单女生的便宜！”

游棠一惊，第一反应就是问报没报警。

“早报了。”江邂咯嘣咯嘣地咬着糖，“但是那伙人都蒙着脸，行动又分散，警察一时半会儿也找不到窝点在哪儿。哎，你没发现，周围多了不少警力在巡逻吗？”

这个游棠还真没发现。她点点头表示了解，却不知怎地想起了自己曾经遭遇的那一场流言风波，迟疑道：“消息……属实吗？怎么不见校方发通知啊？”

“还不是怕造成恐慌或打草惊蛇嘛！要不是我以前的同学就是受害者之一，我也蒙在鼓里呢！”

“再说了……”江邂耸耸肩，“一放学你就和你的小竹马回家了，哪里有机会知道这些啊。”

游棠装死：“他不是我小竹马，我没有逼我背书的小竹马。”

“怎么了？闹别扭了？”江邂立刻转了话题，眼里满是兴味。升上初中前，她可没想到自己还能碰上一对活的青梅竹马，还是蛮符合小说设定的那种。只可惜，最多也只能是“从校服到婚纱”，而不是更有爱的“从襁褓到婚纱”咯！

江邂挂着姨母笑，略感遗憾地咂舌。当然这也不怪她，因为故事的主人公们也不知道，在降生伊始，他们其实是见过的。

“你笑得好猥琐啊！”

游棠一点也不想和失常的江邂分享故事，无奈心中的酸楚就像泄洪一样拦都拦不住，她也只好任其而去了。怎料江邂听完，丢给她一句“幼稚”就不厚道地笑了，而且越笑越大声，引得周围不少同学都投来了莫名的目光。

“你给我小声一点！”游棠伸手就去捂江邂的嘴。

江邂笑得一抽一抽，弹簧似的。好不容易止住笑声，她拉下游棠的手，趴在游棠耳边悄声道：“这是你俩特有的相处模式吗？哎哟，城里人就是会玩！”说完，又笑去了。

游棠黑人问号脸，伸手去揪江邂：“你说的什么鬼？”

江邂瞄一眼斜后方貌似在认真看书的叶屿，冲游棠挤眉弄眼：“这个嘛……只可意会不可言传！”想了想，她又画蛇添足地补了一句，“没想到看起来生人勿近的叶屿在你面前居然有这么可爱的一面……”她该说不愧是学霸嘛，连小脾气都这么不同凡响。

游棠濒临崩溃。

姑娘你能说人话吗？我要意会什么？还有，叶屿和可爱有一毛钱的关系吗？

江邂见好就收，赶在游棠爆发之前把放飞的自己拉了回来。

“那什么……叶屿监督你学习是好事啊，你怎么这么抵触？”

“不是抵触，是之前的回忆太惨烈了……”游棠垮下脸。

游棠很聪明，就是在学习上不够专注，导致成绩像过山车似的上上下下没个消停，可愁坏了游家老两口。好在最后一个学期时，她下定决心要和叶屿一起考一中，这才收了点心放在学习上，叶屿也应她的要求盯死了她。要知道，叶屿盯她可不是说说而已，那真是“怎一个愁字了得”！好不容易挨了过去，结果还没过多久，他居然自发地想往日重现？

游棠觉得自己整个人都不好了。

“原来还有这么个历史背景在啊……”

江邂摸着下巴做了悟状："看你的样子放学是要一个人回家了？"捏了捏游棠的脸颊，她很快忧心忡忡起来，"我们游棠这么可爱，要是招来了那些痞子可怎么办哪？"

"要不这样！"江邂思索着，突然眼睛一亮，"我来保护你，我送你回家！"

"你？保护我？"看看她的细胳膊细腿，又想想方才她跑进来时一副要断气的模样，游棠的惊恐已经明晃晃地摆在脸上了。

"我不需要保护，真的！"

"我可以保护你，真的！"

一方想要拒绝，一方又太过热情，江邂见局面僵住，干脆"哗啦"一下打开自己的书包给游棠看自己连夜准备好的"武器"。

林林总总的物事堆了满满一包，把课本都挤到了角落。看来看去，游棠能知道具体用法和名称的，不过防狼喷雾、辣椒水、强光手电、报警器这寥寥几件，还有不少她见所未见闻所未闻的东西。

游棠沉默了。从某种意义上来说，她的这位同桌，也算是个人才了。

"这是什么？"她指着歪在一旁的铁皮罐子问，觉得就算开出一罐火药自己都不会太惊讶。然而生活的美妙之处就是让人永远也猜不透下一秒，等江邂揭开盖子，露出的只是一罐看起来平淡无奇的豆子。

"说吧，豆子下面藏着什么？"游棠坚信事情不会这么简单。

"这就是普通的豆子啊。"江邂困惑地看着她，还拿在手里面拨了拨。

好吧，是她把自己套路了。但很快，游棠又觉出不对："你上学带一罐豆子干吗？"

"你没看电视剧里演的，主角遇到追兵就一筐一筐地往地上撒豆子，追兵踩上去刺溜一下就全躺地上了！”江邂一边讲一边比画。

这思路，够清奇！墙都不扶就服你。

“我是不是特机智？”江邂还沉浸在自己大开的脑洞里不能自拔，看得游棠没忍心告诉她一件事实：姑娘，任何离开数量谈效果那都是耍流氓的！就这么一罐，撒在地上几乎可以直接忽略掉了。

不过到底没忍心打击她的积极性，游棠拍拍江邂的肩，收下了来自同桌的善意：“好啦，我知道你是关心我，不过我真的不需要保护，你忘了我那一帮小弟了？”

——虽然小弟们是被自己这个老大反保护的就是了。她在心里暗戳戳地想到。

这还真不是游棠瞎吹的，暑假她和叶屿被两家家长丢去部队磨炼体格和意志，训得那叫一个欲生欲死，好在收获是与付出成正比的，顶着极有欺骗性的外表，谁也猜不到游棠其实是个“金刚芭比”。

不过想了想，怕吓到江邂，游棠便没有说出自己武力值超群的事实，而是改借了小弟的名头。

“哦。”江邂了然道，“我都忘了还有李啸。”自家同桌在隔壁班的头号小弟嘛，她还是知道的。

“那我就放心了。”鼓着腮帮子吐掉糖棒，江邂捧着脸笑嘻嘻，“哎呀，当不上护花使者啦，好可惜！”

“那你当被护花使者保护的小花怎么样？”游棠逗她，伸手挠她痒痒。

江邂一边躲一边努力装出严肃状：“不成不成，太浪费了，简直是暴殄天物！”

游棠捏着她的鼻子不准她躲：“我说真的呢！虽然你家就在附近，

但也不能掉以轻心知道吗。你准备的那些东西，真遇上事顶不了多大用！”

“好好好！”江邂举白旗求饶，“跟你一样，放学就赶紧回家！”

“这还差不多。”

说罢，两人相对而望，齐齐笑倒在桌上。

眼见两人动静越来越大，叶屿翻过一页书，垂着眼清了清嗓子，唬得两人赶紧耷拉下了脑袋。江邂瘪瘪嘴，同情一番生活在高压下的游棠，摸出课本翻看起来。

游棠却是早已习惯了，人对着摊开的书还能抽空冲江邂挤眉弄眼，然后突然想起什么似的悄悄摸出手机，打开一个群后给除叶屿外的所有人都发了同一条消息。

放学铃响起，叶屿提起收拾好的书包起身，路过游棠身旁的时候敲了敲她的桌：“别磨蹭，早点回家。”

那你倒是捎上我啊，我不就能早早回去了？

游棠瞅着无动于衷毫不留恋转身就走的叶屿，怨念都要化成实体在空中张牙舞爪。虽然她也没抱什么期望，但叶屿走得这么干脆利落就很扎人心了。

你好歹客套客套再走嘛！

一旁的江邂也利索地收拾好了，拄着下巴围观慢吞吞的游棠：“李啸什么时候来，我陪你等等吧？”

游棠一愣，赶紧摆了摆手：“不用，我自己等就好了，你快趁着现在人多回家吧。”开玩笑，她一会儿可是要去办大事，让这唯恐天下不乱的丫头知道就大发了。

“那行。”江邂不疑有他，“明天见。”

“明天见！”

告别了江邂，她向通透的玻璃窗外望去，隐隐看见几个小弟逆着人流而来。游棠顿时眉开眼笑，被叶屿抛下的情绪立即被抛到了九霄云外。

哼，他走了更好，总算没人给她出馊主意了！

游棠一甩头发，带着振奋招呼小弟们进来，开始做动员。

气氛逐节攀升，她手一挥喊道：

“我们的口号是——”

“没有蛀牙？”

一道声音突兀地插了进来，极其不合时宜，极其破坏气氛。游棠瞪着吊儿郎当出现在门口的李啸，觉得牙缝痒痒。

“怎么现在才过来，就等你了！”她不满道。这家伙明明就在隔壁班，结果却是最后一个到，蜗牛爬都没这么慢吧？

“最后一节课睡着了。”李啸靠着门打出个哈欠，倦倦道，“刚被你的大嗓门吵醒。我说，你传销也不用搞这么大动静吧，就不怕被警察叔叔带去接受思想教育？”

“我劝你清醒点再说话。”

游棠呵呵一笑，面无表情地摸摸拳头。

“你一个女孩子能不能不要这么暴力？你知道‘温柔’怎么写吗？”对游棠武力值深有体会的李啸看着她的动作就头疼。

其实被丢去部队的并不只是叶屿和游棠，与他们同行的还有李啸，只是不过三天，李啸就拖着俱疲的身心打道回府，从此就改用看怪物的眼神看游棠。开玩笑，从小就有个堪称变态的叶屿压着大家，结果现在又多了个游棠，可让他们这些凡人怎么过活？

“对于你，还是暴力来得方便一点，至于温柔……你怕是见不到。”对于李啸的话，游棠嗤之以鼻。

“可不是，除了叶屿谁消受得了你的温柔。”李啸阴阳怪气。

游棠大怒，抓起个粉笔头就丢了过来。李啸连忙侧身闪过：“喂！别打了，你还找不找那伙痞子了？不找我可走了！”

“找！怎么不找！要不是你捣乱现在都出发了！”

李啸“啧”一声：“合着还是我的错了？你怎么不说自己健忘呢。”

游棠就不说话了，只招手示意他过来，脸上甚至浮起一抹笑，看得李啸毛骨悚然，走了两步就警惕地停下来：“你干吗？”

“不干吗，就是部署一下，怕你站得远听不清。”游棠看都不看他，已经安排人两两一组在周围各条路上盯梢了。

李啸围观半天没发现什么异样，这才挪过来，哥俩好地搭上游棠的肩，大大咧咧道：“就知道你……”

——没这么小气。

后半截话卡在喉咙里，李啸扭曲着脸，感受着小腿上传来的痛，整个人都不好了。

又被这丫头骗了！

一旁的游棠微笑着收回无影腿，若无其事地挥手吩咐：“大家都小心一点，有情况就发消息，千万别自己往上冲！”

“好嘞，老大！”

一群半大少年打打闹闹拥出教室。目送着他们离去，游棠扬眉一笑，半提半拉地拽着比自己高了半头的李啸：“行了，咱们也走吧。”

“你先放我下来！”李啸挣扎无果，整张脸都憋红了，也不知是羞的还是气的。

“真是的，世界上怎么会有你这种狂暴女战士存在！”

两人随意挑了条没人的小路走着，李啸一脚踢开路旁的一块碎石愤愤道。

“因为有你这种魑魅魍魉混进人间了啊……我这叫为民除害。”游棠耸耸肩答，相较于李啸，她就显得格外平和悠闲。唉，现在的年轻人果然是太浮躁了。

打又打不过，吵又吵不赢，李啸真觉得自己要自闭了。为防自己英年早逝，他虎着脸道：“从现在起咱俩绝交三分钟！”

游棠不置可否，只是听着曲折巷道里交错回响着被踢出的石子声，还是没忍住道：“别踢了，万一他们在附近就不好了。”

“哪有那么巧。”李啸不以为然，脚底下更起劲了，还没等游棠阻止就飞起一脚把一块石子远远地送了出去。

也许真是说什么来什么，石子落地的脆响迟迟没有传来，反倒是一声怒喝被风带了过来：“哪个王八蛋偷袭老子！”

一秒呆滞过后，游棠后颈爹开寒毛，扯着自己无头苍蝇似的猪队友就往旁边堆放杂物的板壁处窜，使劲把人往里塞的同时在心里暗骂，她要是红颜薄命，就一定是被李啸给气死的！

板壁里黑漆漆的，静得让人心慌，游棠和李啸并肩站着，仔细听外面的动静。随着杂乱的脚步声接近，两人不约而同地屏住呼吸，生怕被来人发现端倪。骂骂咧咧的声音在周围忽近忽远，游棠的心也跟着上上下下地扑腾。好像……没有被发现？

正这样想，板壁的那一面上就传来“嘭”的一声，来人似乎将心中郁气尽数发泄在了无辜的板壁身上，下脚又快又狠，一声响过一声。他踢得酣畅，里面躲藏的人就倒霉了，巨大的撞击和金属摩擦的声音在狭小的空间里回荡，磨得人耳朵嗡嗡响，眼前好像都有了飘飞的小白点。立于倾泻的浮尘里，游棠只觉得欲哭无泪。

这都是些什么事啊！

撑在板壁上的双手抓了抓，她放弃了捂耳抵挡的想法，准备凭人品硬扛，一只手却在这个时候摸索过来替她掩住了耳朵。怎么连检测人品的机会都不给她呢？游棠想要叹气，却因为现实因素紧紧闭上了嘴巴。

在计数的羊已经布满整个青青草原的时候，噪音总算停了下来，脚步伴随着听不清的咒骂一起远去。游棠摸一把汗涔涔的掌心，在黑暗中吐出一口长气，朝着自己人的枪口立时架了起来：“成事不足，败事有余！”

“乌鸦嘴！”李啸立刻反唇相讥。

声音在特殊空间的作用下失真不少，两人互呛几句后，带着嗡鸣声的走形音色充斥了这一方不大的空间，冲散了方才的紧张和压抑。李啸找到游棠的手跟她强制击了个掌，绷紧的神经松弛下来：“对不住啊，差点把你坑了。”

游棠哼一声：“下次再这样，我就把你丢在外面当靶子！”

李啸撇撇嘴不以为然。说起来，朋友这几年，他还是第一次和游棠单独行动，倒是种别样的体验。他尚在回味，游棠却已经小心探出头去观望情况。

“他们拐弯进了前面的岔口，咱们也跟上。”她如猫儿一样灵巧地钻出来，李啸也随后跟上，只是在出来的一瞬间，板壁被带动发出了“嘎吱”一声。

“你动作轻一点。”已经走出两步的游棠回头提醒，就看到李啸如遭雷击般定住不动了。

“怎么了？”她纳闷问道。

“刚才……不是我……”李啸的声音轻轻抖了起来。

这句话在游棠脑里炸响，霎时回荡出无数的猜测，等她回过神来，已是一把扯开李啸替换了他的位置。

“谁在里面！出来！”她低喝道。

一想到那狭小空间里还藏着个人，李啸就觉得毛骨悚然，但眼下他顾不得丈量自己的心理阴影，赶紧冲上去把游棠扯回来护在身后：“你站在这儿别动，我去看看。”

你去干什么，千里送人头吗？

听了这话，即便是处于紧要关头，游棠也没忍住抹一把额上滑下的黑线。

“这种时候瞎逞什么英雄，就你那两下子，够谁看？”复扯回李啸，她伸出手索要，“你的收缩棍给我。”

李啸清楚自己的斤两，虽不愿这种时候让女孩子顶在前面，却只能依言行事。他第一次后悔在训练时做了逃兵。

把收缩棍调整到合适的长度，游棠走到板壁的侧面，摆出防御的姿态：“出来，不然对你不客气了！”第一次遇到这种局面，饶是天生胆大的她心里也有些惴惴的。

所幸，藏在里面的人似乎比她更不安，貌似还在情急之下咬到了嘴：“是是是……游棠吗？”

能叫出她的名字，难道是认识的人？狐疑地盘算一通，实在是没有一个相识的人能和这细细小小如蚊蚋的声音对上号，她只得耐着性子，略提高声音又问了一遍“你是谁”的问题。

这次里面的人像是听清了，一阵安静过后，立刻窸窸窣窣地往外挪动，在四只警惕眼睛的注视下露出个灰扑扑的脑袋。那脑袋抬起的一瞬间，游棠已经举起的收缩棍敲不下去了。

“怎么是你？”惊诧之下，她险些咬到舌头。

四目相对，约好放学就回家的同桌彼此相遇在小巷，这气氛，真是说不出的尴尬。江邂觑着游棠手中停在空中的金属棍，赶紧一个矮身钻了过来，抱着她呜呜道：“你吓死我了……我还以为大白天撞鬼了。”

到底谁吓谁啊？

游棠无语望天，按了按自己还在使劲蹦跶的小心脏。倒是李啸翻了个白眼，嗤笑道：“你还好意思说，遇到你我们跟撞鬼也没差了！”

“说什么呢！”游棠投来警告的一眼，“这是自己人。”

李啸实在是无法把这个一出场就引发极度恐慌的女生划入自己人的阵营，并且选择性遗忘了不久前自己的所作所为。谁见过这么坑人的自己人？

然而这还不算完，江邂飞快抬起头冲他龇牙挑衅一笑，又仿若受惊一般缩回，抱着游棠就是一通哭唧唧。等游棠望过来的时候，对上的就是李啸心肌梗死后形成的扭曲面庞。

呵，呵呵，呵呵呵！大家快来看！最佳戏精，在线装哭！

所谓“最毒妇人心”，李啸可算是领教了，欺负他大老爷们不会耍阴谋诡计是不？他眯起眼，朝探出条眼缝的江邂阴恻恻一笑。搞事情的臭丫头，小爷我记住你了！

“哎呀！”被李啸有力度的目光一盯，一道闪电划过脑海，江邂突然想起了导致眼前境况的原因，一件最重要的事，“快快快！”

她猛地跳起，拽着游棠就往前跑：“咱们赶紧去救人！一个女生让那些痞子给跟踪了！”

这么巧，还真就遇上“案发现场”了？

“痞子有几个？”游棠翻手一扣，火急火燎的江邂当即只能在原地干扑腾了。

“六个！”江邂一边回，一边扒拉着游棠的手，“扣着我干吗？一会儿晚了就麻烦了！”

“让你去才是真正的麻烦。”想到她包里那些千奇百怪的“武器”游棠就头疼，她敢打赌，这厮绝对会上演“伤敌一千自损八百”的戏码。

“你就乖乖待在这儿，千万别乱跑！”游棠当机立断，解下自己的书包挂在江邂身上，连人带包推向李啸，又抛出自己的手机，“给其他人发消息！还有，看住她！”

李啸手忙脚乱地接住手机，下意识地想跟上游棠跑远的身影，奈何心里挂着她的叮嘱，一时间追也不是，不追也不是。

“该死！”狠狠一脚踹在墙上，他抓了抓头，满身都是溢出的烦躁。

“死丫头胆儿越来越肥了！仗着自己身手好，一对六的事也敢干！”

“不行！我要去帮她！”江邂则被游棠吓得脸都白了，她不知游棠学过武，担心得不得了，“那些人看起来一个比一个凶，游棠会出事的！”

“别胡说！”李啸冷斥道，心里的担忧却也不见少，他快步上前扯住江邂的后衣领，“你站住！”

猝不及防之下，奔跑中的江邂顿时一个踉跄，又见李啸阻拦自己，怒火直接便烧了起来。她正要狠狠骂得这无情无义的家伙无地自容，迎面却有一个书包砸过来。

“站在这儿别动，一会儿会有人来接你！”

一部屏幕犹在闪光的手机塞进了她的手里，江邂抱着两个大书包，呆滞地看着面罩寒霜的李啸和自己擦肩而过，冲进了游棠消失的岔口。

好哇！一个两个都嫌弃她，她看起来有这么不靠谱吗？

原地几番顿足，江邂还是放心不下，觉得二对六着实有些悬殊。她就算再弱，敲敲边鼓搞搞偷袭总可以吧？如是想的她再一次拔腿便跑，又在下一秒再一次被钩住了衣领。

还没完没了了是吧！一个个净仗着力气大欺负她！

江邂握拳，气势汹汹地扭头准备看看是哪个不长眼往自己怒火的枪口上撞，却对上了一个不应该出现在这里的人的眼睛。

“叶屿？你不是早早就回家了吗？”待反应过来，她连说带比画地就要解释情况。

虽抓着江邂的衣领，可叶屿的目光一直落在岔口处，那里隐隐有打斗声和喝骂传来，偶有李啸极有爆发力的声音贯穿其中，端的是中气十足。他极淡地笑了笑：“放心，不会有事。”

于是又一个包叠罗汉似的加入了，江邂掂了掂怀里已经挡到视线的“三连包”，忧伤地叹了口气。所以她的作用就是站在这里乖乖当一个拎包小妹？

不！拎包小妹也是有属于她的骄傲和尊严的！既然叶屿说了没事，那她……就跟过去看看？

听着那边的动静渐渐消弭，江邂的一颗心痒痒的，脚步开始向岔口移动。为防意外，她还特地摸出了防狼喷雾罐握在手中。

因着看不见，是以每一步她都走得格外小心，越接近岔口，她的心就越发提了起来，生怕自己做了拖累伙伴的猪队友。也许真是怕什么来什么，刚挪到岔口准备拐弯的时候，一股力量骤然撞了上来，撞得江邂手臂在墙上一磕，喷雾罐的按钮就这么按了下去。

这一波无差别攻击可以说是很犀利了，下一秒，铺天盖地都是难以形容的刺激气体。仿佛五官被强行灌下辣椒水，江邂瞬间飙出了眼泪，蹲下身咳得惊天动地。

对面也是同样的遭遇，没有了阻拦，两双蒙眬的泪眼终于对上，打得过痞子斗得了流氓的游棠，最终倒在了一罐小小的喷雾下。旁边还有个不住跳脚的李啸："你是猪吗，拿着这玩意儿朝我们喷！"

此时此刻，游棠唯有庆幸，打架的时候江邂不在场。

"你们……怎么样？"抹一把鼻涕眼泪，江邂勉力站起去扶游棠。三个书包挡住了她的视线，也相应地挡住了大部分喷雾，是以她的状况最轻。而李啸走在后面，身量又高些，也避开了正面的袭击。最倒霉的就是游棠了，方才她只顾着回头看叶屿，根本没留意前面，等撞上去下意识张嘴惊呼，可巧把喷雾吸了个干净。

此时她嗓子里火辣辣的，连说话都有些困难，只摆了摆手示意自己没事就跌跌撞撞向前冲了几步。连打一串喷嚏，她的呼吸总算是顺畅过来，第一次，她觉得雾霾味格外好闻。

“对不起啊，游棠，我又惹祸了……”江邂哭丧着脸，觉得今天的自己就是个衰神，沾谁谁倒霉。

“没事……我觉得我已经要习惯了。”游棠仰头靠在墙上平复呼吸，还有心思朝江邂笑了笑。

“那是，毕竟你这方面经验也不少。怎么着，祸害版的伯牙和子期终于成功会面了？现在是不是特振奋特激动？”李啸甩甩袖子，满脸的嫌弃。

“等等等等！我有什么经验？”游棠一脸蒙。

“你自己扳指头数数，这些年叶屿给你收拾的烂摊子还少吗？”瞟她一眼，李啸朝天翻出个白眼，“你十根手指够不够，用不用把我的也借你？”

李啸啧啧称奇——憋着不说一定很难受吧？今天他就做个好事，替叶屿捅破这层窗户纸。他这样替他人着想，连自己都被感动了，他真是一个善良的人啊。

“喏。”他朝岔口努努嘴，“不然他现在在里面干吗呢？”

李啸说得没错，熟知游棠秉性的叶屿确实是来收拾烂摊子的，在跟进巷子的时候，确定了痞子位置的他连警都提前报了。所以没多久，数名警察就冲进小巷，从岔口带出了六个痞子。

瞧着痞子们一副惨相被按在地上摩擦过的模样，江邂咂舌，扭头悄声问旁边的两人：“这……都是你们打的？”除了李啸裤子上印着个大鞋印子，这两人堪称毫发无损。

“什么你们，都是这女暴龙干的。”

李啸走开两步，以示和游棠划清界限，却在江邂随之而来的惊叹声里一个踉跄：“游棠你太厉害了！能不能也教教我！”

现在的女生都这么崇尚武力了吗？

若是江邂知道他心中所想，一定会抢白道：哪个女生小时候没有裹着被单窗帘幻想过自己是一个行走江湖快意人生的女侠？好吧，就算不是所有女生都这样，她江邂也确实有过。

如今这个叫游棠的姑娘站在面前，活生生就是曾经的梦照进现实，她焉有不激动的道理？江邂眨巴着星星眼，一秒变迷妹。

两个格外心宽的女生叽叽咕咕地说笑起来，转眼就忘了身在何处，直到一个经过的警察停下，疑惑地抽了抽鼻子："什么味道？"

空气中，还飘荡着几不可察的呛人气味，三人面色一僵，江邂把捏着防狼喷雾的手往背后藏了又藏。恰此时，叶屿施施然走来，以绝对的保护姿态挡在游棠面前，身姿单薄却挺拔。他歉意一笑："陈队长，麻烦您了。"

"哪里哪里，该我谢谢你们这些小朋友才对，要不是你们，哪能这么快抓住这些痞子！"被称为"陈队长"的男子爽朗一笑拍拍叶屿的肩，环顾着游棠等人夸道，"有胆量！果然是英雄出少年！怎么样，有没有受伤？"

"没有！"

游棠从叶屿身后偏出半个脑袋，笑眯眯脆生生道，一副还有再战之力的模样。可等叶屿把目光扫过来，她又立刻低下头做讪讪状，看得李啸拿鼻音哼了一哼，对此卖乖行为表示不齿。

正说着，安静的巷口忽地喧闹起来，一群少年姗姗来迟，大呼小叫地挤了进来："老大！"

"棠姐！"

"我们是不是来晚了？"

“你们吃肉也给我们留点汤啊！”

一群人只顾埋头往里冲，粗大的神经丝毫没有察觉到哪里不对劲，待领头的几人扬起兴奋的脸，就对上了一溜笑呵呵的警察和一旁似笑非笑的叶屿。

游棠已经不忍瞧齐齐后跳蚱蜢似的众小弟，捂着脸默默地在叶屿背后蹲了个严实。亲，接受退换小弟服务吗？

“怎么，准备抱团打架？”叶屿先一步开口。

“没……我们……”素来口齿伶俐的二号小弟傻眼，实在摸不清眼前这是个什么情况，忍不住就向陈队长求助了，“小叔……”

“没事没事，夸你们呢！”陈队长一弹自家大侄子的脑门，“行了，人抓到了，我们就收队了，你们也回吧。”

“哦。”二号小弟放下了心。就刚才的架势，他还以为小叔要大义灭亲抓他去改造呢！

说走就走，警察叔叔们充分展现了其职业素养，在陈队长的带领下转眼就列队走得没影。唯一一名女警带着救出的受惊女生落在最后，经过众少年时，女生的脚步骤停。

她抬起一直低垂的眼，犹犹豫豫地落在叶屿身上，咬着嘴唇欲言又止。叶屿正伸手拉赖在地上的游棠起来，对此浑然未觉，还是在周围众人吹响的口哨声里才反应过来。

他维持着现有姿势不变，如水一般的目光随着回首的动作毫无停顿地漫过，经过女生通红欲泣的眼眶时，眉头不自觉地皱紧，人也不自觉地向后倾了倾，险些压到刚蹦起来的游棠。

“有事？”

叶屿抿起唇，声音凉了几个调，话语较平时更言简意赅。一想到可能遭到哭声的侵袭，他的神经就微绷了起来。

也许是他的抗拒太过明显，女生神色一滞，又带上了几分难堪："今天……谢谢你……"低声且快速地说完，她抹一把摇摇欲坠的泪水，捂着脸惶然跑开。

女警向叶屿点一点头，快步追了上去。

Chapter
05

突如其来的邂逅

“什么啊，明明是咱们收拾了那些痞子，她怎么光感谢叶屿了？”目送两道身影远去，李啸捣了捣游棠小声嘟囔。

“请把‘咱们’换成‘你’谢谢。”游棠瞅他一眼，觉得此人脸皮真是随年龄一同增长，“如果被碾压还能算是收拾别人，那我可能就是战神再世了。”

巷子里爆出笑声，众小弟了然：“啸哥又给老大拖后腿了！”

叶屿望着依然留在李啸裤子上的脚印，对头发丝好似都没有乱的游棠表示肯定。游棠投桃报李，立即为叶屿干脆利落的善后行为予以表扬。各种华美辞藻不要钱似的从两人口中溢出，为其余人等充分表演了何为商业互吹现场。

把一双白眼打包送出，李啸捡起自己的包，招呼其他人远离这两个无耻的家伙：“舞台留给你们，请开始你们的表演。”

“你走不走？”经过江邂身边，他顺口问道。

江邂歪头朝游棠挤挤眼，留下个意味深长的眼神后不假思索地应道：“走！”

“你变了，你不是那个一心一意对我好的江邂了。”游棠无限感喟道。对江邂的选择她表示出淡淡的忧伤，崽，你这样让“阿爸”很难办啊！

“我现在麻溜地离开才是对你好啊，我的大宝贝！”江邂的眼笑成了两弯月，挥挥手后撒腿就跑，当真是一秒也不多停留，李啸反倒是落在了后面。

巷子里转眼就剩下了面面相觑的游棠和叶屿。

游棠搔搔头，抛开了一头雾水，扬起笑向叶屿伸出手：“没有受伤哦！有没有什么奖励？”

在“路见不平”的问题上，两人产生过分歧，游棠信奉该出手时就出手，叶屿却坚持谋而后动。僵持之下，两人只得各退一步约法三章，那就是不能带伤回家，然而游棠总是在“违章”的边缘小心试探。

“难得你今天没有小磕小碰，走吧，请你吃蛋糕。”

闻言，游棠的双眼瞬间放光，觉得天蓝了水绿了空气清新了，人也不腰酸背痛有精神了。她美滋滋地跟着叶屿走出巷子，美滋滋地站在叶屿的变速车前，美滋滋地正要坐上后座——一刹那天雷勾地火，她脑中迅速倒带回清晨的场景，忆起了一件重要的事。

“你你你！”她抖着手，一把揪住叶屿的衣摆，只觉得自己纯洁无瑕的心灵受到了欺骗，“你不是回家了吗！”

猝不及防被这么一揪，变速车顿时完成了一个犀利的飘移走位，吓得游棠赶紧揽住叶屿的腰，老老实实像个桩子似的坐好。

“痒，别闹。”傍晚的清风送来叶屿的轻笑，他侧头望一眼正襟危坐乖巧无比的游棠，嘴角向上牵起戏谑道，“这就得问问你自己了……下次群发消息的时候，记着屏蔽我的小号。”

游棠的脸瞬间呈龟裂状，不敢相信消息居然是自己亲手奉上的。

虽背对着她，叶屿还是轻松想象出了她此时的神情，慢悠悠地往游棠刚被狂风肆虐过的心田上补刀：“说起来，认识这么久，我还真没看出你是真傻还是假傻。说你真傻吧，你也没少抖机灵，说你假傻吧……”他一个停顿，意味深长地笑了，“连自己都不放过。”

末了，叶屿还不忘点评一句：“是个狼人，比狠人还多一点。”

这一句犹如一记暴击，成功带走了游棠名为“理智”的最后一滴血。她狞笑着攥起拳，咬牙切齿地凑到叶屿耳边阴恻恻道：“叶小屿！你寄放在我屋里的模型还想不想要了！信不信我让你给它们收尸？”

“游小棠，如果你不想要藏在我那儿的漫画，就尽管为所欲为。”

“无耻！”游棠瞪着用宝贝漫画来威胁她的叶屿，气哼哼道，“真应该让那些奉你为男神的小女生好好瞧瞧你这不为人知的一面！什么高冷学霸，什么高岭之花……都是骗人的！”

“过奖。”叶屿不为所动，还有心思回头朝游棠挑挑眉，闷笑着顺着她的话往下说，“我都不知道这么多赞誉竟然落在我头上……不过也难怪，其他人可没机会看到我这一面。”

“是啊是啊，谁让我全盘接收了呢？”游棠忧伤地望着天边漫卷的云霞，甚是同情承接了叶屿隐藏人格的自己。

以上只是游棠生活的一个剪影，作为一个热衷打抱不平，以伸张正义为己任的新时代少年，她真正做到了哪里有霸凌，哪里就有她活跃的身影。在她的带领、叶屿的出谋划策、众小弟的踊跃下，一中的氛围为之一肃，做到了历任教导主任都没有实现过的清平校园。

学习好又风头劲，两人理所应当成了学校里的焦点，不只是同学，连一众老师都拿捡到宝的目光关注着，所以在得知两人不打算直升本校高中而是要去考S大附中时，个个都惋惜不已，教导主任更是开始提前脱发了。

不过这些都不会动摇叶屿在自己规划的人生道路上越行越远，更不会影响到没心没肺的游棠。自认无甚大志只想做个米虫佛系度日的游棠连规划都不做，直接比照着叶屿的复制，反正她自己做的也不会比现成的更好就是了。

这一理论得到了不少人的簇拥，于是距中考还早，大家就望着S大附中摩拳擦掌。当然这种盲目信任是不可取的，事实证明，许多人对自己并没有一个正确的认知。从某种程度上来说，这年落榜率的一个小跳跃和叶屿不无关系。

在春光正好的当下，两位主人公还不知道，自己的一个决定在多少人的生活中溅起了小小水花。游棠嘟囔着“春困误人”，透过窗嫉妒地瞅着明媚暖阳下撒欢的小朋友，又苦大仇深地抱起了书本。

为了保持自己学习的能动性，她霸占了叶屿的半张书桌作为自己的根据地。没办法，再三天打鱼两天晒网，她游棠就要饿死在学习的浅滩上了。

“昨晚是熬夜看小说还是漫画了？”叶屿头也未抬，手指在墨字上游走，转眼又翻过一页书。对于游棠的情况，他真是一点都不觉得意外，毕竟能让她秉烛夜读的，从来就不是教科书。

“江邂给我推荐了一本超好看的小说！”一谈起学习以外的事，游棠的困倦顿时一扫而空，瞬间完成了从小白菜到向日葵的转变。

“有那么好看吗？”摩挲着手中的书页，叶屿有些费解。

“有！”游棠信誓旦旦。

还不等她强烈“安利”给叶屿，叶屿就伸出手揉了揉她的头发，把她的脑袋重新转向课本：“再好看也跟你没什么关系，现在是学习时间，你要时刻记得你爱学习，学习使你快乐。”

不，她不爱学习，她爱的是“吃、喝、玩、乐”这四个磨人的小妖精。扒拉下叶屿作乱的手，游棠视死如归地扎进了学习的海洋。

就在她昏昏欲睡……哦不，沉醉其中的时候，手机铃声突兀响起。手中摇摇欲坠的笔干脆利落掉下，游棠一把捞过手机，迫切地想要逃离被数学支配的恐惧。

电话接通，那头传来熟悉的声音，向她传达了一个消息。游棠的表情在自家母上令人窒息的操作里一寸寸化灰，神色之惨淡让叶屿不由得相询：“怎么了？”

“我妈回来了。”

叶屿丈二和尚摸不着头脑：“这……不是好事吗？你不是挺想阿姨的？”

“她说为了给我一个惊喜，到大院门口才打电话告诉我。”

“所以？”

“所以你快点帮我把小说漫画都搬到你这里来藏好啊！让我妈发现就完蛋了！”游棠像一只奓毛的猫，抓住叶屿的肩膀摇了摇崩溃地尖叫，“快快快，要来不及了！”

说着，已如炮弹般冲向阳台。在生死攸关的时刻，她爆发出了无穷的潜力，三步助跑后就是一个飞跃，硬生生从楚河跳回到了自家的汉界。叶屿推开书，摇摇头无奈地跟上，长腿一迈也轻松跨过阳台围栏。

一股脑地拖出五个满当当的大箱子，游棠拍了拍手，在空了不少的屋子里转悠着寻找漏网之鱼。看着比上次多出不少的书堆，叶屿捏捏眉心，认命地抱起箱子依次转移，熟门熟路清出床下的空间把游棠的宝贝安置妥帖。

“这下安心了？”叶屿撣撣袖口不小心蹭上的灰，倚着阳台观看陀螺似的游棠。

游棠审视着自己的屋子：“应该没什么问题了……”话还没说完，就有门铃声踩着节奏响起，她抚了抚额，朝叶屿挥挥手，调整出一个甜到腻人的笑准备迎接母上的大驾。

“哎呀，我的小糖果，妈妈可想死你了！”隐隐有声音飘来，叶屿低头一笑，坐回桌前准备继续看书，门却被轻轻推开了。

林静端着水果进来，目光一扫就发现自家儿子屋里略有改动的布置。联系到隔壁的动静，她了然笑道：“棠棠又把她的书塞你这儿了？”

叶屿点点头随口道：“这种时候我就是一个云仓库。”

哟，她怎么从这种抱怨的话里听出了点乐在其中的感觉啊？

林静在心里笑得意味深长，面上却一本正经：“上次不是说你舅舅一家要搬来咱们S市吗，明天子砚就先一步到了，你去车站接下他，再带他四处转转。”

“子砚来这么早？”叶屿诧异。

“说是来参加S大附中的入学考试。”

林家因为工作调动的原因，即将举家搬来S市，林子砚则是小叶屿一岁的表弟，因为早上一年学，所以两人同级。

叶屿表示自己记下了。

自家儿子一向靠谱，是以林静放心的没有再嘱咐什么，准备功成身退去游家找关素唠嗑，却在准备带上门的时候被叶屿叫住。

“妈……”他迟疑道，“游棠把书藏在我这儿的事，你别告诉关阿姨。”

“哟，这么护着棠棠啊？”林静挑眉而笑，“不说也不是不可以……你给妈妈说句好听的？”

“妈……”叶屿扶额，有点后悔自己多了这么一嘴。他怎么能因为游棠曾哭丧着脸向他诉求就一时心软嘴快了？

“好了好了，你知道的，妈妈的嘴很紧。”将儿子的神态尽收眼底，林静做出拉拉链的动作，大笑着扬长而去。当然，她和关素悄悄地定期交换“情报”的事，叶屿可就没机会知道了。

这边林静才走，游棠就翻过阳台来找叶屿，给他关素从战地带回的特产。

“对了，李啸的生日快到了，明天咱们去街上逛逛给他买礼物吧？”她枕在手臂上，偏头望着叶屿线条流畅的下颌线，犯愁地捏捏自己的双下巴。哎，都说学习使人消瘦，可在她身上怎么不成立？

脑中规划着明天出行的路线，游棠决定走它个十条八条街，用别的方式消耗掉多余的能量，却没想到不怎么拒绝过她的叶屿提出了异议：“明天不行，我得去车站接子砚。”

游棠的脸顿时垮了下去。见状，叶屿沉吟道：“要不……我明天回来的时候帮你买一份礼物？”

“不要！”游棠断然拒绝并进行鄙视，“你除了买模型还会买什么？你数数大院这么多朋友哪个没收到过你送的模型？”

叶屿难得被噎住，脸上浮起层薄薄的尴尬，让游棠宛若发现新大陆般看得目不转睛啧啧称奇：“你居然不好意思了？说起来，上一次见你这个样子，还是在咱俩第一次见面你被树枝钩破了裤子的时候……”

她说不下去了，叶屿一把捂住了她的嘴，用威胁的目光定定地看她，看得她扑闪着眼睛举手投降。要问比电路板一样复杂的叶屿还可怕的存在是什么？那当然是恼羞成怒的叶屿喽！

对此切身体会过的游棠拉下叶屿的手，乖巧地笑了：“你明天好好接子砚吧，我找江邇一起逛街。”说完，她脚步一转就想逃离案发现场。

“等等！”叶屿叫住她，声音里带了些许不自然，“那明天你帮我挑一份礼物。”

“好的呀！以后挑礼物这个活计，我给你承包了！”她一定是上天派来解救大家于礼物怪圈的小仙女呀！游棠展颜一笑打包票，向他比出个心雀跃地走了。

第二天，游棠站在陌生的商场里寻路无果，摸出电话决定向江邇寻求帮助，然而电话接通，传来的却是一个清亮的男声，听起来还是个少年。一怔过后，她迅速道歉并挂掉电话，并仔细回忆，重新拨出了号码。

然而，电话那头传来的依然是刚才的男声，她掐掉电话，摸着头陷入了未老先衰的恐惧。她的记性已经差到连电话号码都记不住的程度了吗？

望着不远处悬挂的“服务中心”字样，游棠陷入了思考的漩涡。几分钟后，偌大商场里悠扬的轻音乐被换成了一条寻人启事：“江邂小姐！江邂小姐！您的朋友迷路了，请速来服务中心认领！”

同一时间，林子砚望着再一次迅速挂断的电话瞠目结舌，手指一动就要回拨，手机屏幕却忽闪了两下果断自动关机。在按动着开机键得到电量不足的提示后，他陷入了沉默。

“怎么了？”叶屿提着两瓶水走近，奇怪地看着和手机较劲的林子砚。

“手机没电关机了。”林子砚接过一瓶水，向叶屿晃晃黑漆漆的屏幕，无奈地笑了。

“那就一会儿回去充啊……怎么，你有要紧事？”

“那倒没有。”林子砚摇摇头苦笑，“可这手机不是我的。”

叶屿目露疑惑。

“你刚才去买水的时候，我不小心和一个女孩子撞上了。”他缓缓道来，“她看起来很着急的样子，跑得很快，东西都落了一地，我的手机也掉了。她离开后我才发现，混乱中我们把手机拿错了。”

林子砚向叶屿递出手里这部外观和自己的一模一样的银色手机，苦恼地抓了抓头发：“刚才有电话进来，我本想问问对方认不认识这部手机的主人，可对方挂得太快了……还不等我拨回去，手机就没电了。”

叶屿忖度：“不如我们去服务中心看看？对方发现丢了手机也会着急，一时半会儿应该不会离开商场，我们可以从监控里找到人。”

当然，要是碰上游棠这种粗枝大叶的家伙，指不定到了家才会发现不对，那他们也就无可奈何了。

林子砚没有异议，两人遂前往目的地。

游棠临时抖落的小机灵还是很有用的，不到十分钟，江邂就黑着脸出现在抱着奶茶的游棠面前。

“来，喝杯奶茶降降火气！”她很有眼色的递出早就准备好的另一杯奶茶。

江邂大马金刀坐下，接过奶茶一口气就吸了个干净。听着奶茶杯咯吱咯吱的声响，游棠有些害怕地往旁边缩了缩，小心翼翼地问：“怎、怎么了？”

她只是播了个寻人启事，没干什么伤天害理的事吧？是吧？她不确定地想着。

江邂以三步上篮的标准姿势把奶茶杯送入垃圾桶，把一部手机拍在游棠怀里。游棠举起来左看右看敲敲按按，愣是没发现有什么不对，只除了……

“哎，你换密码了？”

游棠瞅着解锁失败的字样，举着手机到江邂面前邀功，一副忍不住为自己的机智鼓掌的模样，换来的却是江邂一身的低气压。江邂恨铁不成钢地戳戳游棠的额头，气急道：“你好好看看清楚，这是我的手机吗？”

好友日常脱线怎么破？帮忙洗洗脑子可行吗？

又是一通翻来覆去地端详，其实游棠还是没发现什么，但江邂说不是，那就肯定不是，于是她一脸坚定赞同道：“对！不是！”

我信了你的鬼哦，小姑娘小小年纪很会装模作样啊！对她的行为江邂表示鄙视。一番“如此这般这般如此”的叙述之后，游棠恍然：

“……就说刚才怎么是个男声接的电话。”

“你打通了？那边有人接了？他怎么说的？”江邂目光灼灼，问题如连珠炮弹一般丢了过来，炸得游棠缩了缩脖子：“接是接了……但是我以为自己打错了，直接就挂了……”

江邂的表情已经不能看了，游棠对自己的行为一番检讨后，诚恳地指向身后的服务中心：“刚才他们已经帮我播了一条寻人启事，想来应该不会介意再播一条寻物启事。”

江邂决定垂死挣扎一下，捞过游棠的手机拨打自己的号码，传来的却是冷漠的“您所拨打的电话已关机”。

行吧，服务中心走起！

她带着疲惫的微笑站起，去拉游棠却没拉动。游棠如磐石般稳坐，一动不动地盯着某处渐起的骚动，看得目不转睛。

“抓小偷啊！快来人啊！”

伴随着声嘶力竭的尖叫，就见一个身形瘦小的青年男子在人群里游走，端的是灵活无比，几个转折就把自己脱离出来，抓着个女式手提包拔腿就跑，拐上了距她不远处的长廊。

人群散开，一个捶胸顿足的中年妇女被暴露了出来，看得游棠胸臆间陡然升起一股不平之气，一颗挂着打抱不平的心又开始蠢蠢欲动。把奶茶塞进江邂手里，她大喝一声，已如离弦的箭一般窜了出去。

“兀那贼子，哪里跑！”

江邂脚下一个打跌，崩坏地望着游棠远去的身影。这家伙，从哪儿学来这么匪气的话？

隔着半条长廊，游棠奋起直追气势如虹，渐渐逼近，吓得小偷情急之下一脚踏上了上行的电梯，不管不顾往下冲，游棠半分犹豫也无地跟上。

啥都不要说，莫得怕的！

两人在逆行的电梯上一路狂奔竞相追逐，以“欲与天公试比高”之态惊掉了无数下巴眼珠，搞得清搞不清状况的吃瓜群众纷纷为这波犀利的操作让路，生怕自己一个不小心就作了池鱼。

这就导致了一个问题，小偷原本坎坷的前路转眼就成了一条铺着红毯的康庄大道，路的尽头还有“成功”展露着玛利亚式的微笑，沐一身金光向他招手。

当然，这只是小偷眼中的景象而已，毕竟让路之后方便的是大家嘛！游棠在心中为大伙的贴心行为狠狠点了个赞，三步并作两步地跃下，在小偷踏上地面的一瞬间如饿虎扑食般将其按倒在地。

商场的保洁显然做得很到位，光可鉴人的地板上映照出了小偷和他背上游棠“刺溜”滑开的全过程。

“对不住啊，我没想害你流鼻血，我只是想抓住你……”

瞧着小偷因鼻子与地板亲密接触而导致的出血，游棠深表歉意，在身上摸索出纸巾想要帮他擦擦一脸殷红。然而小偷并不领情，一把挥开她的手破口大骂：“给老子滚开！少多管闲事！”

原本他的心已经凉了，没想到一回头发现放倒他的是个看起来娇娇弱弱的小姑娘，顿时恶向胆边生，觉得逃脱的大门又向自己敞开。

这么想的小偷显然没听过“人不可貌相”这句话，天真地向武力值不可斗量的游棠挥起了拳头。游棠叹口气，设身处地想想自己也不大可能领罪魁祸首的情，决定在正当防卫的基础上不做其他的反击。

然而她连正当防卫的机会也没有了，有人快她一步抓住了小偷胡乱挥舞的手，轻松自然却有力的动作让小偷一嘴的骂骂咧咧尽卡在嗓子里，连脸都憋得发红，和地上的血迹相映成趣。

“咦，你不是接林子砚去了吗？怎么在这儿？”游棠惊讶出声。她在小偷背上坐得稳当，叶屿的目光却深了深，用另一只空闲的手拉起她。抽出手提包抛给游棠，他绞住小偷的两只手，确保小偷不会逃脱，这才转头看向林子砚的方向。

林子砚正抚着下巴欣赏英雄救美，通过两人的互动，他猜眼前以不同寻常方式英勇登场的姑娘就是叶屿那个小青梅游棠。啧啧，他还是第一次见到如此不淡定的叶屿呢！

“你好，我叫林子砚，是叶屿的表弟。初次见面，很高兴认识你，你的出场……很让人惊艳！”他上前几步，笑得如沐春风。

游棠听出了“惊艳”二字的意义深远，她望望小偷遗留在地上红艳艳的鼻血，又望望周围人惊讶、惊吓以及惊呆的表情，茫然地点了点头。

嗯，果然是惊艳啊！

不愧是叶屿的表弟，看着斯斯文文温温和和一身书卷气，说出的话却和叶屿一样让人牙痒难耐。

“棠棠！”正想着，江邂和保安一起从看热闹的人群中挤了进来，“我刚才看你整个人扑出去了，你没受伤吧？”

“没有，没有。”游棠摆摆手，指着已经被转交给保安的小偷道，“他人还是蛮不错的，自己把冲击力全扛下来了，我一点影响都没有。”

闻言，对游棠不甚了解的林子砚扑哧笑出声来，觉得这姑娘说话真有意思。如果有选择的话，他想小偷一定不会被迫“舍己为人”吧？

他的笑引来了江邂的目光。江邂一眼望过去，愣了愣才反应过来：

“是你！”

林子砚循声望来，也是一怔。两人的视线落在彼此脸上，不约而同地递出两部看起来一模一样的手机。

“这也太巧了吧……”游棠喃喃，和叶屿面面相觑。她这么一扑，不仅抓住了小偷，还遇见了叶屿，更是让拿错了手机的两个人重逢……老天爷今天终于睡醒了决定撒给她点幸运值？她要不要趁着热乎劲买几注双色球、六合彩、大乐透？

做着一夜暴富的白日梦，游棠脚步飘飘到保安面前做记录，把手提包塞还给可怜的中年妇女。等她发热的脑袋被空调吹得冷静下来，才发现江邂和林子砚已经相谈甚欢了。

哎，多亏了她，才让悲剧变成了皆大欢喜的局面啊！

叶屿好笑地看着她唏嘘的模样：“礼物买了吗？”

“还没有。”游棠摇头，“你们也是来逛街的？那一起吧？”

林子砚笑着接道：“我初来乍到，想给姑姑买份礼物，这才让阿屿带我来商场看看。”

叶屿点点头：“我们还不知道买什么好，怕是会耽误不少时间，就不和你们一起了。”

“那好吧。”游棠耸耸肩也不强求，两行人在意外地相遇后分道扬镳。

“呼——”

一天的行程下来，游棠和江邂精疲力竭，双双倒在床上挺尸。江邂捏起一撮头发挠游棠的脖子，有气无力道：“你新买的要分享给我的小说呢？”

游棠盯着天花板的目光涣散，被挠痒痒都激不起什么反应，好半天才想到江邂话里小说的归宿："全打包塞叶屿那儿去了……我去他那儿给你找找。"

"有个住在对面的竹马就是好。"江邂望着对面近在咫尺的叶屿房间，嘟着嘴羡慕得不得了。

如同叶屿熟门熟路地帮她安置一样，游棠也熟门熟路地从叶屿床下拖出一溜的箱子。林子砚推门而入的时候，就对上一堆花花绿绿的书里坐着寻宝似的游棠。

看着该干吗干吗，淡定无比和他打招呼的游棠，他默默地吞下了"你怎么在这儿"的蠢问题，甚至有了一种误入女孩子卧室的错觉。

他进的是叶屿的房间吧？林子砚不确定地想着。他强按下折回头再开一次门的冲动，微笑相询道："你在找什么东西吗？我帮你一起找？"

"不用了。"游棠艰难地从箱底抽出一本书，露出大功告成的表情，"我已经找到了！"说着，她又把自己的家当原样安置好，朝林子砚挥挥手跳窗进了自己家，动作之熟练让林子砚顶礼膜拜叹为观止。

他第一次知道，邻居之间还能有这种操作。嗯……他是该替对面的姑娘表示担心呢还是该担心自己的大表哥？

目光一路飘移，不经意对上另一张新认识的面孔，向江邂温文一笑，林子砚陷入了思考的怪圈。

Chapter 06

喜欢的他喜欢她

七月流火的日子里，似乎连秋老虎都失去了威力，凉爽的秋风送走了暑热，带来了可同春日比拟的舒适气息，结束了军训的游棠撕掉第二天的日历，提前迎接高中生活的到来。

一切似乎都没有什么变化，朋友们依然聚集在身旁，裹挟着呼啸而过的时光，奔向不会分离的未来，只除了站在岔口向他们挥手的李啸。

“连一节课都坐不住的人居然要去学画画……”游棠自言自语地吐槽着。李啸突然决定奔赴美术生大部队，直让一众小伙伴都惊掉了下巴，纷纷放言猜测他能坚持多久。然而这些并没有撼动李啸一颗成为艺术家的坚定决心，毅然决然去了美院附属的高中和众人短暂分道扬镳。

唉，人生真是寂寞如雪啊！

没有人和自己呛声拌嘴，一股孤独感从游棠的心中油然而生。带着孤独求败的心境，她踏进新的校园，希冀遇到一个可堪一战的对手。

然后她的愿望成功照进现实。老天爷是垂怜她的，充分且超额满足了她，派来一群叽叽喳喳的女生来以柔克她这个“刚”。

游棠趴在桌上捂紧耳朵，整个人濒临崩溃。她从来都不知道，一群女生聚在一起可以这么吵闹，吵到她开始怀疑自己可能是个假女生。

事情是这样的：

游棠等人所在的班级实行按分排位，她以一分之差成了叶屿的同桌。这本是一件让人高兴的事，然而天有不测风云，叶屿凭借他好看的成绩与更好看的脸迅速吸引到一批迷妹，一下课就被众星捧月般围绕起来，连带着游棠也被波及。

生存面积锐减的游棠拼命仰起头，只为在挤挤挨挨的人群中呼吸到一口新鲜空气。这些女生怎么想的她不知道，她只知道被围着瞧的叶屿现在特别像动物园里的猩猩，一只处之泰然安之若素、定力之强大让她叹为观止的猩猩。

她没有这份让人羡慕的定力，在无差别的声波攻击下只好忍了又忍从头再忍。有句话说得好，不在沉默中爆发，就在沉默中消亡，在爆发和消亡的一线间，不甘心的游棠选择了前者，终于一拍桌子忍无可忍道：“别吵了！”

一阵难言的沉默。

是姑娘们停止了对自我的放飞吗？不不不，她们只是像按下的弹簧一样在蓄力，准备更加声势浩大地返场罢了——很快，游棠就在席卷而来的更强音里迷失了方向。

她败了，败得彻彻底底。

游棠黑着脸被迫实行战略转移，自我放逐来到江邂的座位旁。巧得很，林子砚的座位就和江邂隔着个过道，于是她不客气地征用之，安顿下可怜无依的自己。

“那我坐哪里？”接个水回来就发现座位被霸占，林子砚端着水杯无奈地笑了。

“我的座位欢迎你！”游棠伸手一指，诚恳且真挚道，“相信我，那儿是个风水宝地，我只是性别不符合它的要求而已。”

“相信我，没有人比你更符合它的要求。”林子砚啜一口水，收回望过去的目光淡笑不语。也不知叶屿说了什么，围拢的众女生虽不愿，却也开始渐渐散去。

哼！马后炮！现在才想起来搭救她！游棠自然也看到了这一幕，却迟迟没有回去的意思，直到人群散得一干二净才磨磨蹭蹭地起身。

“招蜂引蝶！”一坐下，她就气哼哼道。也是奇怪了，初中小学可没这么多疯狂的女生。

“怎么，羡慕？”叶屿写写算算的笔停下，偏过头来看她，乌漆漆的眼里蕴着浅浅的笑意。

游棠甩出个白眼，拒绝回答这个智商欠费的问题：“你以为谁都像你一样享受几百只鸭子的包围？”

“唔，这你就说错了……”叶屿撑着颊，意味深长道，“毕竟一只整天跟着就有我消受的了。”

愣了愣才反应过来的游棠脸一黑，决定一节课都不要理这个一肚子坏水泛滥的家伙了。然而，习惯是个可怕的东西，在和江邂偷偷传字条传到兴起，提前得知了中午食堂的菜式后，她被自己立下的 flag 打脸了——戳了戳叶屿的手臂，游棠借着书本的掩护兴奋道：“今天食堂供应我喜欢吃的鱼香茄子和你喜欢吃的麻婆豆腐！一会儿放学了你跑快点儿去给咱们抢饭呗！”

高中离家较远，两人都采取半走读模式，中午留在学校吃饭，下午放学才回家。

刚才还闹着小脾气的某人转眼就被午饭问题占据了所有脑容量，把“恩怨”排挤出去了不说，居然还替他惦记着喜欢的菜色……叶屿扶额，真不知说这属饕餮的姑娘什么好。

眼见老师转过身写板书，他低下头迎上游棠亮闪闪的目光，压低声音道：“为什么是我去抢饭？”

“因为我要去占座位呀！只有咱们分工合作，才能更好更快更强地在抢饭大军中杀出一条血路来！”游棠舔舔唇，满脸都是对午饭的垂涎，“听说食堂的伙食很不错呢！”

“你要是对数学这么上心，每次考试就不会在及格线上徘徊了。”叶屿哑然失笑，点头同意了。

下课铃声刚打响，叶屿就在游棠不住的催促下施施然起身，动作看似慢条斯理，转眼却不见了踪影。游棠也紧跟而上，迅速抢占了一处宽敞开阔的四人座。

学生如潮水一般拥入食堂，争相填入一个个档口和座位，结伴而行的江邂和林子砚艰难地从人群中杀进杀出，终于和游棠成功会师。

“这人也太多了……”

江邂小心翼翼地护着自己千辛万苦打来的饭落座，抹抹额上沁出的汗心有余悸。

“是多了些。”林子砚也皱眉，“叶屿还没回来？”

游棠点点头。看着这两人的模样，再想想不知身在哪里的叶屿，她坐不住了：“你们先吃，我去接他。”

谁知正说着，叶屿就端着两个餐盘过来了。

游棠连忙上前相接：“辛苦你啦！请入座！”她躬躬身，向叶屿做出请的手势。叶屿却突然目光一变，猛地拉开她，侧身挡在她身前。

“小心！”

“当啷”一声脆响，伴随着一众惊呼，一个餐盘落在地上，里面连碗带饭一并摔得稀烂。几滴热油飞溅在游棠的手上，她只随意抹了抹，扯出卫生纸就往叶屿校服衣襟上按，那里已是油污一片。

“你拉开我就好，干吗非要自己挡过来？你看看衣服成什么样了！”游棠皱起眉头，看着渐渐凝住的油印子，狠瞪了叶屿一眼。

“衣服脏就脏了，总比你烫伤好。”叶屿瞧着游棠手上红痕淡下去才放了心，抽出她手中的纸巾随意擦了两下，最后索性直接脱了外套，翘起唇戏谑道，“我这是防患于未然，省得你赖到我头上。”

“我有那么不讲理吗！”游棠气得跳脚，心里什么歉疚的情绪通通跑得干净。

“对不起！”一旁莽撞的女生总算醒过神来，目光从叶屿的脸上挪开，手足无措地看着他衣服上的污渍，“弄脏了你的衣服……我替你洗干净吧？”

“不必。”叶屿言简意赅地表示拒绝，平淡中透出几分疏离。

“可是……”女生绞着手欲言又止。

叶屿推推游棠的肩示意她去吃饭，自己则蹲下身把一地碎裂的瓷片捡入餐盘递给女生："食堂人多，以后小心点。"

女生连忙接过，忙不迭地点头表示自己记住了，倒和游棠犯错时良好的认错态度有得一比。想到这里，叶屿露出个自己都未察觉的浅笑来，面对旁人时总围绕在周身的距离感登时消散，宛若温文阳光的邻家少年。女生直看得一愣，红着脸慌张地转身就跑。

"这个妹子……我好像在哪里见过……"江邂咬着筷子头喃喃，满脸的思索之色。

"怎么，你总觉亲近？"趁她的注意力开小差，游棠从她碗里捞走一块肉。

"她不是咱们班上的同学吗？"林子砚一脸迷茫，"叫弥晴来着，她的姓挺少见，我看见的时候还留意了一下……"

对着三张更加迷茫的脸，他顿了顿问："你们都不知道吗？"

"不知道。"三人异口同声。

这就是传说中的两耳不闻窗外事，一心只读圣贤书吗？林子砚默了。

"不对，我之前肯定是在哪儿见过，只是想不起来了……到底是在哪儿呢？"江邂苦思冥想。

"见过就见过，想不起来就想不起来呗！吃饭吃饭，该想起来的时候会想起来的。"游棠又捞走一块肉。

"对啊，你再不吃，肉可就让游棠抢光了。"林子砚放下筷子闲闲一笑。

江邂被提醒，总算把注意力放回碗里，目露凶光地敲开了游棠第三次探来的筷子。

等饭后回到教室，游棠打个哈欠趴在桌上准备小憩，叶屿则掏出本砖头厚的医学书准备细读。

暑假里他的奶奶因急症去世，一家人却是都未提前发现一些小征兆，痛定思痛之下，叶屿立志学医。虽然一开始是出于遗憾的缘由，但这些天过去，他是真心被浩渺多彩的医学世界吸引，迸发出浓郁的兴趣。

听得身旁的呼吸声渐沉，他从书里抽离出思绪，抖开外套避过油渍披上游棠的肩上，等回转头就发现桌前站了个人。

“叶屿？”弥晴小声喊道，对上叶屿的目光，她磕磕绊绊地解释，“我、我看的座位表知道了你的名字……我有话想对你说。”

“出去说。”叶屿眼含疑惑，片刻后放下书率先向外走去。

弥晴咬唇望一眼安睡的游棠，小跑着跟上。

“我还想再和你说一声对不起……真的很抱歉弄脏了你的衣服。”走廊上空无一人，短暂的沉默后，弥晴垂着头开口了。

“一件衣服而已，不用在意。”叶屿嗓音清淡，半点别的情绪也无，“还有别的事吗，没有的话，我先回去了。”

“等等！”弥晴连忙喊道，情急之下伸手就要去拉叶屿的胳膊，“我还想谢谢你！谢谢你三年前救了我！”

正准备去卫生间的江邂刚走出教室就听到走廊上回荡的声音，探头就瞧见相对而立的叶屿和那个她想不起在哪儿见过的妹子。对此，江邂的第一反应就是原地贴墙蹲下把自己藏好。

她不是想要听墙脚，她只是害怕这么大大咧咧出去叶屿尴尬！本着对八卦的热情，江邂打起了十二分精神。

那厢，叶屿不着痕迹地躲开弥晴伸出的手，皱眉思索着她的话：

“你是不是弄错了？”他不记得自己和游棠的爱好重合过。

“你可能已经忘了，三年前在一中附近的巷子里，就是你把我从痞子手里救出来的。”

弥晴猛地抬起头，眼眶有些泛红：“虽然这对你来说可能只是件不值一提的小事，但我一直想谢谢你！”她永远也不会忘，那个原本已经变得灰败的傍晚，因为一个少年的出现而重新迎来阳光；她永远也不会忘，劫后余生的她一睁开眼，就看到那个少年在逆光中挺拔的身姿和半张干净清秀的脸庞。

那一刻，她是真的相信了这个世界上有天神的存在。

“你认错人了。”叶屿静静看着她，声音一丝波澜也无，“那次是游棠救的你，我只不过是替她收拾了残局。

“她向来喜欢打抱不平，见不得人受委屈，你不用放在心上。”

“怎么会……”弥晴喃喃道，眼睛猛地睁大后又一瞬暗淡。短短的话里带出太多信息，让她一时难以适从，心底翻涌而起的既有认错人的无措，又有几分难过。

那个时候，站在他身边的就是游棠。他和游棠，应该关系很好吧？不然也不会处处留意时时照顾，更别提藏在百般嫌弃下的悉心包容了。

游棠在弥晴的记忆里只是一个不甚明晰的剪影，却仍给她留下了深刻的印象——后来她才知道，这是羡慕。

江邂扒着墙角，瞅着泫然欲泣的弥晴，觉得剧情的发展让她有些头秃。她敢打赌，这妹子对叶屿动心思了。

人们皆嗤笑故事的狗血俗套，却忘了既能流传下来，那必然是存在其合理性。在巧合的时间、地点以及情节的安排下，美人恰逢其会地被英雄搭救并爱上英雄，似乎不是一件难以理解的事——虽然这个美人眼神不好错认了英雄就是了。

唱着“爱情来得太快就像龙卷风”，江邂卫生间也不去了，掉头就折返去拍睡得死沉的游棠。

游棠打出个哈欠，很有再趴下去的趋势，看起来一点也不在意：“放心好了，叶屿不喜欢她那款的。”

“那他喜欢哪款的？”

想了想，她厚着脸皮道：“我这种的？”

江邂被呛到了。

游棠拍拍她的背帮忙顺气：“人，是我先惦记上的，就算不论先来后到和我们两小无猜青梅竹马的深厚情谊，我近水楼台也更容易得月不是？”

“是挺近的。”江邂想想这两家就快挨在一起的阳台，觉得此优势对其他人而言就像一道天堑，“不过之前你的漫画被叶屿没收时可不是这么说的。”

“这是一件事吗？能相提并论吗？”游棠间歇性失忆发作，拒不承认。她瘪着嘴望向走廊的方向，一股酸意“刺溜”一下就占据了心里的大街小巷。

怎么会不在意？虽然弥晴间接证明了她的眼光，可她一点也不想让别人发现叶屿的好。

“反正一个锅一个盖，不是我这个萝卜就别想往叶屿这个坑里栽！”放完豪言壮语，游棠翻身倒下又睡了，徒留下江邂一个人目瞪口呆。

不过话虽如此，就目前而言，她着实没有用武之地——叶屿的一张冷脸就足以让众仰慕者望而却步了。毕竟也没几个人能像游棠一样，拥有顶着腹黑与毒舌还能一路顽强成长这种特殊的经历了。

哦，不对，还是有一个例外的，看起来温柔文弱的弥晴同学随着时间的推移开始展现出自己过人的坚韧，屡战屡败屡败屡战，看得游棠都为她不折不挠的精神所折服，深觉自己不能再做一条咸鱼，一咬牙狠心抱起了叶屿丢来的习题册。

果然啊，人不逼自己一把，就永远不知道自己做习题的潜力有多大！拽回神游的三魂七魄，游棠大开大合落下最后一笔，合上可同板砖比肩的册子，只觉得知识的力量真让人陶醉。

别人看山是山，看水是水，她就不一样了，看什么都是搔首弄姿的函数。不枉她虚与委蛇这么久，现在她游棠敢打包票，下礼拜的月考，稳了！

“傻笑什么呢？”叶屿屈指在她脑门上一弹，“放学了，醒醒该回家了。”

“哎呀！”游棠惊叫一声赶紧捂住头，瞪着眼警告，“不许弹！把我的知识弹走了我跟你急。”

叶屿睨她一眼打击道：“就你那点脑容量，装不装知识都没差了，你知道的，大部分数值只保留小数点后两位而已。”

游棠恼了，放言宣战：“你等着，这次考试你的第一要保不住了！没有数学拖我后腿，看我怎么拿成绩吊打你！”

“哦，那我就拭目以待了，你可千万别让我失望。”叶屿笑得怡然，丝毫没有危机感。

两人一边斗嘴一边收拾着课桌，忽地有第三个声音插了进来，原是醉翁之意不在酒的弥晴抱着书又来请教问题。叶屿眉头一皱，转眼就换了神情，准备如往常一样礼貌而疏离地拒绝，却被先一步出声的游棠截住。

眼见有望站上成绩的制高点睥睨叶屿，游棠乐得心花怒放，颇有种农奴翻身把歌唱的感觉，看什么都觉得喜悦满满，伸手就热情招呼道：“来来来，坐坐坐！”

弥晴被她灼灼的目光吓到，不知所措地望向叶屿。叶屿瞅着游棠，忽而起身让出座位，弥晴只得硬着头皮坐下。

那厢，游棠已经探头瞧见了她书上圈出来的题，兴冲冲道：“这题我会，我给你讲！”

“我……”弥晴半张着嘴，看着她愣愣的，不知说什么好。

“看我干什么，看题啊！”游棠在她眼前挥挥手，塞给她一支笔，自己大马金刀摆好了架势。

“咦，讲题啊，我也不会，顺道让我也听听呗！”江邂也来凑热闹，拖着个椅子就自发坐下准备洗耳恭听。

几番换算，游棠写下最后一个数字，拍拍手道：“就是这样！”

江邂配合地点点头。另一个听客却一脸神游明显没在状态，让她深受打击，一腔热情瞬间跌停。

“我讲得有这么差劲吗？”游棠垮下脸无力问道。

“不、不是。”弥晴骤然回神，闻言窘红了脸，“对不起……我走神了……”

游棠扶额，抬眼间目光和望过来的叶屿对上，在他扬起的眉梢里吁出口气，重新提起笑：“没事，我给你再讲一遍。”

然而，还不等她验证自己的讲解水平，叶屿就伸手抽走了她的笔递给江邂，微微一笑："刚才应该'听懂'了吧？"

用力过猛导致被看穿的江邂听出弦外之音，很是不好意思地承认。于是接下来，叶屿的所作所为让她开了眼界："那就麻烦你给弥晴再讲一遍。"

叶屿一手提起两人的包，一手拎起游棠，朝江邂点点头："我们就先走了。"

"喂！喂喂！"

等傻眼的江邂反应过来，两人已经消失在门外。手里的笔吧嗒落下，她牙酸地嘀咕道："啧，这酸臭味……"

"什么？"

弥晴没听清，偏头问她。

江邂连忙打哈哈，把书翻得哗哗响："没什么没什么……咱们继续？"

"不用了，谢谢你。"

弥晴柔柔一笑，突然站起来也快步走出门外，撇下江邂一人在空落落的教室里和知识交流感情。

"这都什么事儿啊！"

江邂把头埋进书里，捶着桌思考人生。满教室回荡着敲鼓似的声音，导致她没有在第一时间发现插进来的轻浅脚步，直到来人屈起手指叩击桌面，她才骤然停下了动作。

糟糕，她温柔可人的形象要不保了！

"来者何人？"江邂瓮声瓮气问道，大脑卷起高速运转的漩涡，试图从"原地自我爆炸"和"人道毁灭他人"这两个选项中得到一个恰当合理的解决方案。

“是我。”

含笑的声音从头顶悠悠落下，解救了身陷纠结的江邂。

一听是熟人的声音，江邂不装鸵鸟了，抬头挺胸坐了起来，正对上林子砚温文的笑脸。

余晖在走廊上画出金色的波浪，倒映入剔透的窗，析出陆离的色彩。林子砚站在其中，不像是光影的点缀，倒像是被光影加了别样的滤镜，低头噙笑间好看得不得了。

哎哟喂！

江邂被这小模样一晃，瞬间忘了自己想要说的话，下意识摸了摸嘴角。

“放心吧，没有口水。”林子砚唇畔笑意扩大，好整以暇道。

江邂挠挠嘴角尴尬一笑，强行岔开话题：“你还没回呢？”

“我日观天象，知道你要开辟隐藏人格，特意留下来开眼界的。”林子砚笑答。

江邂的嘴角挠不下去了。这人是真的好看，这话也是真的气人，她当即一拍书怒道：“好好说话！”

“哦，其实我就是看你惨遭抛弃，怕你抑郁这才好心留下来跟你聊两句。”林子砚当即正色道，只是那盛着江邂的清亮眼睛里，同时弥漫着笑意，“你说你凑什么热闹呢？叶屿带着游棠干脆利落走了，弥晴也走了，就剩你一个坐这儿傻眼了……你是看生活太无聊特地来给大家解闷的吗？”

江邂瞪他：“你懂什么……你可以不管你家大表哥，我可不能抛下我的棠棠！”提起游棠，美色也迷惑不了江邂了，当即捧着脸忧伤道，“我们棠棠那么单纯善良没心眼，要是被人欺负了怎么办？”

林子砚失笑："有叶屿在她身边，谁能欺负得了她？她不欺负别人就不错了。"当然，叶屿会不会欺负游棠他就不知道了，虽然他觉得这个概率很不小就是了。

江邂从鼻子里哼出一声，对刚才叶屿拿她当盾牌的行为表示不齿。小伙子你很会搞事嘛，看来是不知道"枕头风"的威力有多大！

"我在这儿瞎操什么心，就该让他们互相祸害去！"决定周末和游棠秉烛夜谈，免费送叶屿一场飓风后，江邂走进死角的心情豁然开朗，连林子砚都摸着下巴表示期待。

"和该如此。"

两人对视一眼，齐齐笑了起来。林子砚顺势揉了揉江邂的发顶，在她还未反应过来的时候又及时撤掉手，轻咳一声望向窗外只余一线的天光："快走吧，不然一会儿巡逻老师要抓咱们去上晚自习了。"

江邂果然不疑有他，连忙把拉来的椅子放回原处，又捣鼓起了门锁。林子砚单手帮忙钩住门，在咫尺间望着她认真的侧脸，目光悠远又温柔。

一周后的考场上，游棠亲身验证了"功夫不负有心人"这句话。一道道烂熟的题从眼前飘过，在心中仰天长啸后，她挥动着利剑般的笔杆，斩断了自己分数的翅膀——轻敌之下，她忽略掉了角落里的一道填空题。

不费吹灰之力，叶屿卫冕第一。随意把卷子往桌里一塞，他笑得闲适："承让。"

"果然不作死就不会死啊……"游棠盯着自己只差两分的卷子欲哭无泪，转而捧起叶屿的一只手，好不凄凄惨惨戚戚，"你知道吗，这两分就像两把刀一样插在我心上，让我痛不欲生。”

“没关系，下个月你又是一条好汉。”叶屿没什么诚意地安慰道，另一只手推过本题册，“不过我还是建议你尽早习惯这种痛，毕竟一月一次，对你来说还是挺残忍的。”

“月考和大姨妈，目前我最讨厌的两种存在，被你强行联系在了一起……”游棠幽幽道，愤而甩开了叶屿的手。

然而，月考的失利终究是给了叶屿督促她学习的绝佳理由，在大院一众老年人张罗着“夕阳红”旅游时，游棠被爷爷奶奶暂时外包给了叶家，生活委托于林静，学习自然是托付于叶屿了。

于是乎，吃喝玩乐和游棠“say goodbye”了，一想到美好的周末被自己亲手葬送，她就恨不得撞死在习题册上。其中的悲愤，在李啸来邀她出去玩时达到了顶峰。

李啸在学校寄读，周末才能回大院和一众狐朋狗友团聚，这周恰逢老爷子出门旅游，正准备撸起袖子好好浪两天，不想第一站就折戟沉沙。

“游棠出来，我带你出去玩！”

没几个长辈在的大院让李啸没了顾忌，大老远就扯着嗓子咋呼，等跑近更是直接几步窜上了楼边的矮树，探出身子去敲二楼游棠家的窗。

敲了几下，背后的窗“唰”一下开了。

“你自己去玩吧，我要趁周末好好学习。”

“你脑子坏掉了？”李啸回转头，打量着趴在叶屿桌边奋笔疾书的游棠，挑眉嗤笑道，“行了别装了，你什么德行我还不知道！赶紧的，我同学给我推荐了个有意思的地方，趁你生日我带你玩玩去！”

游棠的大小脑已经成了知识狂欢的主场，数学拉着物化生引吭高歌，政史地在畅谈古今，还有手拉手跳恰恰的语文和英语。她摇摇脑袋清出一方净土，才在角落里找到瑟瑟发抖的生日。

一针强心剂下去，生日暂时占据了上风。

“我的礼物呢？”游棠伸出手讨要。

“你可真不客气！”

“跟你客气什么！”游棠倚在窗边，目光期待。

李啸从口袋掏出个小盒子在她眼前晃晃：“出来就给你。”

“啪”的一声，生日被重新打入冷宫，九宫嫔妃继续笙歌曼舞。游棠缩回桌边，摸过张字条贴在头上：“礼物先寄存在你那儿，你走吧，不要打扰我学习。”

“你受什么刺激了？”李啸的目光锁在力透纸背杀气凛凛写了“我爱学习学习使我快乐”字样的字条上，满满的匪夷所思。

游棠叹息：“你怎么就不明白，我这是身不由己啊！”

“怎么说？”

“叶屿不让我出门，压着我学习！”

“啧！”李啸歪了歪脸，探头往屋里看，没找到叶屿的人影后给游棠出主意，“他不是没在？你悄悄跳窗出来。”

“我不敢。”游棠声音悲壮目光悲切。

“出息！”李啸眼神鄙视，“这么听叶屿的话，准备以后给他当媳妇啊……哎，你脸怎么红了？”

“你看错了。”游棠断然道，顺带把自己一点点升温的脸往阴影里藏了藏，“你敢你去跟他说！”

李啸顾不得研究游棠脸红不脸红了，沉默几秒后，他艰难道：“我也不敢……”

“所以啊，我没得选，只能在学习里沉沦了。”游棠归来倚案自叹息，挥挥手作别窗外的“云彩”。

“兄弟帮不了你。”李啸有些内疚，伸长手把自己准备的小盒子递进来。游棠接过，在他催促的注视中打开，倒出个泥塑小人。

“这是什么？奥特曼还是小怪兽？”她翻来覆去地看，眼神费解，半晌评价道，“丑得倒是别具一格。”

窗外李啸爹毛了，摇得树簌簌直抖：“你什么眼神！那是小爷跟搞雕塑的人特意学来亲手塑的！塑的是你！”

游棠风中凌乱，强行给自己的话拐弯：“不过细看倒是别有韵味……”

“哼！”弯没拐完，被李啸的冷哼声砸得翻了车。

目送他跳树远走自去逍遥的背影，游棠给自己掬一把辛酸泪，和看什么像什么的泥塑执手相看泪眼。

叶屿推门而入的时候，游棠趴桌上正借泥塑上演单口相声，见他进来慌忙正襟危坐。

“让你学习，你倒玩得开心。”叶屿瞥一眼大开的窗，又瞟一眼她掌下灰不溜秋的一团，浅淡的面上看不出喜怒，“出来吃饭。”

“吃什么？”

叶屿的回应是扔来一物。

瞧着赫然在目的泡面，游棠的心凉了：“你就给我吃这个？”

“不然呢？我妈不在，你指望我下厨？”

她决定垂死挣扎一下：“咱们可以叫外卖。”

“不干净。”叶屿表示拒绝，催促着转身向外走去，“快点出来！”

还有人比她更悲摧吗？生日当天居然只能吃泡面……游棠欲哭无泪：“你好歹给我换个味道啊！我不吃黑胡椒！”

听着身后爆发的咆哮声，叶屿嘴角扬了扬，待游棠磨磨蹭蹭过来，伸手把她的脑袋扭向餐桌。

“咦？”瞅着那一碗热腾腾的长寿面，游棠宕机了，“给我的？”

“不，它只是想在那儿看看风景。”叶屿淡定答道。

游棠“噗”地笑开，把泡面往叶屿怀里一塞就欢欢喜喜奔过去吸溜起来。叶屿跟过去在对面坐下：“你也太好骗了。”

“这叫对你的盲目信任。”游棠叼着面回应，“结果你骗我，你让我很失望！”

“失望？那这个蛋糕我看是不用拿出来了……”叶屿瞅着她，手拎起个盒子晃悠一圈又放下。

游棠无言，乖乖收敛了自己的气焰，捧着碗认真吃面。吃着吃着，她觉出不对：“这面怎么和平时的味道不一样？林阿姨换手艺了？”

“这是我做的，味道当然不一样。”叶屿轻描淡写扔下个深海鱼雷。

游棠被炸得五感歇了一半，手里的碗瞬间逾千斤重：“你做的？”

她认真思考起来：现在给剩下的半碗面拍照留念还来得及吗？

“你这个质疑的语气是怎么回事？”他似笑非笑，“怎么，怕我下毒？可惜你已经吃了半碗了。”

摸摸餍足的肚子，游棠惆怅地发现，自己确实中毒了，还颇深。

她离不开他了怎么办？

吃完长寿面就该蛋糕出场亮相了，游棠扒着桌子，看得是眼馋嘴馋。对着蠢蠢欲动的某人，叶屿不紧不慢逐一把十五根蜡烛插好点亮，在跃动的火苗里送出自己的祝福。

“希望这一年，你能变聪明点。”

“我很笨吗？”游棠不服气。

看着她鼓起的腮帮子，叶屿无声地笑了，眼中泛起清亮逼人的光：“在有些方面，你确实迟钝得不得了。”

“有些方面？”游棠一拍脑袋恍然，“也对，上次要不是你，我还不知道自己发烧了。”她一本正经地给自己辩解，“哎呀，我很少生病，所以缺乏一点经验也不奇怪嘛……”

叶屿沉默了，良久，才撑着头低不可闻地叹息：“真是笨得可以。”

他无奈推过蛋糕：“许愿吧。”

“好嘞！”等待已久的游棠兴高采烈地应声，双手合十举至眼前，在晃动的簇簇光影里偷偷望一眼对面清俊颀长的少年，心里呐喊出不知许了多少遍的愿望：除牙齿外，我要成为叶屿另一个不可自拔的存在！

连喊三遍，她满足了，睁眼一口长气吹熄了所有的蜡烛。

“许的什么愿？”叶屿随口问道。

告诉你不就暴露了？

游棠眼珠一转决定偷梁换柱：“报告，我想你和我一起参加运动会。”

运动会，那可是挥洒汗水和释放荷尔蒙的好地方啊！她还是很期待叶屿从清贵公子到热血少年的转变的。

不知内情的叶屿失笑道：“你不知道愿望说出来就不灵了吗？”

“可是你问了呀！”游棠装傻耍赖，“你问我肯定会告诉你，现在不灵了，那你就得帮我实现呗。”

听着这“鸡生蛋蛋生鸡”的理论，叶屿嘴角抿起玩味的笑：“合着我还是罪魁祸首了？”

“罪魁祸首倒说不上……”游棠嘟囔一声，复又理直气壮起来，“但你赔我一个愿望总不过分吧？”

“无本万利的算盘，你打得可真响亮。”叶屿随手拈块奶油点在她挺翘的鼻尖上，白白的一团，“生日还没过完，你这智商就跟灌了水似的涨啊！”

游棠性子急，被叶屿三言两语绕得有些耐不住了，干脆一拍桌汹汹道：“你直说吧，到底去不去！”

叶屿还没回答，她鼻尖上的奶油先被她的动作震得挂不住了，“叭”地落在桌上，连同气势一起糊掉。

默默扯张纸巾捂住脸，游棠无语凝噎，觉得海有多大，自己的悲伤就有多大。

Chapter 07

秋天是造作的季节

叶屿最终还是当了这个“冤大头”，决定陪精力过剩的游棠在秋高气爽的日子里去运动会上跑什么接力赛。

然而，置身于沸声喧天的运动场时，他有点后悔了。这种好天气，显然更适合在家里看书吧？叶屿一边捋游棠梳得高高的马尾辫，一边漫不经心地想。

“我请你高抬贵手放过我这个秃头少女好吧？”游棠闪身躲开，不满道。

“秃都秃了，秃多秃少也没啥差别？”叶屿横挪一步又把手放上去捋了捋。

“信了你的邪！”感觉扎好的头发在松动，游棠愤愤踢出一脚，拽着叶屿作乱的手往准备区走，“走了！比赛要开始了，专心跑你的步去！”

激昂的音乐声在赛场上飘荡，各班写了鼓舞话语的字条一张张送上主席台，再经由大喇叭传遍每个角落；还有组织好的啦啦队散布在各处，呐喊的声音此起彼伏。校园里，端的是热闹无比。

游棠在这样的气氛里更显活泼，眉梢眼角都是这个年纪里独有的张扬恣意。叶屿却还是一贯的沉稳，目光甚至带出几分索然来，生生把自己和热闹分隔开。

“你怎么这么平淡？”游棠回头看见他的神情，扯扯他的袖子，“这种关键时候可别掉链子啊！”

“你掉的链子绕地球一周我都不会和这三个字有一毛钱关系。”叶屿睨她一眼，“本来人就傻，还要想这种无聊的问题……给你的脑细胞一条活路吧。”

“喊！”游棠瞪他一眼，看在比赛即要保存体力的份儿上决定不和他计较。叶屿却觉得更无趣了。

广播已经开始提醒入场，游棠站在跑道上活动关节，一旁的观众席突然涌入一批啦啦队员，为首一人挥舞着大捧的助威花，正是江邂。

“游棠！”她大声呼喊着，扶着围栏抛给她一黑一红两条发带。游棠接过，给自己三两下扎上印着“加油”字样的红发带，又举着印有“必胜”字样的黑发带颠颠跑向叶屿。

叶屿自然是百般嫌弃，可顶着她殷切期待的眼神，他顿了顿没有在第一时间拒绝。就是这一个犹豫，让敏捷的游棠抓住了机会，利索地给他绑了个结实。

在发令员的喊声里，她眨眨眼闪人就位，在转身的瞬间捧起脸悄悄笑了起来。

这样也可以看作是情侣发带了吧？

借着身前其他选手的掩护，游棠向给力的江邂比出个感谢的小心心。

两人参加的是以班级为单位的接力赛，一共四棒各二百米，在赛场上刚好是一圈。游棠是第三棒，叶屿为第四棒。

前两棒的一男一女显然没有在前期占据优势，看着不断被赶超的队友，游棠深沉地叹口气，觉得自己拼上老命最多也只能追平，能不能拿第一还是得看叶屿的发挥。

“不求你爆发洪荒之力，但求你保持正常水准……”她绕着叶屿打转。

“你再啰嗦我就走完全场。”叶屿警告道。

游棠吓得赶紧闭紧嘴巴抱元守一。

眼见其他第三棒已经交替上场，自己班的第二棒也即将抵达，她的神经开始绷紧，手掌沁出薄薄的汗。叶屿瞧见了，皱了皱眉倾过身在她耳边说了句什么。

握住接力棒，游棠好似被按下了加速键，脚踩风火轮身似追风马，如身旁穿过的风一样轻盈。头顶是湛蓝的天空，脚下是鲜红的赛道，她置身其中，马尾伴着飘摇的发带，扬起落下间将对手纷纷甩开。

这一切她都无知无觉。目光投递在尽头的起始点，游棠向抱臂等待的叶屿奔跑着，脑中再一次浮出他方才的话语：紧张什么，就算你失误严重，我也能给你补回来！

补回来？不，她有和他相匹配的实力。她想要的，从来就不是跟在他身后，而是和他并肩奔跑。

游棠抿起唇再一次提速，几次落步超了身前最后一人的车，绽出大大的笑脸在叶屿面前刹住，直接把接力棒塞进他怀里。

“怎么样？”她一甩头得意道，整个人活力四射，站在人堆里活像个小太阳，精神得不得了。

“不错。”叶屿不吝夸奖，指着她的发带，“对得起这上面的两个字。”

“那你也要对得起头上的字！”游棠笑得灿烂，见对手们渐渐追了上来，她赶紧一推叶屿，“快点快点！”

叶屿起跑了，遥遥领先的同时生生跑出了闲庭信步的感觉，让一众围观群众大跌眼镜，至于游棠期待的各种场面，那是连影子都不会有的。

眼看胜利已经走投无路进了叶屿的手掌心，她耷拉着眉毛被江邂拉去了男子长跑热血沸腾的赛场上，转眼就忘了刚才的郁闷。

于是刚结束比赛的叶屿找不到自己活蹦乱跳的小青梅了，偏偏为了方便，他的手机一早就交给林子砚保管——望了望日头正好的天色，他难得头痛起来。

这时一道细怯的声音响起：“叶屿，你跑步辛苦了，擦擦汗喝点水吧。”弥晴出现在他身旁，因为紧张，拿着纸巾和矿泉水的手攥得紧紧的。

叶屿“丢了”游棠，心情正不美妙，神态较平时更为冷淡，直接漠然道：“不用了，谢谢。”

“打扰你了，对不起。”弥晴一僵，慢慢收回手把东西抱在怀里，垂着头转身就要离开，却又被叫住。

"等等！"

望着眼前陡然回转亮了眼睛的女生，叶屿皱起眉有点后悔，索性干脆利落把话问完："你看到游棠了吗？"

弥晴眼里的光刹那就暗淡了，心里点滴的雀跃和希冀随风散得干净。她勉强扬起个笑，给叶屿指出游棠和江邂离开的方向。

"谢谢。"真心实意地道过谢，叶屿向她点点头毫不犹豫地离开。

目送他远去，弥晴脸上的笑再也挂不住。

"游棠，又是游棠……"弥晴咬唇蹲下，抱着膝失魂落魄，许久后却又抹掉眼里的水雾站起，"一定是我的努力不够……再坚持坚持，叶屿会注意到我的……"她喃喃道，给自己打气，"一定会的！"

说到这里，她再次坚定起来。只是此时的她还不知道，有些东西，在无形中早已注定，不属于她的，再努力也不会改变原有的结果。

世间万物，自成阴阳，有人在黯然神伤，自然就有人在危险的边缘大鹏展翅。

游棠瞄着体育生们被汗打湿的偾张肌肉，觉得运动会真美好。

把她颇为流氓吹口哨的样子尽收眼底，寻过来的叶屿眯起眼，目光危险。

"好看吗？"他不动声色地靠近。

"好看！"游棠以为是江邂，捧着脸脱口而出，回答完才觉得不对——这声音怎么是从头顶飘来的？

她僵硬着脖子一点点扭头，果不其然对上叶屿锅底似的脸。

你问她眼里为何饱含泪水？因为现在的游棠对叶屿怕得深沉。

她扯出个比哭还难看的笑："你来了啊……"

叶屿轻哼一声，转眼如制冷机附体，冷飕飕道：“我在比赛里挥汗如雨，你跑来这里拿眼睛占别人便宜？”

“我这是欣赏！单纯的欣赏！”游棠觑他一眼据理力争。

“你欣赏得连眼珠子都快掉下来了。”叶屿嗤笑。想起刚才那一幕他就觉得心浮气躁，干脆几步走到树荫下，靠着树干朝她招手，“过来帮我擦汗。”

“你哪里挥汗如雨了？我用我的钛合金眼发誓，你一滴汗都没流！”游棠跺脚大踏步跟上，轻松就被带离了叶屿眼中的“危险地带”。

“我说有就有。”见状，他满意了，扬起脸闭上眼，毫不客气地使唤游棠。

游棠顶着黑人问号脸，伸手戳戳他干净的颊嘀咕道：“我说，你现在越来越像个公子哥儿了！”

“嗯？”叶屿掀开一只眼皮。

“毛病多！”她不假思索道，随即在没找到纸巾的情况下直接伸出袖子一通乱抹，满足了叶屿想要人给他擦汗的愿望。

不知不觉，太阳公公就摇摇晃晃走到中午，游棠躺在草坪上鲤鱼打挺，向笔直而坐的叶屿请求解决五脏庙的需求问题。

叶屿抬腕看表：“再等等，还有一个项目就结束了。”

全身的劲一卸，游棠栽回去唱起了投食歌：“好饿好饿好饿，我真的好饿……”

叶屿不动声色地往旁边挪了挪。要知道，调跑不到太平洋，就不配叫游棠唱的歌。

俗话说得好，福无双至祸不单行。她正饿得抓心挠肝，体育委员气喘吁吁地跑来求助：“游棠啊，江湖救急！跑女子八百米的同学突然拉肚子，你能不能顶一下？”

瞅着三大五粗的体育委员连眼都急红了，游棠叹口气，觉得自己大概应该或许可以再坚持一下。生活嘛，不就是在咸鱼和鸡血中循环往复？

接过号码牌戴上，她振振精神，提起收拾旧山河的气势就要奔赴战场，却一不小心踩到松开的鞋带上，险些就要深情亲吻祖国大地。

叶屿以拳抵唇轻咳一声，掩住笑替她系上鞋带。

看着他自然的动作，游棠伸到一半的手缩回来，觉得自己腰不酸腿不疼连肚子都不饿了，全身上下不仅轻飘飘还充满了能量，别说区区八百米，就是八千米也是手到擒来说跑就跑。

“我去了！”

游棠一脸梦幻，宛若云端漫步般跑完了全程，成功赛出水平赛出风格，继叶屿独树一帜的表现后又拉走一波眼球。

“这两个人……怎么连赛跑都这么秀？”鸦雀无声的观众席上，江邂一头黑线。

叶屿随手抽出书包，带出一串见怪不怪的信封字条来，自从运动会后，他的桌斗里就多了这些常驻军，野草似的清理不尽。

游棠则瞄一眼自己的，觉得对比着实惨烈。她就纳闷了，同为一亩三分地，叶屿在粮食大丰收，她怎么就寸草不生颗粒无收呢？

没道理啊！

搔搔头，游棠百思不得其解：“本姑娘这样颠倒众生的存在，回眸一笑……”

“一准鸡飞狗跳。”

“我警告你，友谊的船桨要拍你下水去和蛤蟆嘴对嘴了。”对着日益毒舌的叶屿，她心更累了。

所以说，“喜欢”真是个不可捉摸的存在，吊着人不说，还时不时给你塞口玻璃碴儿。

你以为这就是杯具的终极奥义了？不不不，还有个更不可捉摸的人搁眼前呢！

游棠笨吗？能和学习斗智斗勇还屡占上风的应该不算笨吧？更何况她也自认有几分小聪明。可一对上叶屿，她的惨状就不是用一败涂地能形容的了。

叶屿心思之莫测，堪比上九天揽月下五洋捉鳖。于是“喜欢的人喜不喜欢自己”成了迄今为止最为困扰游棠的难题。她也曾试图用女性的直觉来解决，可后来她发现，她枉为女生，她给广大女同胞丢脸了。

她像个弄潮儿，在喜欢与不喜欢的浪头里起伏跌宕，体会着青春里特有的纠结烦恼。转眼，高一就在游棠心花薅了又长的时候悄然溜走，送来了文理分科的新难题。

“蟹老板，你说我选文还是选理啊？”

双难齐下的时候，心花已经被薅秃了，游棠正在努力克制自己不要向头发下毒手。

江邂奇异地看着她：“你不是喜欢文科吗？我还以为你会和我一样毫不犹豫地选文。”

“臣妾做不到啊！”游棠哀号。

“哟，有什么难言之隐说来给姐姐听听，姐姐帮你排忧解难。”江邂捏捏她的脸，“可怜见的，都憔悴成这样了。”

“叶屿选理。”

“他跟你说了？”

“这还用说？他一心想学医，可不就要选理？”游棠瘪嘴。

“那就让他选呗……这么纠结，你想和他一起啊？”

游棠点点头，又摇摇头。

“你这又点头又摇头是什么意思？”江邂蒙圈。

“就是既想和叶屿一起，又想选文科。”游棠满脸沮丧，“我是不是太贪心了？”

“算你有自知之明！不过我也是服气，分个科被你搞得像生离死别似的！”江邂戳戳她的头，“你平时的杀伐果断呢？拌饭吃了？不知道距离产生美吗？”

游棠宛如被训话的小学生，低着头小声辩解：“距离会产生隔阂……要是一不留神形成个东非大裂谷，我上哪儿哭去？”

“你逗我呢？文理班分列天井两侧，距离不超二十米，你们每天一块来一道走，回家又是窗对窗……除了睡觉的几个小时，你们抬抬头就能看到彼此！这样还能产生隔阂，全天下的有情人都得哭死了！”

江邂恨铁不成钢：“都说恋爱中的女生会犯傻，你还在单恋，这智商已经要归零了。”

“你就是嘴硬！”游棠不甘示弱，“要是林子砚也选理，你现在肯定纠结死了！”

江邂的气势顿时一矮：“关他什么事？”

“你就装吧！”游棠鄙视她，“林子砚在你面前跟变了个人似的，不贫嘴不耍贱，温文尔雅得不得了。”

江邂语塞，半晌后破罐子破摔道：“对！我嘴硬行了吧！”

两人皆瞪着双亮闪闪的眼，又在下一瞬不约而同笑出声来。

“你就得意吧！”江邂丢出个白眼。

游棠笑嘻嘻：“可不是！”

“来，得意的游棠小姐，请在这张表上做出你的选择。”江邂递过选科表冲她挑眉。

游棠的脸色迅速由晴转阴，眼看还有降雨的趋势：“蟹老板，你再这样小心我哭给你看。”

“我不是叶屿，这招对我没用。”江邂一副铁石心肠的模样，不过话虽如此，她还是忍不住开解道，“你就别想东想西了，你们的关系不会因为同选理科而拉近，也不会因为你选了文科而疏远，知道吗？你要做的，就是遵从自己真实的想法！”

“我知道，我就是害怕……”

“怕什么？叶屿就是个惰性气体，对所有人都难产生化学反应……”

“我例外！”游棠连忙强调。

“好好好！”这说跑就跑的注意力江邂也是服气了，赶紧一锤定音，“总之，你这个最特殊的存在都拿不下叶屿的话，其他人就更不会有机会了！你就放一百个心吧！”

“爱恨……就在一瞬间！”游棠吊着嗓子开唱，企图用歌声表达自己的心情。

江邂忙不迭打断她：“停停停！闭嘴！我求求你正常点！叶屿要是看见指不定嫌弃成什么样！”

魔音戛然而止，经过开解恢复正常的游棠一个熊扑抱住江邂：“谢谢你，我知心的蟹老板！”

“行了，咱们之间就别搞这些虚的了，完事以后记得请我吃冰激凌！”江邂嫌弃脸，眼里却藏着笑。

“没问题！”游棠打包票，抓起自己的表格向她挥挥手，笑得明朗又璀璨，“我会听从自己内心的声音！等着我的选择吧！”

没有丝毫悬念，游棠决定奔赴江邂的怀抱。

“蟹老板，以后就仰仗你啦，还请多多指教！”第二天清早在校门口相遇，她直接从叶屿的后座蹦下来，树袋熊似的挂在江邂身上不撒手。

叶屿转着钥匙圈，不紧不慢走在特务接头似的两人后面，垂着眼不知在想什么。

江邂眼风往后瞟了瞟，不动声色地拿手肘捣捣游棠：“你给叶屿说了？”

游棠点点头。她何止是说了，她昨晚直接拿填好的表去爬叶屿的窗，谁知大院突然跳闸，导致她跟个蝙蝠似的蹲在窗上半天不知如何下脚，还把点了蜡烛进来的林阿姨吓一跳。

“你这孩子，什么都好怎么就是有点缺心眼呢？”脑补当时情境，江邂真替林静掬了好一把辛酸泪。

游棠也是郁闷不已，不过很快就抖擞了精神。

“好了，最艰难的选择时期已经过去，接下来我就要放飞自我，在我大文科的路上狂奔了！”

“麻烦你克制一下自己，再放飞下去，就算我学医学到华佗再世也救不了你。”

江邂还没接话，叶屿就后发先至，与她们擦肩而过的同时还不忘丢来一个睥睨嫌弃的眼神，打击得游棠体无完肤。

“你又做了什么挑战他下限的事？”江邂好奇。

她保持着四十五度天使角微笑流泪，表示自己是无辜的：“我向来谨守做人的本分……”

江邂不信：“那他怎么这么反常？”

不远处，叶屿的脚步一滞，随即又若无其事地继续前行。他确实有些反常，因为受到分科影响的不只是游棠，还有他。

到现在他都分辨不清，昨夜静谧的月光下，游棠一脸认真告知自己的决定时，徘徊在他心头的到底是何种情绪。

是欣慰，还是遗憾，抑或是不愿？他不知道。他只知道，那个在别人眼里威风凛凛却跟自己一言不合就卖蠢的姑娘真正长大了，再也不是当初那个只知道围着自己打转，央求自己给她出主意的小尾巴了。

准高二的游棠觉得，自己的假期就像那镜中花水中月，看得见来是摸不着，还没潇洒几天，就被押送到了“中级监狱”。

她能怎么样？只能笑着告诉自己要坚强喽！

不过学校还是比较人性化，顾念着让分科后打乱重组的学生们尽快适应以及更好地迎接高强度学习的挑战，特地在开学伊始举行一次秋游，地点就定在了市郊一片刚开发出的景区。

在校门口集合时，眼睁睁地看着叶屿走向没有她的新班级，游棠这才对分科带来的副作用有了直观的认识。

“别看他了。”江邂不知从哪儿钻出来，把她的头扭向自己，“我也不赖嘛，你也看看我啊！”

游棠瞧着眼前俏生生的姑娘，转瞬就换上了“色眯眯”的模样，挑着江邂的下巴一脸恶霸相：“哟，哪里来的小娘子，怎生得如此貌美？随我去做压寨夫人可好？”

“不好，剿匪的来了。”

眼前投下一片阴影，林子砚出现在两人背后，温声替江邂回答的同时还拎出一大袋零食：“拿这个和你换人，怎么样？”

游棠瞄着那塞得鼓鼓囊囊的袋子，迅速和江邂交换个眼神把她向前推了推，却在接过零食后反手拉回人撒腿就跑。

眨眼间，林子砚赔了夫人又折兵，沦入人财两空的可怜境地。目送两个姑娘手挽手远去，他耸耸肩回头，向遥遥望过来的叶屿摊手一笑。

大巴车上，联手缴下零食包的游棠和江邂拆着包装袋，吃得不亦乐乎。

“你真奸诈。”一边吃，江邂一边对游棠方才的行为做出评价。

“你也有份儿。”游棠吸溜着果冻，含混不清道，“放心，林子砚不会损失惨重的，叶屿替他分担着呢！”

江邂点头赞同：“我猜也是。”复又叹息，“他们也真是的，要给零食直说嘛，非要绕个弯子让咱们自己当恶人……”

游棠附和：“就是！无聊！”

“幼稚！”

“乏味！”

两人对视一眼，齐齐摇头叹道：“唉，男人啊！”

对此，“男人”们自然是无从得知。鉴于内容可能引起不适，所以悄悄地吐槽完后，两人决定让以上的对话随零食一起埋进胃里。

不多时抵达目的地，游棠甩着辫子跳下车，先大口呼吸几下新鲜空气，这才打量起周围的环境。

“咦？”这山这水这风景，可不就是小时候和大院一堆萝卜头来玩过的地方嘛！

笑出一口好牙，她伸手揽过目露新奇的江邂：“老妹儿，一会儿我带你玩去！”

“你来过？”江邂疑惑。虽然她是本地人，却不知道有这么个地方。

“小时候来撒过欢儿。”忆起无忧无虑的童年，游棠不禁扬了扬嘴角。

“哦？有什么好玩的地方吗？”林子砚最后一个下来，手搭在额上眺望葱郁的山头，随着她的话头问道。他才来S市不久，自然是不清楚这郊外有什么。

游棠摸着下巴，犁地似的在回忆里刨了刨，筛出了一星半点回忆：“嗯……我记得后山有个溶洞来着，还蛮好看的！”

旁边几个同学听到，也来了兴趣，凑过来加入讨论。三言两语后，众人意见迅速统一，决定等自由活动的时间一到就搭伙去游玩。

用过午饭，又集合听班主任絮絮叨叨讲完注意事项，早已按捺不住勃勃兴致的一群少年总算被大手一挥实施放行。

“呼——这里的空气都充满了自由的味道！”

走在山间小路上，游棠正使劲呼吸仔细感受着天然氧吧的魅力，脚下却突然一个打滑，吓得旁边的同学赶忙扶住：“你怎么了？”

“不慌，她就是呼吸太猛，大脑有点缺氧而已。”江邂不紧不慢地走近，伸手托着她的脑袋就是左右一转。

眼前再次盘旋起小星星的游棠连忙喊停：“别转别转！晕！”

见状，林子砚不禁失笑：“叶屿说得也太准了。”

“他说啥了？”游棠投来炯炯目光。

林子砚叠起双臂，一手抵在额上做思考状：“嗯……他说你特别能制造意外，所以拜托我看着你，免得给大家带来一场魔幻现实的体验。”

“我对你也是服气。”江邂晃晃自己手机接话，“一朵不食人间烟火的高岭花，生生被拽下云端替你操碎了心。”

游棠瞄过去，见亮着的屏幕上，正是来自叶屿的一长串叮嘱。

“人不在，还要派来两个监军刷存在感……”

她嘴上抱怨着，脸上的笑却怎么也藏不住，看得身旁新上任“哼哈二将”的嫌弃之色溢于言表。

好在叶屿的措施起了作用，一路上游棠当真老老实实安分守己，没出一点岔子来，让己方放下了一颗沉甸甸的心。

此时大家在溶洞宽敞的前庭三三两两散开，围着自己感兴趣的钟乳石研究，不时有闪光灯伴随着快门声闪烁，照得五光十色的洞穴更显绚丽，使人仿佛置身于仙境阆苑。

江邂也被一棵奇丽的石笋吸走了目光，伸手小心摸了摸又拿出手机拍照。余光留意到一旁的林子砚，她来了兴致，拉着他“咔咔”就是几张合影。就是这闪光灯一亮一暗的工夫，几米开外的游棠忽然就不见了踪影。

放心，不是什么离奇的因素在作祟，只是游棠发现了当年游览过的路线想重温一下罢了。见江邂林子砚忙着跟镜头交流感情，她便没有去打扰，准备在入口处转转就出来。

可她着实高估了自己——身边常年有个人形导航，让她忘记了自己除脸盲以外对方向也不甚敏感的事实，几个转身就把来去路搞混，不知不觉走向深处。

足音在狭长曲折的空间里回荡，撞在嶙峋的石壁上，折返出沉闷的声响，游棠小心翼翼避开垂下的钟乳石，苦着脸在簇簇石笋里穿行——就是再脱线，她也知道自己这是迷路了。

掏出手机看看时间，顺带瞄一眼死水般的信号栏，游棠一脸绝望地找了块略平整的石头坐下，准备凭回忆自我解救。

然而有用的信息支离破碎，他们缠着导游小哥哥讲灵异故事的情景倒历历在目。当时人多又吵吵闹闹的，是真没生出恐怖感觉，现在就她孤零零一个，不太美妙的感受顿时就铺天盖地翻涌而来，并在一滴水悄然落入领口时达到顶峰。

“搞什么啊！”

游棠坐不住了，毛骨悚然地跳起来就是一通摸索。不知道是不是她的错觉，似乎有摩擦声忽远忽近，石壁上也开始有幽幽的光在晃动。

大开的脑洞疯狂输出惊悚情节，游棠觉得自己整个人都不好了。她爹着毛打开手机自带手电筒照向四周阴影处，一转头却赫然对上一双黑黝黝的眼洞。

这一刻天地静默日月失色，唯有游棠从悬崖起飞的心脏依旧鲜活。

“嗷——”

手机自掌中无声滑落，在地上弹动时熄了屏，大脑霎时空白后，她惨叫一声埋头就跑，连崴到脚都顾不得。

可惜精神疗法并没有用，身后的声音不断清晰变大，一下下扯动着游棠的头皮和神经，满心的惶惑在手臂被骤然抓住时化作尖叫脱口而出。

“走开！莫挨老子！”

她胡乱挥舞着手脚，拼了老命挣扎，好半晌歇业的大脑才想起自己有超强武力值傍身，连忙就是一个过肩摔，却不想意外落空。

这下游棠的心更慌了，在来人探手捂上她的嘴后想都不想就是狠狠一口。

“嘶！”来人倒吸口气，随即恼火的声音响起，“你干什么！”

游棠呆呆松口：“叶屿？”

昏暗的空间里，来人打开小手电，在洒落的小块明亮里露出自己紧皱的脸：“你乱喊什么？”

怕得要死的时候谁还记得自己喊了什么，游棠摇摇头，睁大的眼睛尚透出带着茫然的傻气，怦怦乱跳的心却安定下来：“你怎么来了？”

话刚出口，她回笼的智商就觉出问题：“不对，来的怎么是你？”

“不是我是谁？你在这里还约了人不成？”叶屿睨她一眼冷冷道，缩回自己隐隐作痛的手。

谁会在这种鬼地方约人？

游棠腹诽，随即更生气了，揪住叶屿的领子就要开炮：“你为什么要装神弄鬼吓我？”

“装神弄鬼？吓你？”叶屿平静反问，目光滑过领口落在她愤然的脸上，“我的什么言行向你传达了‘我很无聊’的错误信息？”

游棠语塞，正想反驳却忽然觉得，他好像确实不会这么无聊？这时叶屿紧跟而上的一句“况且你不见了，我来找很奇怪吗”就更让她讪讪。

于是，她把想不通的问题抛了出去：“那摩擦声和晃动的光是怎么回事？我还看见骷髅了！”

"你指这个？"叶屿脚动了动，被踢到的石块擦碰着滚开，留下一串起伏不定的声音。他又把手电指向石壁，漾出层层水波一样的光影。

"至于骷髅……"沉吟半晌，他挑起眉道，"我觉得你看错的可能性更高一点。"

所以从头到尾都是她在自己吓自己？

回想起刚才抱头鼠窜的情景，游棠抽抽嘴角，觉得自己积攒了十六年的脸面被丢得干净。

只消一眼，叶屿就洞悉了游棠内心的波涛起伏，一声轻笑，也不揭穿她，掉转身形就准备出去。

游棠自然是抬步跟上，迈开腿的瞬间却垮了半边身体，她这才想起刚才崴到脚的事实。

"怎么了？"叶屿回头望她。

游棠仰起头惨兮兮道："崴脚了……"

叶屿蹲下身，握起她肿起的脚踝仔细看："还能走吗？"

"可以！"游棠扶着叶屿的肩，金鸡独立蹦了两蹦，"走吧，起驾回宫！"

"麻烦你醒醒，大白天就不要做梦了。"叶屿拨开她的手冷然道，把手电递出转身蹲下，"上来。"

"你行吗？"游棠拍拍他好像没有几两肉的清瘦背脊有些质疑，完全忘记了他真人不露相的事。

"我不行，所以你还是自己蹦出去吧。"叶屿瞥她一眼站起，本就清淡的声音又降了八度。

“哎——别别别！我错了！”

游棠一贯认为自己是个知错就改的好孩子，这个时候自然要亡羊补牢，溢美之词不要钱似的涌出：“你雄赳赳气昂昂人高马大铜浇铁铸身强力壮生龙活虎虎虎生威威风赫赫……”

她在叶屿压下的冷峻眼神里消了声。叶屿揉着眉头松开抿住的唇线，觉得自己有点吃不消：“你的节操呢？”

“能博你一笑就好，要什么节操！”游棠一脸狡黠。

这丫头，还真是吃准他了！

认命一叹，叶屿再一次蹲下轻松地将她背起。

“颠一下，对……往左一点。”游棠指挥叶屿进行微调，给自己找了个舒服的角度窝下去，下意识地把脸在他温暖清新的衬衣上蹭了蹭。

啊！这就是幸福的味道！

在心里喟叹出声，她紧了紧环起的手臂，为新解锁的亲密值激动不已，却不想一盆冷水从天而降泼醒了她。

“要是让我发现衣服被蹭脏，你就完蛋了。”叶屿冷静陈述一个事实，“还有——”

他顿了顿，声音克制：“你是想勒死我好继承我的一切吗？”

游棠一愣，这才发现自己勒住了叶屿的脖子：“你死了我也继承不了，我又不是你的谁……”满心飘起的粉红泡泡被现实击碎，她闷闷不乐地撇开头，嘟囔着向前伸直了手臂。

“僵尸小姐，你的行为对我造成了困扰，我并不想拥有赶尸匠的工作体验。”视野被两条细长手臂充斥，叶屿忍不住回头发出警告，作势松了松手。

果然人太张扬的话老天爷也会看不过眼。心情连番受挫，游棠觉得自己要枯萎了。

几番斗嘴吵闹，两人徐徐回到先前游棠停留的地方。

“停停停！”游棠一拍叶屿的肩连声喊道。

“嗯？”

“我手机掉这儿了，你帮我找找。”

叶屿目光扫过四周：“哪个方向？”

“这边吧？”游棠指出一个方向，不甚确定。

他点头表示知道，脚步毫不犹豫地转向反方向，果然发现了手机的存在。

沉默着接过手机，游棠思考起关于自己靠不靠谱的哲学问题。正在故作深沉，目光突然掠过一团黑乎乎的影子，让她瞬间魂飞天外，扒紧叶屿不放松。

“啊啊啊啊，那个骷髅！”

叶屿皱起眉，锁定了一块区域缓缓靠近，一点也没有被游棠突变的画风所影响。半晌后，他舒展眉头一声轻笑：“之前是我误会你了，想不到这里真的有骷髅。”

“有骷髅你还笑？你是魔鬼吗！”游棠被他笑得毛骨悚然，鸡皮疙瘩掉了又起。

“继脑子之后，你的眼睛也开始丧失作用了？”叶屿拿下她捂着眼睛的手，“一只腐烂到看不出品种的鸟也把你吓成这样？别一提到骷髅就思想跑偏行吗？”

“啥？”闻言，她挣扎着跳下来就要看个究竟，崴了的脚踝却不配合。剧痛一路传到神经末梢，她踉跄着栽向前，被迫以近距离观赏了高度腐烂露出骷髅架子的组织物。

画面太美让人久久不能忘怀，那天游棠罕见地拒绝了晚饭。

Chapter 08

跌宕起伏的人生

盼望着，盼望着，东风走了，高考的脚步近了。

一路追赶超越，七百多个日夜就像小时候放的风筝，“刺溜”一下随风飘得老远。

游棠欣欣然张开了眼，瞧着刚到手的三模分数笑得得意。这两年，她不遛猫不逗狗，一心一意抓学习，空闲之余还不忘充实自己，双管齐下收获了斐然的业绩。不是她吹，从小飘摇不定的成绩在这两年就跟开了花的芝麻似的，一节比一节高。

毕竟吊打了高考她才能没有后顾之忧地去坦露心迹追逐她的boy嘛！

“你是风儿我是沙，缠缠绵绵到S大……”小算盘打得“叭叭”响，游棠捧着脸窃笑不已。

人在得意之余难免会有些原形毕露，游棠也没逃脱这个定律。见叶屿班里留堂，天色又还早，她决定步行回家，感受一下五月的煦风。

这一感受，她行侠仗义的一颗心出笼似的放飞了，拉都拉不回来。

有道是“江山代有流氓出，各领风骚二三年”，学校是铁打的，流氓是流水的，韭菜似的换了一茬又一茬后，现在“称霸”一中附近的流氓头子已经不知当年“校园霸主”游棠的光辉事迹了。

路经母校的游棠蹲在矮墙上忧伤望天，觉得自己比过气明星还不如，索性专心研究起下面的对峙。

泾渭分明的两派，一方人多势众，气势汹汹；一方形单影只，孤苦伶仃，看起来似乎格外不公平。

不过打架嘛，好像也没有讲究过什么公平，她当年还有一众小弟前呼后拥呢。况且这哥们儿一张脸古井无波，好像也没怎么害怕。游棠如是想。

又过了一会儿，人数占优的一方忽然有了动静，不知从哪儿新冒出了几个人。新出现的几个人似乎是领头的，个个一身腱子肌，看着就与其他瘦弱小年轻不是一个重量级的。

对此，对面的孤身男子依旧没什么反应，盯着脚下的砖，好像能看出朵花儿来，而另一方却在领头人交代了几句话后开始散去。直到“闲杂人等”散得干净，男子才缓缓抬起头直视前方几人，声如碎冰。

“把东西放下。”

话出口，他整个人的气势也随之一变，恍然间游棠似乎看到利刃脱鞘而出，荡出锋锐凛然之气，等她再眨眨眼回神，下面已经打成一团。

视线跟着男子有些熟悉的一招一式在几人中游走，在部队打磨过的游棠这才悟了：难怪气场这么正，敢情是个兵哥哥！

不过气场虽正，兵哥哥的打法却有点一言难尽，极正派的招式里总乱入些极流氓的套路。之所以这么说，是因为当年游棠没少在对阵的小混混身上见识过。

看来兵哥哥以前也是个性情中人啊！

游棠托腮一笑，欣赏其一对五还不露下风的英姿。

此消彼长之下，狼狈之相的对方开始撑不住了，有人脚步一转就想逃跑。见兵哥哥被其他人拖住暂时脱不开手，她笑眯眯地从矮墙跳下拦住。

"好汉，去哪儿呀？"

对方以挥来的拳头作答。

"没礼貌！"游棠撇撇嘴，轻松拆招。虽然不能一打五，但对付一个她还是很有把握的，没几个回合就稳踞高台，还有心思发问，"说来听听，你们干什么坏事了？"

这次对方掏出把折叠刀。

"我去！"游棠惊了，"你怎么不按套路走？"

功夫再高，也怕挨刀，被神转折套进去的游棠躲避不及，左臂上被豁出道口子，飞起一溜鲜红的血珠。这下她再不敢掉以轻心，全力出手一个巧劲将人撂倒在地。

此时男子已收拾了其余四人，紧随而上制伏漏网之鱼，见他接手，游棠这才检查起自己的伤。

伤口不深，就是长了些，看起来血淋淋的吓人，其实并无大碍。她甩甩手浑不在意，只瞅着那刀咂舌："这年头的小混混都这么'刚'吗？"

时代在进步，流氓混混都不甘落后啊！两相对比，她闹腾的那几年简直就是小朋友在过家家的既视感。啧，警察叔叔真是辛苦了！

“他们不是小混混。”

这时男子忙活完，直起身来看向眼前这个连情况都没搞清就蹦出来的小姑娘。

“啊？”游棠没明白他意思。

“他们是抢劫惯犯，这两年已经在牢子几进几出了。”男子言简意赅讲明情况，“下次不要这么冒失了，好好上你的学，这不是你该管能管的事。”

知道男子是为自己好，可游棠还是忍不住辩驳：“我有解决问题的能力，为什么就不能贡献力量去帮助别人？”

男子抱着臂，沉沉目光落在她认真坚定又尚含一丝稚气的脸上，张口就是两个字：

“天真。”

目光扫过她血迹未干的手臂，又吐出两个字：“麻烦。”

说完，他转身就走。

“嘶——”听着男子简洁到不能再简洁的回复，游棠牙疼似的吸口气，觉得自己轻敌在先负伤在后，也怨不得别人这样评价。她站在原地，仔细检讨自己。

弥暮走出一段距离，却一直没察觉到身后有动静，回头就见那个大大咧咧的小姑娘垂头立着一动不动。

“再不走，你们教导主任就要过来了。”他出言提醒，下意识地觉得游棠是一中的学生。

深刻认识完错误，游棠抬步也往前走，听到这一句就有点蒙：“来就来呗，我都毕业三年了还能给我个处分不成？”

闻言，弥暮有些意外，想不到她和自家妹妹差不多大。

两人相顾无言，撇开头各自占据了大路一侧。游棠只闷头往前走，一不留神就在街角撞到了人。

“你受伤了？”

弥晴看见游棠的伤后惊讶出声。

游棠干笑着把手臂往身后藏了藏，还没想好怎么回答，就见弥晴一抬头望着身后的兵哥哥愣住。

“哥？”

游棠目瞪口呆离开了案发……哦，不，偶遇现场。她是真想不到，风格如此迥异的两人竟是兄妹。

生命之神奇让她感慨了一路，连胳膊上的疼痛都忘了不少，直到一推房门瞧见对面捧着本书在看的叶屿，身上的汗毛这才后知后觉地参起。

哦！ my god！

要是让叶屿知道她又去揽事还英勇负伤就完蛋了！

于是在叶屿投来目光准备向她招手时，她迅速展露八颗牙的完美笑容，先一步朝他点点头。

开门，出门，关门。

动作一气呵成，游棠贴在门上劫后重生般松了口气，赶忙溜去处理伤口。

第二天课间和江邂谈起此事，她更是直呼自己使出了“整容般的演技”：“你不知道，今天早上我差点就露馅了！”

江邂甚是无语：“露馅就露馅呗，他还能给你再添道伤不成？”

“不行！”游棠拍桌，“他会对我冷暴力的，这样多伤感情啊！感情这东西，有了裂缝就很难弥补了！”

“怕啥，我友情提供502胶，保准给你粘得结结实实！”江邂忍笑道。

“你这样会失去我的。”游棠觉得江邂变了，“你跟着林子砚学得蔫坏！”

“既然你都这样说了，我不干点什么似乎不太合适啊……”江邂摸摸她的头煞有介事道，“我帮你告诉叶屿怎么样？”

游棠回忆着叶屿时不时的眯眼大法，努力营造出危险的目光射线：“那你的黑历史就保不住了。”

“对峙”中的两人表情紧绷，企图在气势上压过对方，却又很快忍不住纷纷笑场。

“果然相互有把柄，友谊才长久啊！”游棠揉着有些僵的脸喟叹出声，被江邂拉过去看手机上搜索到的内容。

“这是啥？”

“咱们学校的论坛啊！你都没逛过吗？”江邂给一脸新鲜的游棠解惑，指着一个帖子里的名字，“你看这个。”

“弥暮？”游棠挠挠头，“谁啊？”

“就是你刚跟我说的弥晴她哥，那个兵哥哥……想不到这人以前也是咱们学校的，还挺有名。”

“我看看！”游棠来了兴致。

江邂点开校友上传的照片，顿时整个屏幕都被一张桀骜不驯的脸孔占据。照片像素不高，甚至可以说有点模糊，却个人特色鲜明到让从小脸盲的游棠都一眼认出。

“还真是他。”

江邂的指尖划拉着屏幕，跟游棠分享获取的信息：“喏，打架滋事寻衅斗殴……活脱脱就一恶霸！可后来不知怎么了，一夜之间他突然就洗心革面重新做人，从一歪脖子树变成了追逐阳光的花朵。”

江邂继续说：“还有啊，因为他的转变太突然太匪夷所思，所以成功载入了学校的十大未解之谜！”

“十大未解之谜？这又是啥？”游棠发问。她怎么有种和学校脱轨的感觉？她怕不是上了快三年的假学？

“来来来，百事通给你解惑！”江邂跟着歪楼，扳着手指准备一件件道来，“就是建校至今，十件没有答案又颇具争议的问题……当年入学的时候，叶屿就刷新了榜单，在其中占据了一席之地哦！”

游棠眼露疑惑。

“不知道有多少女生盖楼追问叶屿的个人信息呢！至今他的三围还无人揭晓！”江邂凑近她窃笑不已，“不过只要你愿意去回答，这问题也就迎刃而解了。”

“不是我愿不愿意的问题，问题是我也不知道啊……”游棠摊手表示无奈。说实话，这个问题的答案她也想知道。

这个话题就此跳过，两人正准备刷别的帖子看，打在身后的阳光忽然一暗，一个身影覆盖在窗上。以为是老师突袭，两人佯装镇定藏起手机回头，却发现虚惊一场，来的人是叶屿。

“学神好久不见啊！”江邂打招呼。不知道是不是逆光的原因，她觉得叶屿脸色乌漆麻黑的。

叶屿向她回应一句，沉沉目光落在游棠身上：“出来一下。”说完他转身就走。

游棠不明所以，起身跟了出去。

课间走廊上人正多，叶屿挑了个安静的楼梯拐角停下脚步，紧随而来的游棠瞄着他锅底似的脸有些摸不准情况。

“谁惹你了？”

自上而下把她扫视一遍，叶屿平淡道：“伤给我看看。”

“伤？什么伤？”游棠反应极快，准备装傻充愣，左臂却在心虚之下微微一缩。就是这么一个细小的动作，叶屿的眼睛就跟着转了过来。

还不待游棠狡辩，叶屿伸手握住她的手腕，另一只手快速捋起袖子，露出左臂上裹得乱七八糟的纱布。

事实胜于雄辩，既然已经暴露，游棠索性干脆利落地放弃挣扎。叶屿一言不发，解下纱布瞧了眼她红肿狰狞的伤口，替她重新缠裹起来。

他垂着头，额发挡住了脸孔，游棠看不清他的表情，却能感觉到气氛逐渐紧绷起来。

“嘿嘿……这么点小伤口，就是看着可怕，其实不出一个礼拜就会好！”她故作轻松，试图打破这凝滞的氛围。

“这就是你瞒着我的理由？”

叶屿总算抬头，目光和声音却不复平淡，就像滑入山崖般迅速下沉，在最低处结起了寒冰：“若不是弥晴出于担忧来向我询问你的伤势，你是不是永远不打算让我知道这事？”

“我没想瞒着你……我就是怕你知道了训我。”游棠嘟嘴，实在是怕了以前叶屿“念经”的样子。

“你还知道怕！上一次你是怎么跟我保证的？”叶屿揉着额角，想起弥晴告诉他的昨日情况就无端烦躁，“能不能别像守财奴一样抱着自己的冲动和莽撞不放！你对这个世界有什么怨懑非得把自己交代出去？”

他这一通带有情绪的话出来，游棠的眼睛就有些泛红。这是第一次，叶屿对她说这么重的话。

“我昨天认识到自己的问题了……”她有点委屈。

“那又怎样，下次就不会重蹈覆辙？”叶屿撇开视线不让自己动摇，“这次你只是伤了手臂，那下一次，下下一次呢？你是有几分身手，这样下去，总有一天会遇到不是你这三脚猫功夫能应付得了的人……那时你要怎么办？”

他怕她受伤，更怕她看待世界永远是单纯的目光。人可以简单地生活，却不能只拥有单一的方式来应对善变生活中的风浪。

“我明白你的意思。”游棠抹一把眼角低声道，“但我不像你，危急关头还能理智冷静寻找最好的解决办法。”

叶屿知道她还是没懂。

他注视着她，直到上课铃声响起，熙攘人流从他们身边穿梭而过，这才再一次开口。没有疾言厉色，他只是轻叹道：

“以前是我太惯着你。”

游棠也不知道她和叶屿算不算是吵架，反正那天过后，他们就陷入了冷战，从认识以来的第一次冷战——虽然生活一如既往，但他们的交流直线下跌少得可怜。

在跟自己怄了几天气后，游棠就期期艾艾惦记起和好的事来。无奈她在这方面全无经验，又怕弄巧成拙，一来二去便耽搁下来。

而叶屿呢，一方面思考着怎样改变游棠的冲动，一方面有意晾着她，好让她暂时长点记性，别在临考前的这段关键日子里又搞出什么幺蛾子来。

只是在他的想法刚有了眉目，还没具体实施时，两个人就出事了。

蝉在热浪中嘶哑地鸣叫，持续两天的高考结束，又一批笑容比太阳还要耀眼的学子奔出考场，向天空抛起平日里时刻捧在手中的题册课本。

游棠舒展眉眼走出考场，望着身旁喜悦激动溢于言表的同学们，也扬起个笑脸。

“哎，棠棠，考得怎么样？”

江邂挤过千军万马总算来到游棠身边：“好了，你不用说了，看见你的笑我就都知道了！”

“看见你的笑我也都知道了！”

游棠挤挤眼和江邂笑成一团。

两个姑娘在路边买了冰激凌，来到林荫道上踱步，享受着久违的惬意。正在嬉闹，忽然有人从背后拍拍她们的肩：“你们俩跑得也太快了！”

“咦，小胖？”

来人身材微胖一脸乐呵呵，正是她们同班两年的班长。

“班里同学正商量着晚上去 KTV 玩，见你们跑了我赶紧追上来问问……怎么样，没别的安排吧？”

两人摇头。

小胖两手一拍："那就都来！说定了啊，不准放全班人鸽子！"

说完，他摆出个胜利的手势，留下句"时间地址定了发你们"后，就颠儿颠儿地跑远了。

两人面面相觑，半晌后，江邂果断拉着游棠奔向商店去给自己准备隔音耳塞。

华灯初上，两人准时踏进小胖同学发来的地址所在，一进包厢一串鬼哭狼嚎就扑面而来。江邂丝毫不受影响，拉着看东看西的游棠坐下，和周围同学打了个招呼。

这家 KTV 离学校近，故许多班级把活动都订在了这里，不时有别班同学相互串门子，因而这一溜挨着的数个大包厢热闹无比。

游棠迅速被这份热闹感染，和几个相熟同学围坐着摇起了色子，还没玩几轮，小胖就举着麦克风过来了。

"玩什么色子？来来来，唱歌！"他向周围同学吆喝起来，"让常年霸榜的游棠同学给大家唱首歌儿怎么样啊？"

游棠为人直爽热情，和班上同学打成一片，因此小胖一言出口众人应和，都撺掇着让她唱首歌听：

"对对对，让游棠给咱们开个好头！"

"同学两年了都没听游棠唱过歌！"

"游棠不要藏拙嘛！"

"游棠别害羞，放心大胆唱！"

"来来来，大家先鼓个掌！"

看着这帮不知游棠"道行深浅"的同窗，江邂高深莫测一笑，摸出准备好的隔音耳塞戴上。

游棠握着麦克风看过来时，就见江邂指指自己耳朵打出个"准备好了”的手势。她深吸一口气，视死如归地走上了点歌台，只希望自己一会儿不要被轰下来。

“你应该听过她唱歌吧？怎么样？”一旁端坐的林子砚有些好奇地问。

江邂托腮望着他，煞有介事点点头：“简直是振聋发聩。”

那厢前奏已经开始，所有人满怀期待注视着游棠。

她唱出第一句，众人目露疑惑，觉得有哪里不对。

她唱出第二句，骚动开始产生，众人纷纷投出不可置信的目光。

她唱出第三句，偌大的包厢陷入寂静，仿佛被这流淌而出的魔音按下了静止键，人人如木鸡般呆住。全场唯有江邂不受影响，她憋着笑，又摸出一副耳塞替林子砚塞上。

“你……”林子砚回过神无奈地笑了。

“我求求你了！快让这姑奶奶停下来吧！”小胖捂着耳朵奔过来，被摧残得一脸惨淡。

江邂眼珠一转，想到理科实验班也来了，心里顿时便有了主意，一猫腰就闪出门外。

在第二轮副歌即将来临的时候，一只手盖上麦克风，打断了游棠的引吭高歌。起伏的伴奏声中，叶屿的声音悠悠响起：“别谋杀大家的耳朵了。”

被救于水火，众人皆松了口气，向他投以感激的目光。

叶屿一笑拉着游棠走下点歌台，像招财猫似的摇了摇她的手：“我把她借走一会儿。”

登时欢送声口哨声交错响起，江邂更是拍桌大喊：“送你了！不用还！”

此情此景让游棠有了一种被拐卖的感觉……好吧，人贩子是叶屿的话，她想她是心甘情愿的。

“你怎么知道叶屿来了？”

林子砚拉着手舞足蹈的江邂坐下，递给她一把剥好的瓜子仁。他家的大表哥他知道，最是不喜欢凑这种热闹。

“笨！游棠都来了他能不来？”江邂得意道，眉眼间自有看破一切的笃定。

里面热闹喧天像是过年，外面却又回归到夏夜独有的宁静。两人站在 KTV 外听隐隐蝉鸣，一时都不说话。

游棠拿脚尖在地上画圈圈，揣在兜里的手轻轻握住两块沁凉的物件。那是下午她才在江邂陪伴下取回的，几天前在手工工坊亲手烧制的水晶吊坠，里面分别镶了两人的单人照。

水晶已焐得微热，见叶屿还没有开口的意思，游棠耐不住了，拎着链子把一个吊坠悬在他面前：“我们……我们和好吧！”

叶屿视线一动，和晶亮吊坠里的笑脸对上。感受到游棠期待的目光，他不动声色吐声道：“笑得真傻！”

游棠深受打击。

她明明挑了自己最好看的一张照片放进去！

见叶屿一脸正色不像是在开玩笑，游棠沮丧极了，就要去摸给自己准备的，镶有叶屿照片的另一个吊坠。

就算她的审美有问题，他总该不会连自己都嫌弃吧？

她如是想到。可还没等她付诸行动，就见叶屿慢条斯理伸手接过吊坠，举在眼前仔细瞧了瞧后收进口袋。

“不过这些年也看习惯了……就这样吧。”

哎哟，瞧这勉强的语气，瞧这不情愿的姿态！游棠恍然大悟，对口是心非的某人进行鄙视，然后乐呵呵把自己的吊坠挂上脖子。

叶屿眯了眯眼，觉得游棠“飘”了。

然而更“飘”的还在后面——趁叶屿不备，游棠扑上前，如树袋熊一般把自己挂在他身上。

“为庆祝坚冰破碎，友谊回归，我们来抱一个！”

叶屿被撞得后退一步靠在树上。现在他有充分的理由怀疑，这丫头就是借和好之机有意占他便宜。

这是蓄谋已久啊。

“说说，你下午吃了熊心还是豹子胆？”

他微笑着给游棠的长马尾绕圈打结。游棠头皮一痛，惨呼着捂住脑袋：“我下午还没吃呢！”

“没吃？”叶屿扬起声调，“你考完试连家都没回还把自己弄得这么可怜？”

“我去玩了嘛！”游棠小声咕哝，人向前一栽把头干脆利落往他脖子上一架，“啊！饿得我没力气了，借我靠靠！”

“下来。”

游棠闭着眼睛当没听到。

“再不下来就不带你去吃饭了。”叶屿瞥一眼她毛茸茸的脑袋道。

“去哪里？”她瞬间抖擞了精神，站得比小白杨还笔直。

叶屿不答，转身沿着街道向前走去。游棠一蹦一跳地跟上，在他耳边报起菜名：“我要吃鱼香茄子、小炒牛肉、糖醋排骨、小笼包、煎虾饺、小酥肉、烤面筋、臭豆腐……”

她舔舔唇，意犹未尽收了声。

“吃可以，但你晚上要是撑得睡不着，深更半夜来敲我的窗，我是绝对不会理你的。”叶屿不紧不慢道。

“我就是在大院里跑步也不会去敲你的窗！”游棠扮出个鬼脸，一偏头看见对面街上有卖冰激凌的小店又忍不住嘴馋要去买。

这风风火火的样子，叶屿真担心她会造成交通堵塞。

“你就在这儿等着，我去买。”

目送叶屿走过马路，游棠袋鼠似的在原地蹦了蹦，转身看明亮橱窗里倒映出自己的身影。

古人说得好，“一鼓作气，再而衰，三而竭”，那她就趁着和好的 buff，从今天，从现在开始，全面实施她的攻略。

正在她面对橱窗给自己加油打气时，一旁的玻璃大门忽然被大力撞开。被这突如其来的声响一惊，游棠目光微讶看过去，就见三个彪形大汉抢出门来。

玻璃门如落叶般前后荡起，透过缝隙，她看见店内一片狼藉，店员惊慌满面，一副想追又不敢追的模样。而大街上，行人也纷纷受到惊吓，此起彼伏地尖叫起来。几个大汉拿凶狠的目光四下一扫，拔腿就奔向不远处的巷子。

“啧！”

游棠倒平静下来，不仅平静，她还有心思琢磨自己是不是命里犯煞才总遇到这种事——看来她的攻略要放一放了，说不定连刚粉碎的坚冰都要重新冻起来。

同情一番自己，她隔着马路望望叶屿，抬腿追了上去。

“游棠！”

那一头，叶屿刚买了冰激凌出来就听得对面起了骚乱，抬头间看见游棠缀在三个大汉后面一路追赶，整个人又惊又怒。

他当即丢了冰激凌，在车流人流中穿梭疾奔，引得数个司机朝他狂按喇叭，更有无数路人拿诧异的目光盯着他。

这些叶屿都顾不得了，只紧盯着前方那个纤细的身影不放。这一片是老城区，巷口极多，他生怕一个不留神跟丢了人。

而游棠已经跟丢了人。

一脚踏进昏暗的巷子，她眼睛不适应地闭了闭，再睁开时视野里就没了那三人的踪影。她一愣，下意识就要退回明亮的大街，后背却撞上了人。

紧接着一道粗哑嗓子在她头顶响起：“小妞你胆子挺大的嘛！敢一路追着我们跑！”

游棠心里一紧，连忙侧身闪开，靠在路口的墙壁上警惕地打量着这个突然出现在她身后的男人，双手已悄悄捏起。

一个脸很瘦的大汉同一个留着络腮胡的大汉从暗处走出，见她这副模样，不由得笑了起来：“哟，怎么怕成这样？”

“还不是大哥你吓的！”

粗哑嗓子大汉回头瞧他们一眼，流里流气地走上前，伸手就要去摸游棠的脸：“小妞，我劝你不要多管闲事，你知道我们……”

“呸！流氓！”

游棠怒，用力拍开接近的咸猪手。

粗哑嗓子大汉吃痛，只觉手背一阵火辣辣，后退几步借路灯一照，已经微微鼓起。

“哈，还是个烈性子的？”

看着双眼喷火的游棠，他捏捏指骨，头也不回跟两个同伴道：“你们带着东西先走，我料理了这个小辣椒就来！”

“别耽搁太久，跑路要紧。”那两人叮嘱一句，扛起包裹就要走。

“知道！知道！”粗哑嗓子大汉随口应道，怪笑着再次靠近游棠，眼里满是垂涎，“嗯，远看不错，近看更不错！”

“不错你妹！”

游棠难得爆粗，人更是出离愤怒，当即一个耳刮子抽过去，趁男人被打偏脑袋的时机就是一套连环招式，以一脚踢上他的膝窝作为收场。

“敢情还是个花架子！”

居高临下瞪着倒在地上哀号不已的男人，游棠拍了拍手冷笑道：“想占我便宜？做梦！”

她冷眼望向不远处停步的两人：“刚才已经有人报警了，你们现在去自首还来得及。”

“自首？”

瘦脸大汉和络腮胡大汉对视一眼，不约而同地咧嘴笑了起来，笑着笑着，他们眼里渐渐冒起凶光。

络腮胡大汉向手里啐出一口，活动着关节返身走回：“臭丫头，你借了几个胆子，敢打完我兄弟还威胁我？”

瘦脸大汉取下背后的包裹，也随之跟上：“大哥你下手别太重，小姑娘家家的可经不住你一拳头。”

“这可由不得我！”络腮胡大汉扭扭脖子，扯着嘴角露出一丝快意，一拳笔直挥向游棠。

游棠早有防备，自然是躲了过去，甚至于卡在他一击落空尚未重新蓄力的关键时刻眼疾手快反击。她的力气是不能同络腮胡大汉相比，可她身形灵巧出手快，又挑着人容易吃痛的地方打，就让络腮胡大汉在有些手忙脚乱的情况下挨了好几拳。

“嘿！小瞧你了！”

络腮胡大汉匀了匀气，正要重新出手，眼前突然多了个人。

“没事吧？”

叶屿呼吸尚有些急促，拉回游棠就挡在身后。游棠抓着他的衣角摇了摇，表示自己没事。

“哟，小情人也来了？”

络腮胡大汉看着两人的动作呵呵笑，还不等他有下文，就见刚出现的少年抬起一双漠然的眼，其中潜藏的冷意好似能侵入人的心脾，险些冻得他一个哆嗦。

这个认知让他恼羞成怒。奔涌的火气瞬间冲进脑海，他低喝着就要再度挥拳。

“我来对付他！”

叶屿抢先迎上袭来的拳头。

见状，游棠从侧面钻出，绕到络腮胡大汉身后准备偷袭：“一起！”

叶屿无法，只得尽力从正面拉住络腮胡大汉的注意力。而原本打算去拉起粗哑嗓子大汉的瘦脸大汉在墙边阴影处停步，拿着块砖头悄悄来到游棠背后。

“小心！”

在叶屿的示警下，游棠躲开后一脚踹在瘦脸大汉后背。踉跄之下，瘦脸大汉抡起的砖头不偏不倚落在了络腮胡大汉头上。

“呼！”

游棠吁口气，退回到叶屿身边，听叶屿对他们平静道：“警察就要到了，你们跑不掉了。”

闻言，络腮胡大汉捂着淌血的伤口抬头，红着眼冲他狞笑道：“是你们跑不掉了才对！”

叶屿一怔，还没明白他话里的意思，就听一声闷响后游棠晃了晃脑袋，却是原先倒在地上的粗哑嗓子大汉不知何时爬起来，拿着砖头抽了他们的冷子。

眼见砖头即将再次落下，叶屿忙揽过游棠，一个转身，用自己的背挡住了这一击。

“你怎么样？”

两人同时发问。还不等回答，叶屿就直起身用力把游棠推到安全地带，自己也闪开了粗哑嗓子大汉的第三击。

“挨了这么一下，看你小子还能撑多久！”掂掂手里的板砖，粗哑嗓子大汉得意地笑道，“不枉我躺了这么久，总算制住这两条小泥鳅了！”

脑袋被拍了一砖，游棠本就有些发晕，又被叶屿使劲一推，更是觉得天旋地转，险些吐了出来。待她扶着墙艰难爬起，就见叶屿陷入了两个人围攻中，瘦脸大汉更是不知从哪儿提了根铁条靠近。

蒙了一瞬，她急忙扑出去，本想制伏瘦脸大汉，却在眩晕的影响下只来得及扭脱臼他的手臂。铁条“当啷”落地的时候，她也挨了一拳倒落。

剧痛刺激着瘦脸大汉，让他忍不住对来不及爬起的游棠拳打脚踢。

游棠无法，只得在地上连番滚动着闪避，直到贴在墙上避无可避，她蜷缩起身体护住头，闭紧眼准备硬扛。

疼痛迟迟没有降临，拳头打在人体上的声音倒是不绝于耳，游棠惶惶然睁眼，果然看到是叶屿护在自己身前。她急道："你傻啊！快让开！"

叶屿不说话，只朝她轻轻一笑。

拳脚如雨点般落下，夹杂着三人的咒骂：

"小子你刚才不是挺横吗！"

"嘶，敢让老子脱臼，非得给你点颜色看看！"

"让你烈性，一砖拍不翻你！"

"还想英雄救美？看老子让你挨拳头！"

开始叶屿还不时反击，到后来却只能覆住游棠将她护在身下。摸摸她被冷汗濡湿的鬓发，他轻声道："乖，闭上眼睛，不怕。"

叶屿的声音是前所未有的温柔，却让游棠的眼泪瞬间夺眶而出，把他的手掌整个打湿。

昏暗中，不知是血还是汗一滴滴落在游棠的脸颊上，她拼命摇头想要推开叶屿，却如挨了当头一棒般，被越来越重的眩晕拉入黑暗。

天光破晓时分，江邂揉揉困倦的眼睛，正要靠在洁白到晃眼的病房里打个盹，却被床上突然惊起的游棠扫了睡意。

"醒了？"她连忙起身扶着游棠坐起，"感觉怎么样？有没有哪里不舒服？"

乍然醒来，游棠也不管好像在敲锣打鼓的脑袋，只顾握着江邂的手连声发问："叶屿呢？他怎么样了？"

“他……”

一宿没睡，让江邂的反应慢了半拍不止，却不想断线重连的一个停顿使得游棠“唰”地白了脸。

昨夜的画面充斥着脑海，她的心头陡然一沉，瞬间塞满了不好的联想。江邂吃痛，低头看到自己被攥到发白的手，连忙开口澄清：“你放心，叶屿没事，就在隔壁躺着呢！”

“真的？”

“真的！”江邂用力点头以示真实性。

游棠这才放下心来，脑袋一晕栽回枕头上，吓得江邂又是一声惊叫：“哎哎，慢点！”

“晕。”游棠蔫蔫道，觉得脑海里满是咧嘴笑的小星星。

“轻微脑震荡嘛，晕就对了！”

江邂给她掖掖被角，拖过椅子在旁边坐下，倒豆子似的把游棠想问的问题一股脑倒了出来。

“昨天你晕过去没多久警察就到了，抓了抢劫犯把你们送到医院，还通知了家属，我和林子砚知道后也连忙过来。”

“你爷爷奶奶守了你一夜，见你没醒担心得不得了，我怕他们年纪大撑不住，劝他们先回家休息了。”

看着她自带的“熊猫妆”，游棠眨眨微湿的眼睛：“蟹老板，谢谢你！”

江邂一撩头发，抛来个嫌弃的眼神：“跟我客气什么。”

东拉西扯半天，她总算说到游棠最想听的地方：“哦，对，叶屿挨了不少拳头，断了三根肋骨，头上还破了个口子缝了七八针的样子……哎，你躺好不要乱动，医生说你要静养！”她一把按住了挣扎着要起身的游棠。

“我想去看看他。”游棠擦擦眼角，“他……他是为了保护我才伤成这样的……”

一见她吧嗒吧嗒掉下来的泪珠子，江邂头都大了。挨了一砖头，姑娘你怎么变多愁善感了？

“不是我不让你去，你这病病歪歪的也下不了床不是？况且叶屿还没醒呢……”

“说不定他醒了呢？”游棠眼含期盼。

“林子砚在那边守着，叶屿醒了肯定会通知咱们的。”江邂循循善诱，“你乖乖养伤，只要叶屿一醒，哪怕你动不了我都想办法把你抬过去见他怎么样？”

游棠眼里的光暗淡下来，但还是点点头同意了江邂的提议。

“你是不是饿了？想吃什么我去给你买！”江邂松了口气，拍着胸口一副豪爽气，想逗游棠开心。

“没胃口……”游棠摸摸肚子摇了摇头。

“没胃口也得吃饭啊！不吃饭怎么养伤？”江邂觉得今天自己是掉进着急上火的坑里爬不出来了，这时，病房门被敲响，两人齐刷刷转头看去，见林静提着两个保温桶推门而入。

“林阿姨……”游棠又挣扎着要爬起来。

反倒把林静给惊着了：“你这孩子！怎么不听医生的话呢？”她打开一个保温桶摇了摇，霎时浓郁的鸡汤香气在整个病房飘起，“看阿姨给你带什么来了？”

感受到林静一如既往的温柔和善，游棠的眼泪顿时一泻千里：“阿姨对不起……是我不好，害叶屿受伤了……”

眼见向来精神百倍的游棠哭得稀里哗啦，林静先是愕然，随即又了然笑了：“这傻孩子。”

她揽过游棠，轻轻摸着游棠的头温言道：“不要自责，小屿只是做了他应该做的……要是他抛下你逃跑，阿姨才是真的难过。”

“阿姨你不怪我吗？”游棠睁着蒙眬的眼问。

“怎么会？”林静笑着摇头，“你很勇敢，是个好孩子……”她轻声安抚着。

从醒来后，游棠的情绪经过大起大落，此时渐渐恢复平静，她意识一沉，歪头又睡着了。

再醒来已是暮色四合。

回家补过觉的江邂正倚着窗优哉游哉刷手机，见游棠醒了颠颠送上备好的晚餐。意料之中的，游棠姑娘看都没看一眼，张口就问“叶屿醒了吗”。

“没呢！”

江邂摇摇头，瞧她一副不信的模样，干脆扒着窗呼叫隔壁陪床的林子砚。不多时，林子砚到达，给出了一样的答案。

“怎么会？”游棠匪夷所思，不觉怀疑道，“你们不会联手骗我吧？”

“骗你有糖吃？”江邂抛出个白眼。

游棠半信半疑拉过晚饭往嘴里扒拉起来。没扒两口，她又惊道：“那他是不是伤情恶化了？”

“没有，没有！”林子砚啼笑皆非，耐心解释道，“医生来看过了，说人没事，让我们再等等。”

闻言，游棠只得强自按捺下迫不及待想见叶屿的心思，三心二意地和江邂聊起天来。

“这么晚了，你快回家吧，不用守着我。”

夜渐深，她开始催促江邂回家。

江邂坐着不动，怀疑道：“你一个人可以吗？”

“没问题！我可以照顾好自己！”游棠打包票。

看着她生龙活虎的样子，江邂暂且相信了：“那好吧，一会儿我和林子砚一起走。”

正说着，江邂手机屏幕一亮，林子砚的消息过来了，她瞄一眼挎着包起身：“那我走了，你也早点休息。”

游棠笑眯眯点头，还不等她走到门口就把自己塞进被窝：“劳驾蟹老板关下灯！”

江邂无奈摇头，在身后留下一室黑暗。游棠就在这片黑暗中睁大了晶亮的眼，仔细听着门外两人渐远的脚步声。

估摸着江邂和林子砚走得足够远了，游棠一掀被子爬起，捂着还有些晕的头溜出门去，悄悄推开了隔壁病房的门。

她摸索着来到病床前，借着窗外的月光看向安睡的叶屿。叶屿头上裹着隐有殷红的纱布，衬得脸色越发清淡，唇也没了平日的红润。她鬼使神差伸出禄山之爪想要摸摸他的脸颊，却有贼心没贼胆，在咫尺之距又缩了回来。

“你护着我干吗？我皮糙肉厚，一时半会儿打不坏……你就不一样了，躺在这儿病美人似的，让我好有负罪感……”

游棠小声嘟囔着，又横眉怒目指着叶屿：“说！你是不是故意的？”

叶屿自然是没有回答。她在床边蹲下，侧头望着他沉静的睡颜，半晌后，寂静的病房里响起了一声叹息：“你快点醒过来吧，我向你保证，再也不胡闹了……”

又静静望了许久，直到腿整个发麻，游棠才起身一步三回头地离去。谁知一个不注意，她的头磕在了门上，发出了不小的声响。而床上本该在沉睡的人唇畔却骤然扬起笑，随即缓缓睁开了清湛的眼。

对这一切，游棠自然是无从得知。她此时正忙着把痛呼捂在嘴里，兔子似的就要溜回自己病房，生怕招来值班护士的注意。

门“咯吱”一声关上，将一路细碎的声响收拢，一墙之隔的两间病房重新归于寂静。游棠在被子里裹成一团，不知不觉睡了过去，叶屿却长久望着天花板上月亮投映的圆弧，陷入思考的漩涡。

“我将你捧在手上，却没有护住你的能力……”良久，他幽幽一叹，从枕下取出手机划开，拨出个电话，“爷爷，送我去部队吧……”

夜半时分，四个身形矫健的人带着已经办妥的出院手续敲开了叶屿病房。叶屿折起写了许久的纸张走到隔壁门前，欲推的手悬在半空，最终还是垂了下来。

算了，还是不见了，免得动摇自己下定的决心——毕竟在她面前，他的自制力向来是溃不成军的。

他微垂头，想象着游棠此时酣睡的模样，嘴角漾起个柔和的笑。

轻轻把自己的解释和留言插在门框上，叶屿理理领口后退一步，随即毫不犹豫转身离去。

第二天清晨，清洁工打着哈欠出现在走廊，途经游棠的病房，看见门上插的卡纸，顺手扯下丢进清洁车里。

“这年头，小广告都打到医院里来了……”

她咕哝着，和相携而来的江邂、林子砚擦肩而过。

林子砚一脚踏进空荡荡的病房，险些以为自己走错了。他退出来望望隔壁相视而笑的游棠和江邂，觉得世界玄幻了。

“请问一下，住在这间的病人呢？”他向查房经过的护士相询。

护士翻翻手里的记录道：“他昨晚已经出院了。”

“出院了？”林子砚诧异，“不可能，他昨晚还在昏迷！”

护士也有些诧异，再次翻阅了一遍记录：“他确实已经出院了……你要是来探望病人的话，可以和他的家属确认一下情况。”

林子砚微张着嘴，不知道要不要告诉护士自己就是病人的家属。想了想，他给林静打去了电话：“姑妈，你是不是给叶屿办出院了？”

“没有啊。”林静正在煲骨头汤，话筒里一阵叮铃咣啷的声响，“小屿还没醒呢，我怎么会给他办出院？”

“可是他的病房已经空了，医院说他昨晚已经出院了……”

这句话在林静脑海里翻来覆去打了几个滚后，她好像才理解了其中的意思，当即汤也不煲了，转身就往医院赶。

不多时，江邂也知道了。她强作淡定，对游棠旁敲侧击，企图从游棠这里得到叶屿的去向。

“棠棠啊，你昨晚有见到叶屿吗？”江邂想得很简单，别人不知道，游棠还能不知道吗？

“啊……他不是还没醒？”游棠表面不动声色，内心却在疯狂琢磨着昨晚的行动是不是露马脚了？

两人“各怀鬼胎”，一个赛一个心虚，眼见就要各自露馅了——如此一来，江邂得知了游棠偷偷去看过叶屿，游棠也知晓叶屿不见了的消息。

游棠张张口，一副想问什么的模样，最终却什么话都未出口，只寂然了面色，留下难解的沉默。

儿子不见了，手机也一直打不通，林静正急得团团转。由于只知道手续是由家属委托办理，她挨个就要给亲戚们打电话询问，这才从自家老爷子处得到了叶屿下落。

当然，叶老爷子只告诉她叶屿被自己接走的事，至于接去哪里什么时候回来，却是按照叶屿的要求暂时保密起来。

闻言，林静一头雾水，被自己的浑蛋儿子弄得闹心不已，她只得暂时按捺下纷乱的心绪，转头告诉平静得过头的游棠这一消息。

“若是有他新的消息，还麻烦阿姨也告诉我。”

游棠如是道。

只是她等啊等，等到自己康复出院，等到S大寄来了录取通知书，却依然没有等到叶屿的动向。

她沮丧地丢开一直打不通的手机，抱着刚从学校取回的两份录取通知书仰倒在床上，脑中又回放起最后一次见到叶屿的情景。

要是知道他第二天就人间蒸发，她绝对不会缩回手，不把他的脸搓圆捏扁不罢休！

游棠咸鱼似的翻过身，想象着床板就是叶屿那厮使劲捶打起来。

“好了，可以了，再捶床就塌了。”

床垫一陷，江邂悠然坐下，从游棠怀里解救出两张惨遭蹂躏的通知书，举到眼前端详：“叶屿那份也在你这儿呢？”

游棠瞅着她：“你怎么来了？”

“你奶奶看你状态低迷，特意找我来开解你。”瞧她无精打采的模样，江邂悟了，“叶屿还没消息？”

游棠点点头。

“这家伙也真是的，跑哪个犄角旮旯藏起来了？”江邂也一阵犯愁。

两张录取通知书一刺激，满腹心事被困扰数日的游棠憋不住挫败开口：“蟹老板，我是不是很差劲？我把事情搞砸了！”

“这……人有失手马有失蹄嘛，算不上什么搞砸吧？”觑着她的神色，江邂揣度着回应。

“我说的不是这事。”游棠抓抓头发苦了脸，整个人开始词不达意，“哎呀！总之……叶屿一声不吭离开，肯定是因为讨厌我了！”

“讨厌你？”江邂仿佛听到什么笑话一样，“叶屿对你和对其他人简直就是双标现场，他要是讨厌你，那全世界基本都是你的仇人了……再说了，他那么喜欢你，怎么可能讨厌你？”

游棠拍掉她搭在自己额上测温度的“爪子”：“等等，我有点不太明白——你刚才是不是说反了？不是我喜欢叶屿吗？”

“你喜欢叶屿和叶屿喜欢你有冲突吗？”江邂被她问得一蒙，呆愣了半晌才隐约察觉到游棠话里的另一种可能。

她不可思议地问：“你该不会……该不会……不知道叶屿也喜欢你吧？”

看着游棠瞬间凝滞的表情，江邂真要替叶屿“哀其迟钝，怒其懵懂”了。

“我一直以为你早就看破只是没说破而已，还在心里夸过你定力十足，敢情你是真的什么都不知道啊？”

“停停停！让我缓缓，你这几句话信息量有点大，我受到了刺激……”游棠一把扯过被子盖住自己精彩纷呈的脸，在黑暗中按紧瞬间从零切换到二百迈的小心脏。

哦！感谢祖国感谢 CCTV，她许了十年的愿望成真了！

心中的小人旋转跳跃闭着眼，游棠觉得在这一刻，她就是夜空中最亮眼的星，还是不带反驳的那种。

陶醉许久，久到江邂差点以为她就要窒息的时候，她突然掀开被子诈尸般坐起：“不对啊！他既然喜欢我，那为什么还要玩失踪？”

“那谁知道？”江邂摊手，“学神的想法岂是我等凡夫俗子能猜到的？”

“万一猜中了呢？你可是个小机灵鬼啊！”

“好吧！”江邂从善如流开始瞎侃，“如果走韩剧的风格，那叶屿的剧本应该是得了什么绝症命不久矣，所以狠心和你断了联系；如果是香港 TVB 呢，他大概是发现自己和你是失散多年的亲兄妹，一时无法接受，所以还是和你断了联系；如果是……”

“呸呸呸！”游棠扑过来捂住她的嘴，“行了行了，不用你猜了，我和叶屿不需要这样的狗血结局！”

“女人，你的名字叫善变！”江邂给出一个嫌弃的眼神，看她飞身掀开拉得严实的窗帘。

沐浴在午后灼热的阳光下，游棠踮起脚，仿佛向阳而生的向日葵一般，发自内心感叹道：“啊！今天的天气真好！”

回应她的，是江邂好似被晒化了的惨叫。

Chapter 09

来啊！搞事啊！

丧了一个来月，被点醒的游棠摆脱纠结和消沉，在八月的艳阳里“涅槃”。虽然不知道叶屿离开的原因，但她还是选择了相信和等待——当然，要是结果不如人意的话，可别怪她拳脚伺候了。她凉飕飕一笑，把指骨扳得“嘎嘣”响。

恰此时得知自家老爹光荣负伤的消息，游棠盘算着已许久未见爹妈，干脆利落登上了飞往中东的飞机，准备去照顾一番。

只是去了还没两天，伤好了大半的游山就出任务走了，剩下水土不服的游棠和沙漠做伴。关素瞧不过眼，把自家闺女拎到战地医院里给自己打杂。就这样，游棠半主动半被动地点满了急救方面一系列的技能点。

她的适应能力倒是不错，很快就在T国生活得如鱼得水。这里的鲜花自枪炮中绽放，这里的温暖从烈火中诞生，这块危险与美丽并存，冷漠与大善交织的土地深深吸引了游棠。于是在得知叶屿没有入校后，她迅速给自己办好了休学手续留在了中东，既想给自己一个锻炼的机会，也想尽可能帮助这里受难的无辜民众。

在这里，她的天真稚气被抹除，快速成长了起来。不知不觉间，一年的时光悄然溜走。

这天清晨，游棠捂着肚子，脚步有些虚软地走在街头，昨晚她吃坏了东西闹了半宿肚子，天擦亮的时候才好些。四下望望，她准备从一片危房中穿过，好抄近路去医院开点药吃。

好巧不巧，走了一半，远处传来发动机的轰鸣声，她抬头一瞧，就见一架轰炸机正低空袭来。这一年各式机型游棠见了不少，但大都是途经而已，她所在的这一片地区少有遭到打击。但这一次，随着那越来越近的钢铁之翼在双瞳中逐渐放大，她心中警兆突生，大喊一声“轰炸机来了”，拔腿就往不远处的掩体跑去。

街上骤然炸开一声巨响，不幸成为炮弹落脚点的几幢矮楼顷刻间化为废墟，弹射出无数木石砖块，激起漫天飞舞的沙土。附近充斥着惊惧的哭叫声，游棠动了动剧痛的右腿，也为其中增添一份倒抽气——刚才尘土里飞来一块大石，不偏不倚砸中了她。

伸手摸摸伤处，她觉得这腿八成是骨折了。眼见轰炸机还在空中盘旋，她强忍着痛爬起身，拖着伤腿拼了命向轰炸区外冲。

刚跑到安全线附近，还不等她喘口气，余光就扫到个茫然四顾的小女孩，其身后就是个正在缓缓瓦解的危房。来不及多想，游棠迅速接近，拉着小女孩的手一转身和她互换了位置。

下一秒，小屋轰然倒塌，小女孩坐倒在地上安然无恙，游棠则放开护着脑袋的双手，扒拉着埋到腰上的瓦砾一脸郁悒。

好嘛，不用看，她也知道这下伤腿是彻底断了。

游棠记得有句话叫“痛到极致就会麻木”，现在看来还是很有道理的。她方才一度痛歪了脸，现在竟已经开始笑着逗小女孩开心了。

好在救援队来得很快，她自觉像个土豆似的被挖了出来。随行医生给她简单固定住腿后，和小女孩被一起送往附近的医院。

医院等待接受治疗的人不少，都是伤在了刚才那场轰炸里。没过多久，来了个上年纪的医生，三两下就完成正骨的一系列动作，手法端的是干脆利落，只听“咔”的一声，伴随着游棠一声惨叫，医生施施然起身去往下一个伤者处，留下个年轻助手完成固定等后续事宜。

“姐姐……”

被救的小女孩阿依莎在一旁怯怯唤道，看着游棠龇牙咧嘴的模样，声音里带上了自责的哭腔。

“不哭不哭，我没事……嗷！”游棠连忙调整表情安抚她，却不料助手姑娘不小心碰到了伤口，顿时疼得她破了音。

阿依莎愣了愣，眼眶里打转的泪珠子“吧嗒”一下掉了出来。

好不容易哄好在炮火里喜提的小尾巴，游棠靠在简陋的病床上陷入浅眠。不知过了多久，她在一阵交谈声中醒来，睁眼就看见自家爹妈。

“小糖果醒了！”

关素捏了捏游棠的脸颊，见她嘴巴上干燥得起了皮，转身倒杯水递来。她陀螺似的救治完送来的伤号，这才有工夫过来瞧瞧宝贝闺女的情况。

游山也是刚出任务回来，一身作战服还没换下，整个人风尘仆仆。

“眼看就快开学了，才和你妈商量着送你回去，你就伤成这样……棠棠啊，你是有多讨厌上学？”

他屈指弹弹石膏，引得游棠又是“嗷”一声。

“爸哎！亲爸！你居然弹我伤口！”她嚷嚷道，“我又不傻怎么会做赔本买卖！亏大发了！”

关素也投去警告的一眼。

在母女俩的夹攻下，游山挠挠头，举白旗投降了：“好吧好吧，是爸爸不对——最近局势不好，我正不放心你离开，这下好了，你就留在这里乖乖养伤，千万不要乱跑知道吗？”

于是接下来，游棠度过了有生以来最为安分的两个月，又因各种原因在T国多待了一年，这才预备打道回国，准备掘地三尺也要把自己的“狗头军师”找出来算账。

不过到时候，要不要轻易原谅他呢？还是说先打一顿出出气？可是打坏了他好看的脸怎么办？

游棠躺在沙丘上望着云卷云舒的天空，纠结得不得了。好半晌她翻身坐起，从领口拉出条细链，将其上的水晶吊坠迎着火红的夕阳举起，与照片上回眸的少年静静对视。

这是她从某次出游的录像带里截取的，在她尚未得知他心意的时候，他就曾对着她的镜头，笑得那样温柔。

比“眼前人是心上人”更为幸运的，大概是心上人的想法也是如此吧？

游棠把坠子握在手里，轻轻摩挲它光滑的棱角，看地平线上的夕阳坠入沙漠，在最后一线光芒消失的瞬间，她突然跃起向茫茫沙海大喊。

“叶屿！我想你了！”

喊完还不待尾音落下，她就转身跳下沙丘，如做了坏事的小孩子一般，急急忙忙想要逃离“案发现场”，只留下两行蜿蜒的足印，分辨着那飘荡在广袤沙漠上的只言片语。

与此同时，刚结束夜间实战演练的叶屿拧开水瓶灌了口水，避开人流倚在路边老树上，顺着脖颈挂的银链拈出个吊坠来。

在月光的映照下，它剔透的表面微光流转，衬得藏在其间的笑脸好似星子一般闪亮。叶屿被这份明丽笑意所感染，不由得抿唇一笑，给浅淡的面庞增添了一份柔和。

“我没看错吧？咱们的世外仙葩居然有这样温柔的一面？”

一阵大呼小叫传来，叶屿不疾不徐把坠子重新塞进衣领里，这才抬头望向迎面而来的几位舍友。

“叶屿，你看什么这样入神，小六喊你好几声了！”一人缓步而行，儒雅笑道。

“就是！”被唤作小六的少年长着张娃娃脸，性子也如未长成的孩子一样，急吼吼窜上前来好奇道，“叶哥你别急着收起来啊！给我也看看呗！”

他围着叶屿直打转，无奈叶屿不动如山，他只好向其他人投出求助的目光。

“小六你不要白费力气了，那可是叶屿的宝贝，他才不会给你看。”有人略知内情，顿时加入对话揶揄道。

“什、什么宝贝？”小六被唬住，看看这个又看看那个，瞪圆的眼睛里满是茫然。

“稀世珍宝。”

叶屿这才慢条斯理开口，对求知欲旺盛的小六怡然微笑：“你还小，不懂。”

在小六的跳脚和其余人的闷笑声里，他挥挥手向不远处灯火通明的办公楼走去：“营长找我，先走了。”

不出所料，是他的退役申请书批下来了，望着那鲜红的印章，叶屿心里涌上不可自抑的欣喜。快了，他就要见到他的姑娘了。

“想好了？”营长的目光投在眼前越发沉稳的青年身上。

“是，多谢刘叔叔这两年的栽培。”叶屿微微躬身。

“嗨，说什么栽培不栽培，这都是我应该做的……只是可惜你这棵好苗子了。”他惋惜道。

“我志不在此。”

叶屿眉目疏朗，携一身打磨，作别生活两年的山中基地，踏上了新阶段生活的征程。

此时已近八月末，可暑气丝毫没有消退的意思。弥晴以手搭额望望晃眼的太阳，连忙小跑几步钻进医学院的大门。

“老师，您找我？”

她敲开一间办公室轻声问询。

“弥晴来了？”老教授推推鼻梁上的眼镜，笑呵呵向她招手，“是这样的，咱们院有个退役返校的学生提出了跳级的申请，学校给安排了场考试，想让你去监个考……怎么样，有没有空啊？”

“有的。”弥晴应声，接过印有具体信息的表格浏览。在看到姓名那一栏“叶屿”两字的时候，她震了震，满目不可置信。

是他……回来了吗？

一时间，种种情绪争先恐后涌上心头，弥晴定定神起身与老教授一同前往考场。只有她自己知道，那状若无事的表象之下，已是心潮的几番起落。

“怎么想起跳级？”

考试过后，弥晴叫住叶屿。说来也是奇怪，心中积攒了千言万语，可真到开口的时候，又不知该说哪句好，最终她也只是抛出了这样一句平淡无奇的话作为开场。

“第一年的课程我已经自学完成，再学一遍意义不大。”叶屿停下脚步答道。

“况且……我想和游棠一起毕业。”话毕，他微微一笑，向弥晴点头致意后缓步离开。

弥晴站在阶上目送他走远，终是忍不住捂紧酸涩的双眼。她总算明白，自己和叶屿就是两条相交线，在短暂的相遇后，即使再努力地奔跑追赶，也改变不了渐行渐远的事实。

而与叶屿这条直线重叠前行的游棠也在既定轨道的推动下，随着空中拖曳的凝结尾，回到了阔别两载的故土。在新的学期，时隔两年的两人，终于要以全新的姿态重逢。

“阿嚏！”

游棠陷在自己的思绪里太久，被怒刷存在感的窗帘扑了个满脸。她揉揉鼻子，觉得好不容易营造出的气氛被一个喷嚏搅得干净。

她还想当一个丁香一样结着愁怨的姑娘，哀怨又彷徨地提着四十米大刀，在雨巷里劈斩出一条直通叶屿心扉的康庄大道。

你问我爱你有多深，就像那男人的心与海底的针。

“咳咳！”

游棠的脑洞随风奔跑，正撒着欢想要琢磨出可以撬开叶屿嘴巴的方法，却被正主突如其来的清咳声打断。她下意识地正襟危坐，却见叶屿双手交握，身体也向前倾斜，看起来好像比她还不淡定。

叶屿沉吟着，不复往日的从容。

他早就想为自己缺席的时光致歉，只是在游棠抛出问题时罕见地词穷了——他不知该从何说起。几番拆合重组，直到结束包扎，他总算斟酌好了语言，正要尽数吐露，却被一道后发先至的声音堵了回去。

“游棠你伤得重不重？我听说流了好多血！”

江邂气喘吁吁冲进来，嗓门嘹亮无比，惊得窗外老树上的蝉鸣都歇了两歇。只是当她抬起头，就瞧见游棠和一个背对门口穿白大褂的男生亲密地靠在一起，一个仰头一个俯首，俨然一副要屠狗的趋势。

于是乎，江邂迅速摸出手机拍照取证，随后才捂起脸活像看到什么不该看的东西一样，惊叫着退出门外：“对不起打扰了，我什么也没看见！你们继续！”

身为主角之一，游棠在这波操作下黑了半截脸：“林子砚该管管她了，你觉得呢？”她转头问叶屿。

“是极。”叶屿点头附和，简直不能更赞同。

“早知道她会搞这么一出，我今天就不约她逛街了！”游棠后悔不迭。她深谙江邂的秉性，生怕这家伙一时兴起来一场艺术再加工，“不行，我得去毁尸灭迹！”

说着，她就蹦下排椅追了出去，速度之快让叶屿始料不及。好好的久别重逢被破坏，面对这急转直下的剧情，叶屿勉力保持住微笑，向林子砚拨去电话投诉。

“把手机交出来！”游棠追上悠然漫步的江邂，气势汹汹地挡在她面前。

“要我手机干什么？”江邂存心逗她，打着幌子装傻充愣。

“别装傻！我听见快门声了！”游棠中气十足，凶巴巴道，“让我把照片删掉，就不跟你计较刚才败坏我名声的事了！”

江邂不上当，举着手机左躲右闪。

“臭江邂你别逼我！”游棠此时就如同折翼的小鸟，怎么扑腾也抢不到。一气之下，她准备换个路子。

“看见我这伤没有？”她指着自己的腿开始威胁，“拆掉纱布这就是碰瓷神器，分分钟让你红破天际！就问你怕不怕！”

“……”

面对游棠这副准备同归于尽的架势，江邂以手掩面默默递出自己瑟瑟发抖的手机：“怕了怕了，是在下输了……”

“这还差不多。”游棠睨她一眼，打开手机揪出导致她们姐妹阋墙的罪魁祸首。

咦，这滤镜这角度不错嘛。

发现意外之喜的某人果断给自己发送存档，然后才按下删除键。江邂在一旁看着她的动作鄙视道：“无耻！”

“胡说，我这明明叫合理利用！”

不理会她的叫嚣，江邂饶有兴致地问道：“时隔两年，和竹马重逢的感觉怎么样？”

“很不错啊！我觉得我们的相处模式很快就能从青梅竹马切换到

恋爱期了！”游棠望着白云青天，言辞凿凿。

“是吗——”看出她的言不由衷，江邂把尾音拖长，明显不信。

在她灼灼的注视下，没撑多久游棠就缴械投降：“我招！我都招！”

“我就是心里有些小别扭嘛！刚才我问叶屿他这两年去了哪里，他都不肯告诉我——他以前从来没瞒过我！”游棠很生气，觉得叶屿变了，连人与人之间最基本的信任都不愿意给她了！

果然时间是把杀猪刀，连叶屿都没能逃过它的魔掌。相较于陪伴在旁的暖心闺蜜，此时的叶屿堪称夜空中最闪亮的大猪蹄子。烦躁地抓抓头发，游棠拖着江邂往校外走，决定按原计划去换换心情。

“不说这些了！走，我们去逛街！”

虽然推迟了两年入学，但游棠爱笑爱闹，为人又热情仗义，没多久就融入了轻松多彩的大学生活，和班上的男生女生打成一片。

听闻她回来，李啸早就嚷嚷着要她出来玩，无奈游棠挂了彩，硬是挨到伤好才重出江湖。

“这才两年不见，我都快请不动你了！整个人婆婆妈妈的，一点也没有以前的利索劲儿！”

“你再废话我可走了。”游棠丢出个白眼，古怪的目光在他身上打转。

李啸一身打扮说好听点是落拓不羁，说不好听一点儿是不修边幅。他故作沧桑，眼神忧郁地望向游棠：“怎么样，我现在是不是特有流浪艺术家的范儿？”

“你现在特有流浪家的范儿——恕我直言，你给千千万万的艺术家丢脸了！”

“没眼光！”李啸嘁道。

“好好好，你时尚时尚最时尚！快说，要带我去哪儿玩？我业务繁忙，一会儿还要去赶下一场。”游棠抬腕看表转而催促道。

“和叶屿？”李啸“啧”一声，“这是修成正果了？真是有了男朋友，朋友就被扔过墙……”

要是修成正果就好了！听到这话，游棠腹诽着停下脚步：“我要纠正你两点：首先，我约的人是江邂；其次，叶屿不是我男朋友。麻烦你下次开口前注意一下，不要乱拉关系可以吗？”说罢，她大步流星向前走去。

“我去！你俩还拖着哪？我记得你俩没人属乌龟吧！”短暂卡机后，李啸迅速捕捉到重要信息，顿时只觉匪夷所思。他几步追上去，转身倒走在游棠身前仔细观察，“吵架了？闹矛盾了？还是说有第三者插足了？不怕，受了什么委屈尽管说出来，哥给你撑腰！”

“快拉倒吧，从小到大你就没在叶屿面前占过上风。”游棠撇撇嘴，绕过手舞足蹈的他向左边走去。

李啸脚步一转，敏捷地跟上堵住。游棠又移向右边，李啸又横跨过来。看着眼前嬉皮笑脸矢志不移的“磐石”，她无奈了：“你到底想干什么？”

“不干什么，就是想帮你分析一下感情问题。放心，看在我们多年的交情上，不收费！”李啸肃起脸，尽可能让自己有一种靠谱的感觉，可在游棠眼里，此时的他由内到外都散发着八卦的气息。

“你真是白受这么多年艺术熏陶了……”游棠惋惜道，“算了，你要实在想听故事，我给你指条路——这条路直走五百米左拐，再二百米右拐到老街，南边茶馆有说书先生，北边戏院有当红名伶……各式话本剧目任君选择！”

趁李啸愣神，她一闪身就要开溜：“我走了，不用送！”

“干什么去？回来！”李啸客串红娘之心不死，“哎，不是哥说你，这都两年空窗期了，你回来不寻摸着多和叶屿见面减少隔阂，就知道整天把江邂挂在嘴边……”

“我们的友谊和感情，你们男人永远也不会懂。”游棠哼道，脚下依旧走得飞快。

眼看游棠油盐不进，李啸抬头望天，为自己打探的失败进行忏悔，并对叶屿产生了一点愧疚。

我尽力了，这难缠丫头你自己解决吧！

忏悔完毕，李啸如解下一道枷锁般放松下来，毫无思想负担地准备享受周末带来的欢乐。

“好了，咱们不说这些事了，出来玩就要玩得痛快！今天我带你这个乖宝宝去长长见识！”他枕着交叠在脑后的双臂笑道。

游棠投来古怪的一眼，不明白他突然间怎么跟换了个人似的。别是生活压力太大把孩子逼傻了……

正在瞎琢磨，李啸一声“到了”就催着她快走几步。匆忙之中，游棠只瞄见头顶的“酒吧”二字，便被推了进去。她眨眨眼，在眼前略昏暗的光线下好奇地四下打量。

跟着李啸在一处卡座坐下，游棠望着空荡荡的四周疑惑道：“怎么没有其他客人？不是说酒吧都很火爆吗？”

“时间没到而已，等晚上驻唱乐队上了台你就知道了。”

闻言游棠有些失望："要等到晚上吗？那我可要错过了。"

李啸扶额："你和江邂约哪儿了？"

"还没定。"游棠诚实摇头。

"那你把她也叫到这儿来，正好人多热闹！"

游棠觉得可行，掏出手机就要打电话。

那厢江邂和林子砚正在茶楼优哉游哉地品味人生，对她的提议自然是欣然接受，准备喝完手头的一壶茶就动身。

"这两个人，怎么整天出双入对的！"听完游棠的复述，李啸翻着白眼以示强行被塞狗粮的不满。

游棠耸耸肩，取过桌上的酒水单研究起来。

"喝什么？"李啸也拿过一张，边看边问。

游棠从没喝过酒，拿着单子翻来覆去地看，越看越蒙。许久，她缓缓伸出手，郑重其事地在一处点了点："这个。"

只瞧动作，李啸还当她点了什么了不得的东西，可等他凑过来一看，顿时觉得自己有些站不稳："在酒吧喝矿泉水？你能不能有点儿出息？"

"我不会喝酒啊。"游棠回答得理所应当。

观李啸的表情，她好奇道："那你喝什么？"

李啸的目光在某几处流连半晌，这才毅然决然抬头向侍应生招手："来两瓶矿泉水！"

"嘁！出息！"游棠把原话还给他，并对他的言行不一表示嫌弃。

"我怕回去我爸打我。"李啸心有戚戚。

就这样，不会喝酒不能喝酒的两个人各举着一杯矿泉水喝得开心。约莫酒吧的工作人员也少见这幅景象，时不时就要打量一眼，却不想他们的动静引起了不远处另一桌的注意。

“这些人都在看什么？”

这一桌坐着十来个人，都不过是刚成年的模样，却各个一身社会人的打扮，桌上地下堆满了红白啤的遗骸。一个化着浓妆的太妹众星捧月般坐在中间，点起一支烟问道。

立时便有小弟绕过隔断的屏风去打探，不多时回来报告：“姐！他们好像在看另一桌喝酒的一男一女。”

“喝酒有什么好看的，两个人而已，还能比我们更能喝不成？”太妹斜眼望着小弟。

小弟连忙摇头，想了想又觍脸笑道：“不过那个男的痞坏痞坏的，看起来特有范儿，是姐你喜欢的类型！”

“哦？”太妹来了兴趣，坐直身体吐出个烟圈，“他有多大年纪？干什么的？”

“跟咱们差不多大，应该是个学生！”小弟挠挠头，“姐你要不要去看看？”

“大学生啊……”太妹的大红唇一弯，掐灭烟头起身，“走，看看去。”

一群人浩浩荡荡钻出隔间，李啸循声望了一眼，就继续催游棠讲在中东的经历：“快说说，被轰炸的感觉如何？”

游棠嘴巴动了动，望着突然在对面坐下的后现代女生，一下子把要说的话忘得干净。感受到身旁多了一个人，李啸疑惑着看去，就被近在咫尺的两个“熊猫眼”冲击得向后一倾。

这人是谁啊！

李啸目光惊悚，疯狂给游棠使眼色。

你不认识？游棠疑惑。

废话我怎么会认识！李啸用目光咆哮。

两人一来一去用眼神交流，看得小太妹不乐意了，当即撑着头靠近几分，朝李啸眨巴着烟熏大眼。

“小哥，一个人喝酒呢？”

李啸猛地向后一缩贴在隔板上，觉得整个人都不好了。

“那……那个……你是不是熬夜了？还是脸没洗干净？”他指着太妹脸上厚厚的粉底颤颤巍巍道，余光瞄着似笑非笑的游棠，嘴边还有没说的后半句话。

什么叫一个人？无冤无仇的你作死招惹女暴龙也别拉上他啊！

游棠听到他的话，一时没忍住笑出声来。太妹也没想到他会是这个反应，恼羞成怒之下一掌拍在桌上瞪向游棠：“笑什么笑！”

游棠立刻收声一脸无辜。看着她干净俏丽的面孔，小太妹强行按住自己的暴躁和嫉妒，换了声音嗲声嗲气问李啸：“她是你女朋友？”

李啸猛摇头，身上的鸡皮疙瘩掉了又起：“你好好说话！”

“那……你觉得我怎么样？”听了他的话，太妹不嗲了，只是她那吸烟引起的沙哑嗓强作柔声，催发出无与伦比的复合反应。简而言之，就是辣坏了李啸的耳朵。

他终于忍不住，惨叫着以不属于自己的敏捷程度翻越身后的隔板，摇摇晃晃站在空旷的过道上。

“我再也不说你歌声难听了！”他对游棠痛苦道。

“你什么意思！”太妹拍案而起，盯着他尖声道。随着她的动作，一直站在几米外的众流氓混混呼啦一下都围拢过来。

“哎呀，你吓到他了。”游棠喝完最后一点水放下杯子，撑着下巴笑眯眯地给太妹解惑。

然而太妹并不领她的情，狠狠剜来一眼："闭嘴！这儿没你的事！"

一个小弟凑上来："姐，他就是欠！打一顿就老实了！"

"你也闭嘴！"太妹斥道。

她直直瞪着隔板之外吊儿郎当的李啸，不时回头看一眼身后摩拳擦掌的小弟们。比起这孤零零的两个人，怎么看都是自己更有优势——何况其中还有个小丫头。

一会儿可别吓哭了。太妹对端正而坐的游棠恶劣一笑，仿佛胜券在握般对李啸开口："我就直说吧，姑奶奶我看上你了！今天你要么多个女朋友，要么就横着从这儿出去……你选吧！"

霎时，哄笑声四起。

李啸状似苦恼地挠挠头："说真的，你长得要是有想得这么美，没准儿我真的就答应了。"说完，他咧开嘴，笑得张扬又肆意。

"你可想好了！"太妹脸色阴沉下来，恶声道，"我认了道上人为哥哥，你今天要是不给我一个满意的答复，别说是你，就连你的家人朋友以后也别想有好日子过！"

她劈手就想去抓游棠："还有她！今天就让她倒霉！"

游棠先一步起身，轻盈翻过隔板来到李啸旁边："你准备让我怎么倒霉？"

"哎哟，我好怕呀！"李啸的声音几乎同时响起，他歪头问叉腰与太妹对瞪的游棠，"你怕不怕？"

"怕！"游棠连连点头。

两人一唱一和，气歪了对面人的鼻子。还不等太妹发话，小弟们就按捺不住骚动起来，辱骂的话一句一句往出喷：

“什么玩意儿！”

“不识相！欠削！”

“给你点颜色还真把自己当一号人物了！”

“小子找抽！”

……

李啸渐渐变了脸色。

他本来没把这群混混放在心上，可太妹的威胁在先，又有群起的挑衅辱骂在后，立时便激起了他的火气。他性子浑，从小就横行无忌，除了在叶屿和游棠面前碰过壁外，何时吃过这样的亏？

只是这两人是他的发小、朋友、兄弟，可这些人呢？这些人又算是什么东西？

李啸双手撑在隔板上，俯身逼近太妹，一字一句冷冷道：“就冲你刚才威胁的话，你和你道上哥哥的好日子到头了！”

太妹被他突然转变的气势所私慑，打了个哆嗦，一时竟无所适从。

李啸又伸手慢条斯理地从旁边的架子上抽出瓶酒，随即在众人的注视中展臂一敲。“哗啦”一声暗红的酒液倾泻，他提着半截酒瓶，把玻璃茬口指向众混混，语气轻淡笑容嘲讽：“不是要我横着出去？来啊，谁怕谁是孙子！”

“喂，你在干吗！”

游棠看着李啸一系列的动作目瞪口呆，不明白他这根红苗正的大院子弟哪儿来的一身匪气。

李啸也是个奇人，一身气势说变就变说收就收，放完话就回到游棠身旁悄声道：“他们骂咱们我得呛回去啊，总不能让人欺负了不是？”

“你呛得他们都要动手了！”游棠使劲踩他一脚。

“动手就动手呗，你还怕这些三脚猫不成？”李啸不以为意，手里的酒瓶又是一通挥舞。

“废话！动手事小，叶屿知道就大条了！”游棠瞪他一眼，又觉得哪里不对，“等等，你惹出来的事，我为什么要怕？”

这次李啸还没来得及回答，对面终于反应过来的太妹就先一步爆发出海豚音：“打！给我狠狠打！”

她怒火中烧指着李啸尖叫出声，手指又平移几分将游棠也圈在内：“连她一起打！”

这些人喝了不少酒，本来或多或少就有些上头，被李啸一刺激理智就开始崩溃，此时听到大姐头的指令，顿时一窝蜂地扑了过来。

还没等游棠申诉自己是无辜的，就见李啸碎酒瓶一丢，灵活走位躲到她身后。

“这个时候你不说保护我，怎么还往我后面躲？”游棠看着他的动作，满满的不可置信。这叫什么，塑料兄弟情还是友谊破碎现场？

“我又没练过。”李啸回答得理所应当，拉着她往旁边一闪避开“袭击”，“术业有专攻，这种时候当然要你这个混过战乱地区的人顶上了……别忘了，刚才我替你报了一骂之仇，你现在可不能抛下我不管啊！”

“我是不是还要谢谢你？”游棠黑着脸在心里把他大卸八块，一脚把他踹向空旷地带，“边上待着去，别碍事！”

“好嘞！”李啸干脆应声，当真脱离“战圈”在高了几个台阶的吧台边站好，借着高度优势点起人头，“一二三四……”

点完，他双手聚成喇叭状，中气十足大喊：“好兄弟！你负责一打十五，我负责喊‘六六六’！”

游棠脚下一滑，差点把头磕到旁边的酒架上。

“闭嘴！我没你这样的好兄弟！”她放声怒吼，恨不得当场把李啸打包送给太妹。

看到自己的加油助威貌似起了反作用，李啸讪笑着闭紧了嘴巴，认真观摩游棠“放风筝”。

秉承着“能不动手就不动手”的观点，游棠凭借酒吧布局四处游走。不多时，酒精上脑的一干人就被她带着转得七晕八晃，更有甚者撞在一起误伤了彼此。

齐整有条的酒吧眨眼间一片狼藉，桌椅摆设歪倒在地，浸在各色酒液和玻璃碴儿里。说是双方在动手打架，其实除了最初李啸砸的那瓶酒，眼下完全称得上是混混们在单方面搞破坏。

侍应生们早已被镇住，讷讷着大气都不敢出。待酒吧老板接到消息赶来看到这一幕，整个人眼前一黑，顿时心痛到无以复加。

他按着胸口努力平复呼吸，胆战心惊走上前去劝架：“各位消消气，不要再打了！”

游棠立即停下脚步，在李啸旁边一屁股坐下。李啸则很有眼力见地奉上一杯水。她轻哼一声接过，决定暂时不和他计较，转头去看老板和太妹好言相商。

看着看着，她怒了：“你这个人怎么这样！”

原来太妹不搭理老板，被劝来劝去烦了，用力把人推开不说，还当着老板的面又推倒一个矮柜。

一阵噼里啪啦的破碎声里，太妹睨着老板嚣张道：“说什么忍一时风平浪静退一步海阔天空，凭什么要我让要我退？我告诉你，他们两个不来跟我道歉，今天这事就不算完！”

“嘿！”李啸的火气又上来了，“今天小爷非得好好教你做人！”

他把脸色灰败的老板扶到一边坐下，斜眼望向趾高气扬的太妹：“虽然你说话很难听，不过总算有一句话说对了——今天这事，确实不能算完！”

李啸向游棠招手：“有道是忍一时越想越气，退一步越想越亏……棠棠姐，既然他们讨打，就给他们点颜色看看！放心，打坏的东西我赔！”

对他这种拉来火力却把她推出去扛的行为，游棠真不知该说什么好。她站起身正要迈步，又被铃声打断了动作。

是江邂的电话：“棠棠，我们这就过去，你把地址再给我说一下吧？”顿了顿，她疑惑道，“你那边怎么这么吵？是出什么事了吗？”

“不是什么大事……”游棠瞄一眼输出靠吼打起嘴仗的李啸和太妹，压低了声音讲述情况，“有个太妹看上了李啸，李啸不从，太妹由爱生恨带着小弟们要打我们，现在这边正闹着呢……”

短暂的沉默后，江邂抑制不住笑出声。笑着笑着，她隐隐听到其他声音：“我怎么有听见警笛声？你们报警了？”

“没有啊……”游棠茫然，正要分些心神在吵嚷的环境里分辨，眼睛却先一步瞧见门口拥进了许多人。还没等她反应，李啸突然出现在旁抢去手机，用气急败坏的声音给两头的姑娘分说原委：“是那个女流氓偷偷报的警！还恶人先告状说是我们恶意滋事！”

他以一句大吼作为结语：“你们别过来了，直接去派出所捞我们吧！”

江邂听着“嘟嘟”的忙音愣愣抬头，还没等她说什么，原本和林子砚对坐谈天的叶屿已和她擦肩而过。

“李啸那家伙嗓门太大，我们都听见了。”林子砚耸耸肩目送叶屿离去，朝江邂惬意一笑，“看来派出所也不用去了……咱们还是继续二人世界吧！”

派出所里，两方人马齐齐整整蹲作两排，李啸丝毫不惧己方人单力薄，和太妹继续用眼神厮杀，游棠在旁围观半晌，无聊地打出个哈欠。

李啸撞撞她：“怎么还困了？别睡啊，给你讲个好玩的事！”他向对面的太妹努努嘴，一张脸上就差眉飞色舞了，“你知道吗，她竟然以为抢先报警又栽赃在我们头上就不会被警察叔叔带走哎！”

李啸居然模仿起太妹当时不可置信的神态动作。而原主胸口剧烈起伏，厚厚的妆都难掩通红的脸色，已然是气到炸火：“闭嘴！一会儿出去了老子要你好看！”

“看看看，气急败坏了吧？”李啸拍地大笑。

游棠瞅着这无二幼稚的两人甚是无语，总算明白今天这场莫名其妙的仗是怎么干起来的了。

“安静！”

一时忘形，警察叔叔出现在门口发出警告。游棠不理会不着调的李啸，仰头询问：“叔叔，我们什么时候可以走？”

见是一个安安静静的小姑娘，警察和缓了面色：“你叫游棠是吧？来接你们的人已经到了，现在正在办手续……”

“这么快？”李啸猛地抬头，“林子砚和江邂手脚挺快啊，够兄弟！”

对他，警察就没有这么好的耐心了，当即板起脸就要再问一遍话。

问到一半，一个略年轻的警察拿着记录本进来问：“游棠和李啸是哪两个？过来签个字你们就可以走了。”

唰唰两笔过后，两人宣告自由，看得混混们一阵羡慕嫉妒。李啸已经走到门口，突然间不知想起什么，又哒哒跑回太妹面前：“你不是说要找我家人朋友麻烦吗？”

他笑呵呵报上大院地址：“我家和我朋友家都住这里，有胆你就来。”说完，他在太妹骤然苍白的脸色中飘然离去。

李啸的好心情在看到叶屿时戛然而止：“怎么是你？”他忍不住瞧向游棠，“不是江邂和林子砚吗？”

“怎么不能是我？”叶屿倒是泰然自若，“他们两个有事，只能我来捞人了……你不赶紧想想应对李叔叔的说辞，怎么还惦记这个？”

“哥！叶哥！”闻言，李啸一脸惊恐，“你告诉我爸了？”

“这是你的事，我怎么能越俎代庖？”叶屿慢悠悠道，“不过这事叔叔总会知道，倒不如你自己招了的好。”

“说的是。”李啸凝眉思索半晌，冲两人挥挥手，拦下辆出租车火急火燎跑路，“不说了，我先回去备战了！”

三言两语打发走电灯泡，叶屿言笑晏晏，向垂着头站在台阶上的游棠递出手。游棠本已做好接受思想教育的准备，视野里却多出一只手。她抬起头，讶然对上叶屿笑吟吟的面孔。

今天的叶屿白衬衫配黑裤，一身装扮简单利落，却更衬出他的挺拔与飒然。落日余晖披在他身上，暖得他神容温柔。游棠的血槽瞬时被清空，鬼使神差抓住他的手跳下台阶。

感受到握在掌中的手指不自然地动了动，叶屿嘴角弧度牵大几分，和声问道：“回家还是回学校？”

淡定！你手里抓的只不过是一块猪蹄，不是叶屿的手！游棠强自镇定，努力催眠自己：“回……回学校。”

“回学校？”叶屿重复了一遍，“哦，我差点忘了，大院的老人家们又去夕阳红旅游了，你回去也是一个人，确实不如待在学校……那我也回学校好了。”

从小游棠就有个坏毛病，一紧张就会神游。此时她胡乱点着头，只觉得脑袋里又漫无边际地跑起了火车。这列火车走出了国门走出了亚洲又走向了世界，就在即将与太阳并肩的时候，被叶屿一句话烧毁了动力系统：“你在紧张？”

“没有！”游棠矢口否认，眼睛瞪得溜圆。

“那你抓我这么紧做什么？”叶屿抬起两人相握的手给她看，“喏，红印子都出来了。”

哦，天啊地啊，她都做了什么啊！

游棠脸色一僵，顿时如触电一般松开手，尴尬得恨不得挖坑把自己就地掩埋。岂料刚松开，叶屿的手就跟着前移，把她的手又拉了回来。

月亮摇摇晃晃爬上天幕，身旁的路灯骤然亮起，在洒下的光团中，她把叶屿逐步与自己十指相扣的动作看得分明。

我说大兄弟，你不准备解释一下你现在的行为吗？游棠把呆滞的目光转向叶屿脸上，心情十分微妙，连带着心跳也乱了节奏。然而，不知是没有接收到还是屏蔽了信号，“大兄弟”无知无觉一笑，拉着她迈步：“走吧。”

这是什么操作？比谁更沉得住气吗？

游棠傻眼。本着倔强女孩绝不认输的强烈信念，她也闭紧嘴巴一言不发，上演了一出“夏虫也为我沉默，沉默是今晚的游棠”。

没有说笑声的相伴，似乎连路途都难以忍受，它努力缩短自己，只为尽快将两个锯嘴葫芦送达目的地好早些逃离。游棠站在“转瞬即至”的宿舍楼下，望着终于松开手的叶屿欲言又止。

“上去吧。”叶屿轻轻一笑，叮嘱道，“别熬夜，记得早点睡觉。”

微妙的心情早已在一路的沉默中消失殆尽，现在游棠心里只留下满满的迷惑。想了想，她还是没忍住破功问道：“你……还有没有别的什么想和我说？”她的目光在手上一转，带着自己都没察觉到的期待。

叶屿的目光也跟了过来，抚着下巴一脸沉思，半晌后恍然道：“刚才在路上摸了你的脉搏，发现时快时慢……最近有空吗，我带你去做个检查。”

“……”

游棠的表情瞬间凝固，风一吹落在地上，被心里的小鹿踩得粉碎。好了，现在她可以确定了，这厮就是故意气她的！

亏她先前还纠结着要不要轻易原谅他，现在看来，还是先放一放吧！

游棠一甩手气鼓鼓地走了。

Chapter 10

浅喜似苍狗，深爱如抽风

虽然两年前游棠选择了相信叶屿，但心中还是留下了些许不知从何说起的心结。虽然她的言行一如既往，但敏锐的叶屿还是发现了其中细微的不同。游棠不知自己已经暴露，叶屿发现了游棠的不对劲却不知问题出在了哪里，就这样，两人诡异地度过了最初的相逢，直到军训的开始。

今年的夏日格外火辣，即便节气已经推着秋日徐徐降临，却依然不能减少喷吐在空气中的热浪。学生们如蔫巴的小白菜，努力在高温和课堂的夹缝中求生存。只是这一天，全校的大一新生迎来了一个噩耗。

“什么？军训提前了！”

各系各院纷纷传出惊呼，历史系也不例外，年轻的班导推推眼镜，笑容可掬地宣布了这一消息：“三天后正式开始军训，班长带着几个男同学来我办公室领一下大家的军训服。”

班导并几个男生走后，班里登时炸开了锅。

“不是说好的十月吗？为什么要提前？”一个女生望着窗外灼热的阳光惨叫，“这么强的紫外线，我得晒黑成什么样子啊！”

她的忧愁得到了一众女生的共鸣，很快女生们就扎堆分享讨论好用的防晒措施。不光是女生犯愁，就连男生们也愁：

“这么热的天气搞军训，学校怎么想的？”

“可不是，就连非洲友人都回家避暑了！”

“要命啊这是！”

有人举起手机查阅未来半个月的天气，半晌后脸色灰败一声长叹：“还有更糟糕的事——军训期间无一天阴雨，全都是大晴天！”

话出，举班哀鸣。

学习委员翻到网购页面默默举手：“我要下单藿香正气水和葡萄糖了，有人一起吗？”

“我我我！”

“算我一个！”

“还有我！”

应和声此起彼伏，人人都觉得自己逃不过烈日的毒手。而游棠看着这一幕，也伏案叹息烦恼无比：军训期间大概是见不到叶屿了，她该伤感于短暂的分别还是该庆幸于有了自我调整的时间？

显然，这是个难题，因为直到三天后军训开始，她还是没有得到答案。大抵连老天也看不过眼，悄无声息给她送来了一个“惊喜”。

“请各位教官带领各连学生到操场集合！”

喇叭声在空中回荡，由历史系学生组成的七连在教学楼下排排站好，翘首等待着教官到来。眼下不过早上八点，气温却开始不断拔高，学生们渐渐心浮气躁，和身旁人小声聊起天来。

白茵茵拿手臂撞撞游棠：“你说咱们会分到一个什么样的教官？”

“什么样的不知道，但应该是本系的学长或者学姐吧。”游棠猜测道。S大的军训与其他学校略有不同，大都是由本校选出培训过的学长学姐担任教官。

“不好说，本系的学长学姐好像去了隔壁的人文院。”白茵茵摇摇头，有些忧心忡忡，“希望来个好脾气的……这种天气再遇到个脾气不好的教官，军训就更难过了。”

“都是学长学姐，应该不会很糟糕。”游棠安慰道。她倒不是很悲观，毕竟无论是小时候在部队里的操练还是这两年在中东的经历，相较之下军训简直不能太轻松。

很快，学生们如浪潮般由后向前渐渐噤声，衬得一道脚步声越发清晰，两个女孩子对视一眼也终止对话。几秒过后，一个着迷彩服的挺拔身影与游棠擦身而过，站在了队列最前方。

无数人昂着头，自认为隐蔽地打量着自己的教官，很快整个七连的学生反应分为两派：女生们纷纷亮了眼睛，踮起脚想把那张清俊的脸看得更清；男生们则一脸怀疑，思忖着这个看起来格外清瘦的家伙够不够当教官的格。

仗着第一排的优势，白茵茵直接抬起好奇的目光。第一眼她觉得这人有点眼熟，第二眼觉得这人好像在哪儿见过，第三眼她一愣，伸手使劲扯游棠的衣角：“这不是……这不是……”

这不是那天校医院的医助学长吗！

白茵茵的话被游棠捂在了嘴里。游棠虎着脸掀起帽檐，向斜前方卓然而立的某人投去死亡射线。

叶屿似乎是接收到了，唇边牵起个淡淡的笑，紧接着，水一样清淡的声音响起：“自我介绍一下，我叫叶屿，是医学院的大二生，也是接下来半个月里大家的教官，希望我们能相处愉快。

“那么接下来……稍息！

“立正！

“向右转！齐步走！”

在短促的口令下，叶屿平缓的声音也带上了肃然的气息，唬得一众学生不由自主听从。而他则目不斜视站到首排最右侧的游棠身边，领着整个七连向操场走去。

“你在搞什么？”游棠也目不斜视，只是嘴巴却翕动着，用几不可察的声音问道。

“如你所见，接下来的半个月，我是你们七连的教官。”叶屿不动声色回道。

“医学生不是很忙吗？怎么你这么闲，还有时间跑来带军训？”游棠瞥去一眼又问。

“学校委派的，我也没办法。”

“这么巧，把你派到我们系来了？”她轻哼一声，满脸不信。

“我也觉得挺巧……大概是我们缘分太深吧。”叶屿一派自然，好像给学校写申请书的不是他一样。

“巧到这份上，这缘分得有马里亚纳海沟那么深了？”

叶屿却是没有再说下去，只偏头一笑留下个意味深长的眼神，看得游棠又是一阵抓狂。

搞什么啊！有话不说非要玩你猜我猜大家猜的游戏？她不是属蛔虫的啊喂！

本来就是个别扭孩子，再这样下去会失去她这个小仙女的啊！游棠在心中怒而摔，想不通这两年叶屿究竟经历了什么才染上这样一个坏毛病。

心情惨遭滑铁卢的游棠板着脸，浑身上下不自觉地冒出叶屿同款“生人勿近”的气息，冻得白茵茵打个哆嗦，搓着手臂上的鸡皮疙瘩疑惑地望向依旧灿烂的骄阳。

七连抵达操场的时候，已经有其他连队先一步到场，叶屿领着众人从中穿过，来到安排的地方站好。一路行来，一片蔫巴巴的灰绿色，越发凸显出叶屿这棵小白杨的不同。

看着滚雪球般越粘越多的目光，游棠没好气地哼一声，真想拿个写了“游棠专属”的标签贴在叶屿脸上。却不想看就算了，更有甚者用梦幻的声音道：“有这样的教官，我就是晕倒在训练场上也愿意。”

姑娘你醒醒吧，等你真晕过去就不这样想了。游棠呵呵一笑，为这道声音的主人提前默哀——要知道，叶屿虽然看起来淡漠一副什么也不放在心上的样子，正事上却最严苛不过了。

所以呀，看人不能只看表面，谁知道好看的皮囊下面有没有一颗追求尽善尽美的心？七连的姑娘们，地狱模式要开启了，你们做好准备了吗？

游棠慢条斯理地扬起嘴角。

与此同时，校长结束讲话，宣告动员大会的结束。

伴随着再一次响起的进行曲，为期半个月的军训，正式拉开序幕。

“不行了，不行了！我要晒化了！”

“晒化算什么，我都快灰飞烟灭了！”

“我是谁？我在哪儿？我在干什么？”

“我只是一条咸鱼，为什么要承受军训的鞭挞？”

“救救孩子吧……”

解散的哨声刚一吹响，众人便如潮水般，从明晃晃反着光的操场上席卷向阴凉处。由祖国的花朵到祖国的干菜，S大的新生们身体力行向大家证明，其中所需的时间不过一个上午。

尽管太阳公公雨露均沾，可还是没有几个人能抵抗住这份热情，纷纷瘫倒在被感染的同样热情的大地上，只觉得树荫以外都是远方。

要知道，虽然是由高年级学生担任教官，S大的军训却也没有掺水，保质保量地力求每一个新生都得到身与心的齐头并进双重提高。其中，属七连的遭遇最为惨烈——前文已经提到，叶屿叶教官是一个严苛的存在，这就意味着七连的训练注定与高质量做伴。

而最让人绝望的是，叶教官每一个示范动作都标准有力，仿佛是从部队的严格训练下走出的一样。没有对比就没有伤害，在这波无差别攻击之下，无论是想挑刺的男生还是心旌摇曳的女生都偃旗息鼓，只盼能早些熬过这半个月，除了游棠。

游棠依旧是活蹦乱跳的模样，正裹在人堆中兴致盎然买冰激凌解暑。

“你要什么味儿的？”她回头问白茵茵。

“不用了……我喝水就好。”

白茵茵有气无力地摇头，举了举手里的矿泉水瓶。晒了一上午，她实在是吃不下甜甜腻腻的冰激凌。

不一会儿，游棠举着抹茶味冰激凌出来，像是得到玩具的小孩子一样心满意足，看得白茵茵好生羡慕：“你体质真好，不像我才一个上午就晒得头昏脑涨。”

“我是前两年晒习惯了。”游棠咬下一口冰凉笑道，“中东可比这里热多了，而且一抬头就是叶屿冰块似的脸，我哪里还热得起来？”

虽是抱怨，可她话里透出的熟稔让白茵茵不由得好奇道：“你们早就认识？”

“可不是？”游棠弯起眼睛，“我们两家比邻，相伴长大，是最亲近最了解彼此的人……”说着说着，她突然话锋一转，有些忧伤地叹气，“可惜现在我们的关系在质变的关键时刻不幸遭遇了寒流，真真是前途难测啊！”

“那怎么办？”闻言，白茵茵顿时替她着急，“你们以前闹过矛盾吗，有经验吗？”

“以前的经验不适用啊……以前遇到分歧，我们都是直接打一架的。”

“那确实是不适用。”白茵茵语塞。

“男人的嘴，骗人的鬼！当年说好陪我打架给我当军师督促我学习，结果消失两年回来就忘得干净，还悄悄有了不告诉我的小秘密！”游棠嘟着嘴闷闷不乐，忍不住向白茵茵传授过来人的经验教训，“要说婚姻是爱情的坟墓，谈恋爱就是走向死亡，向往恋爱就是在为灭亡做准备……想我当年也是自由潇洒的一条好汉啊！”

两人从路口走过，正在谆谆道来的游棠话音一顿，突然就变换口风大声道：“可喜欢一个人不就是要包容他的一切？他是风儿我就是沙，他是阳光我就是云霞，他是咖啡我就是方糖，哪怕他是山泉，我也是最甜的那一口！啊——山无棱！天地合！沧海变桑田！也不会与君绝！”

白茵茵停下脚步，愣愣地看游棠从唱衰爱情到深情现场的无缝切换，直到一道似笑非笑的声音打断了她的咏叹调：“你的戏什么时候可以像你的钱一样少？”

游棠带着满脸惊喜转头，像是才发现身旁的叶屿一样：“呀！叶屿你什么时候来的？”

“从你说‘男人的嘴，骗人的鬼’的时候。”对着她浮夸的演技，纵是叶屿一时也没控制住嘴角的抽搐。

论慎独的重要性啊姑娘！她讪讪一笑，见叶屿没有就她方才的话深入探讨的意思，才悄悄松了口气。

喊了一早上口号，叶屿的嗓音带着些许沙哑，不复往日的清逸，端的是性感无比。听在游棠耳中的第一反应是高岭之花下凡了，第二反应则是皱起眉头狠狠瞪他一眼，转身跑向路边的商店，不多时提着瓶矿泉水回来塞进他怀里。

叶屿用眼神询问。

看着他这副不明所以的表情，瞬间一股无名火从游棠心头窜起，让她不由得开启了话痨模式：“声音哑成这样，上午是不是根本没喝几口水？不是我说你，都是成年人了怎么连自己都照顾不好？你好意思说自己是学医的吗！这样下去以后哪个病人敢把自己小命交到你手里？”

凶巴巴发射完几枚连发式言语炮弹，游棠冷静下来，总算想起眼下自己“别扭 ing”的设定，傲娇地把脸撇向一边。

人设崩塌什么的，最讨厌了！

而引发这一切的罪魁祸首却在此刻笑出声来——叶屿瞧着游棠丢给他的后脑勺，拿手盖着脸闷笑连连，引得游棠越发恼怒。

笑什么笑！她的关心有这么好笑吗！再笑下去信不信你喝水都会呛进鼻孔里！

她的心声叶屿自然是无从知晓，于是过了好一会儿，他的笑声才渐渐止住。

“游棠。”叶屿轻轻唤道，低沉嗓音中多了几点笑意，好听得一塌糊涂。游棠急忙控制住想要回头的脑袋，默念“色即是空空即是色”。

咦，等等！声音犯规算不算在色里？

游棠一个不注意，就把自己陷进了禅理，等挣扎而出的时候就发现发顶上多了只揉揉摸摸的手，手的主人还在一边笑一边说着什么。她抖抖耳朵凝神听去，只捕捉到一句：“……闹别扭都不忘关心我，你啊……”

叶屿一叹，又揉了揉游棠的头发。

大兄弟，你这笃定的语气和看破一切的喟叹是怎么回事？不要瞎说大实话啊喂！

在这声了然的话语之下，游棠顿觉无所遁形，仿佛被叶屿看了个对穿似的。不甘心己方就此溃败，她原地蹦起大声反驳：“别胡说！谁关心你了！”

“哦？”叶屿挑眉一笑，“那你是承认自己在闹别扭了？”

“……”

好狡猾！居然声东击西！

“我才没有！”游棠鼓起脸颊不承认。

叶屿抛来个不以为意的眼神："不承认也没什么，反正你也藏不住多久，我等着就是了。"

这是轻视！赤裸裸的轻视！

游棠决定，就冲着这个眼神和这句话，她都要否认到底！

"总之，我不是在关心你，只是一时没管住自己想去世界看看的腿！你……你别想太多！"

说完，她转头就要走，生怕多留一刻就兜不住自己的气势，却忘了头发还在某个人的手里，一个大踏步后眼里顿时泛起泪花花。

嗷！好痛！苍天啊大地啊，谁来告诉我，为什么会有那么多人喜欢如此恐怖的摸头杀？

听着惨呼声，叶屿默默从纠缠在一起难舍难分的发丝间抽出了自己的手指。甩出个幽怨的小眼神，游棠再一次迈步，一边走一边大口咬下已经开始融化的冰激凌。

"等等！"没走几步，叶屿笑着扬声叫住她。

"怎么了？"游棠头也不回硬邦邦地问道。

叶屿绕到她身前："你可以言不由衷说不关心我，我却是办不到的。"

游棠瞅着他静待下文，直觉他葫芦里没卖好药。果然下一秒，叶屿换上副无奈表情，以迅雷不及掩耳盗铃之势从她手中没收走了冰激凌。

"你忘了自己每到秋天肠胃就会不好的事？生冷的东西还是少吃点吧。"

游棠看着空空如也的手，满脸不敢置信，好半晌才从牙缝里挤出两个字："无耻！"

居然抢她冰激凌，这个幼稚的家伙！还有，她什么时候肠胃不好了？

眼看着叶屿一手矿泉水一手冰激凌走远了，游棠恨恨磨牙，只觉千言万语都不足以表达她此时的心情。

“走，咱们去吃饭！”她使劲一跺脚，向站在几米开外等她的白茵茵走去。

围观了全程的白茵茵摸摸肚子：“可是我已经饱了。”

“……”

“叶屿撒的是风刀霜剑又不是狗粮，你饱什么饱！”游棠风中凌乱。连续遭遇霜冻与寒潮，她着实抑郁心塞，只好又买了几盒冰激凌以作安慰，却不想很快就接收到了肚子的抗议。

“不是吧……”

下午的训练才开始，游棠正在太阳灼热的注视下昏昏欲睡，肚子忽然“咕噜”一声。最开始她还不在意，可随着接踵而至的一声又一声，她渐渐垮下脸色。

“不会真让这家伙给说中吧？”她瞥一眼给大家纠正军姿的叶屿，不由得在心里嘀咕，调起全部心神去感受掉链子的肠胃。

许是得知主人对它的“重视”，游棠的肠胃激动了，用突如其来的痛感拼命打招呼。猝不及防之下，游棠笔直的腰杆被痛得一塌，额上又添了一层汗。

噢，冰激凌，你真是个让人又爱又恨的小妖精！

忍着痛重新站端正，游棠决定忍到中场休息。可她的肠胃仿佛叛主了一般，不说偃旗息鼓，反而越演越烈，眨眼就从小小气旋扩张到风暴。

眼见被动催生出的洪荒之力一路横冲直撞，还有埋头向下的趋势，游棠顿时顾不得其他，张口就是一声大喊：“报告！”

“说。”叶屿回头望向她。

“我突然拉肚子，请求去卫生间！”

叶屿话音一顿，似乎是没想到中午随口说出的话居然成真了：“去吧。”

游棠撒腿就要跑，不承想刚跑两步便被叫住。

“等一下！”

她捂着肚子郁闷回头，脸上好似写着“又怎么了”四个大字，见叶屿指指她脚下，这才发现自己掉了整包纸。想到办完正事却没有纸的后果，她登时一阵恶寒。

飞去个感谢的眼神，游棠短暂退场，十分钟后才踩着有些虚浮的脚步重新归来。让她意想不到的是，这才是个开始。

接下来的一个小时，训练场到卫生间的两点一线间多了一道越来越蔫的风景线，到第四趟的时候，游棠脚步已经如飘的一般。即便如此，她也没有半点去病号连休息的意思。

溜是不会溜的，溜了她的黑历史就要多上浓墨重彩一笔了。如是想的游棠上线“倔强”模式，摇摇晃晃又站回了属于自己的萝卜坑里。

“你怎么样？”一旁的白茵茵眼神担忧，悄声道。

游棠努力无视掉余光里叶屿拧起的眉头，吁口气故作轻松回应：“我没事，有太阳晒着舒服多了……”

嗯，就是有点晕。

刚在心里补完后半截话，她忽然脑袋一沉向地上栽去。白茵茵惊呼一声正要去拉她，却有人更快一步把人捞进怀里。

“谁有藿香正气水？”叶屿沉着脸问道，伸手解开游棠迷彩服领口的扣子给她透气。白茵茵从口袋掏出藿香正气水递过去，有些不明白为什么叶屿站得比她远反而比她动作还快。

灌完一瓶藿香正气水，叶屿给七连其他人留下句“全体休息十分钟”，背起游棠就往外跑，一路经过好几个医疗点都没有停下的意思，竟是要把人直接送到校医院去。

“你给我喝藿香正气水了？”游棠悠悠转醒，昏昏沉沉伏在叶屿背上，满嘴又苦又辣的味道。

叶屿“嗯”一声，脚下继续生风。

“好难喝。”游棠吐槽，张嘴向叶屿哈出口气。

叶屿瞥她一眼，双手用力把她颠了颠，示意她不要闹。游棠也就真的不闹了，环住他的脖子老老实实一动不动。还是叶屿没忍住问道：“你中午吃的什么，怎么肚子闹成这样？”

游棠沉默如松。

久不见回应，叶屿又颠了颠她：“睡着了？”

“没。”

“那就说说你中午的食谱。”一看就知道这丫头乱吃东西了，想到方才游棠恹恹的模样，叶屿不由得放缓了语气，“放心，不说你。”

游棠环住的手臂紧了紧，脑袋歪靠在叶屿颈边，望着他乌黑的瞳仁声音软软道：“我老实交代，请求组织从宽处理。”

她的意识还有些混沌，全然忘了脑袋灵光时的小纠结，只知晓眼前是她喜欢已久全然信任的人，又因身体难受，话语中不自觉就带出几分撒娇和依赖。

听在叶屿耳中，却让他有序的步伐一乱，脸上也悄悄爬上了几丝可疑的红晕。他努力散去脸颊的热度，用尽可能平稳的声音道：“你说。”

好在此时的游棠双商短暂下线，也听不出来什么，只小声“坦白”：“我又吃了冰激凌……”想了想，她伸出三个手指，又补上一句，“三个。”

“胡闹！”

叶屿“唰”地沉了脸色。

游棠感受到他腾起的怒气，声音更小了：“我知道错了……”她皱着鼻子有些委屈，“你答应不说我的。”

“好好好，不说。”叶屿无奈叹气，对这样的游棠没辙。回头望着她依旧萎靡的模样，他加快速度冲进眼前敞开的玻璃门内，熟门熟路地把人送进一间诊室。

诊室内坐着个乐呵呵的老人，一副老顽童的样子：“叶屿来啦？哟，还带着个姑娘！”

“小姑娘这是怎么了？”他跟着叶屿移到病床前，看叶屿小心翼翼把游棠放上去。

“她拉肚子了，还有些中暑。”叶屿替游棠擦擦额上冷汗直起身来，“现在是训练时间，我走不开，麻烦院长帮我照看下她，下训我立刻就来接。”

想了想，他又补了句：“我没来之前，您千万别让她乱跑。”

老院长抖抖两撇花白眉毛：“去吧去吧，人我给看着，保准还你个精精神神的小女朋友。”

门边的叶屿脚步一顿，带着耳根一抹红不淡定地走了。

“哈哈哈哈哈哈哈——”把一切尽收眼底的老院长爆出一声长笑，一边笑一边对游棠道，“你看他刚才的慌张样子，都差点撞门上了，哈哈哈哈！”

“有这么好笑吗？”游棠无语。

“有！当然有！”老院长连连点头兴致盎然，“谁让叶屿这小子平时总一副天边云彩的臭屁样……难得能看到他紧张，这都是托你的福啊小姑娘！”

他宛若见到什么新奇物事的惊叹表情，让游棠不由得有了种化身动物园大猩猩的感觉。她终于忍不住吐槽道：“您好恶趣味。”

“怎么就兴你们小年轻腻歪，还不准我们这些老年柠檬精酸一酸？”老院长捋捋胡子哼道，继续研究眼前这个把自己得意门生拉回凡间的小姑娘。

老年柠檬精……

“您老人家真潮。”游棠干笑，“不过……您能不能帮我挂上吊瓶再研究？”

“哎呀！差点忘了！”老院长一拍头，终于想起遗忘在脑海深处的正事，连忙按铃喊医助送药，还不忘小声自言自语道，“小姑娘除了活泼一点跳脱一点好像也没什么特别……要不做个切片仔细看看？”

不知道有成为“切片”危险的游棠很快睡着，待挂完水又跑了两次厕所，这才觉得自己重新活了过来。

伴随着大喇叭里吹响的解散哨，她蹦下病床在屋里活动着筋骨，等叶屿来接。

岂料叶屿还没到，巡视完的老顽童院长先回来了：“小姑娘身体不错嘛，这么快就活蹦乱跳了。”

“是您的药对症。”游棠笑嘻嘻道。一老一少礼尚往来相互夸赞，不一会儿不大的诊室里就充斥着“花式彩虹屁”。

“你这姑娘好，比起叶屿那锯嘴葫芦乖巧多了！”老院长笑得合不拢嘴。

“好听您就多听点。”游棠也笑，心想自己总算逃脱了被围观的命运。笑着笑着，她的思路顺着话头不知不觉拐到叶屿身上。

还学医呢，连自己都照顾不好！

回想到下午叶屿又哑了几分的嗓子，她抿抿嘴，忍不住问道：“院长，您能不能给我开一盒对嗓子比较好的药？”

“对嗓子好？”老院长疑惑，“你嗓子好好的开什么药……喔！”他忽然语调一转，投来个意味深长的眼神，显然是想到了什么。

游棠交握着两手，努力保持淡定，殊不知渐渐转红的脸颊已经暴露了她。老院长看在眼里，饶有兴致道：“药自然能开，但是你得说说是给谁开的？”

瞧见老人家眼里瞬间升起的狡黠之光，游棠捂住头忍不住就是一声哀叹。院长不应该是刻板严肃，或是和蔼可亲，抑或是德高望重的形象吗？怎么她眼前这个不止恶趣味还八卦呢？

老院长显然是个务实派，很快就把一盒药推到她面前：“来说说？”

“院长……”游棠无奈。

“撒娇无效。”老院长抖着胡子严肃道，“说不说？不说我可扣叶屿平时分了？”

这样都行？

游棠一脑袋磕在桌上，深恨自己多嘴，又听到熟悉的脚步声在门外响起，她连忙向后一指大喊一声：“就是他！”

喊完她冲向门口，一把将药盒拍到匆匆而来的叶屿手里，自己迈开飞毛腿转眼就跑得不见人影。留下叶屿看看药再看看乐得前仰后合的老院长，一脸不明所以。

头一天军训就出了状况的游棠第二天又出了状况。

她午休一向起得早，因此平时都是她踩着点叫醒宿舍里其他三个人，结果这天不慎睡过，被白茵茵拍醒的游棠骤然发现，她们已经徘徊在迟到的边缘。

"快起来！要迟到了！"两人手忙脚乱地摇醒另外两个人。

一时间——

"我的鞋呢？"

"等等我，擦个防晒！"

"来不及了，路上擦！"

"帽子别忘了！"

鸡飞狗跳中，时间悄然跑过两分钟指向三点整，四个女生狼奔豕突般奔出宿舍楼。

同一时间，操场上集合的口哨已吹响了。

"我们……不会挨罚吧？"一个女生边跑边扣外套的扣子。

另一人忙着喷防晒霜："肯定会，昨天迟到的就挨罚了。"

"要跑三圈呢。"白茵茵抖了抖，有些期盼地看向游棠，"你和教官关系好，他会不会因为你罚轻一点啊？"

"他别因为我罚得更重就万幸了。"游棠把有些松散的头发重新扎紧，她有些内疚，"对不起，都是因为我睡过了才害得大家迟到。"

三人忙摇头。

等她们赶到的时候，七连已经点完名开始训练，叶屿正分解动作向大家教授军体拳。幸运的是，叶屿没有加重惩罚；不幸的是，四个女生还是要顶着烈日跑三圈，而且游棠总觉得叶屿还有什么后手在等着她。

果不其然，跑完三个室友都归队了，只有她被叫住：“游棠，出列。”

他又搞什么幺蛾子？

她试图用眼神冲击叶屿充满罪恶的灵魂，可叶屿早就修炼得道，整个人岿然不动：“给大家示范一遍军体拳。”

你还真说得出口！

她瞪着叶屿，无声道：你是教官你怎么不上？

叶屿微笑：因为我懒。

游棠也笑，咬牙切齿地笑：我也懒。

她整个人散发着抗拒的气息，打定主意不让叶屿轻易得逞，却不想叶屿施施然退开两步，张口就道：“格斗准备！”

冷不防之下，游棠被口令偷袭成功，下意识摆好了准备动作，等下一瞬反应过来，她真想拳打自己脚踢叶屿。

现在装晕还来得及吗？

当然来不及，游棠自认丢不起这个脸，那就没办法了，上吧。

见她准备好了，叶屿开始发出口令。游棠沉着脸循声而动，把摆了自己一道的某人当成假想敌，出拳踢脚虎虎生风，看得七连一众人缩缩脖子，反应不约而同。

男生们：游棠同学好可怕！

女生们：游棠同学好帅气！

正主叶屿倒没什么不适，甚至嘴角还噙了抹笑，目光随着她的动作游走看得认真，时不时还点个头很是满意的样子，生生让游棠回想起小时候被他检查作业的情景。

一套打完，游棠郁气尽解神清气爽，瞥了眼叶屿转身就走，再也不给他可乘之机。

嗯，有要小脾气的劲儿，看来身体是没问题了。叶屿望着她的背影如是想到。没错，绕了这样大一个圈子，其实只是叶屿想知晓她的病好得怎么样了而已。

至于为什么要如此麻烦，今日份外幼稚的叶屿表示，他就是突然想逗逗游棠而已。

这天晚上多了军训拉歌环节。

S 大二十个连队两两配对，七连分到了隔壁建筑院的八连。与女多男少的七连恰恰相反，八连男多女少，因此还未正式开始，泾渭分明的两支队伍就打得火热。

“不如这样，把我们连的女生和你们连的男生换换，直接组成和尚队和娘子军得了。”方迭言搭着叶屿肩膀笑道。他今年大三，是八连的教官，也是叶屿的直系学长。

叶屿表示没有意见，于是在征得双方同意后，两连迅速进行了人员调整，并拉成圆弧向两边散开，形成一衣带水的“楚河汉界”。

那么问题来了，方迭言摸着下巴问道：“咱们坐哪儿？”

叶屿脚步一抬走向分界线，挨着汉界边的游棠把自己填了进去，顿时对称的两个半圆成了块状：“我坐这里就好。”

转眼场上只剩方迭言孤零零站着，他这才后知后觉到一个问题：“你是要把主持的活儿丢给我一个人？”

“怎么能说丢呢？”叶屿既不承认也不否认，“尊老爱幼是咱们的传统美德，这种重要场合我可不能抢师兄的风头。”

“别跟我打太极，我知道你就是懒！”方迭言简直不能相信自己所听到的，气咻咻地瞪着叶屿，伸手就要拉他起来，“咱俩的年纪明明一样大，我算不上老你也称不上幼！快起来，跟师兄我一起承担！”

“年纪虽然一样，可师兄资历老啊。”叶屿笑吟吟，脚下丝毫没有移动的意思。

眼见这位陌生师兄被气得倒仰，游棠直接给叶屿送出个鄙视的眼神。真是的，师兄如此呆萌可爱，怎么能这样对待？

“这位师妹，你是不是也觉得他在无理取闹？”

她强有力的目光被方迭言注意到，顿时让可怜师兄有了种在茫茫人海中找到组织的感觉。果然公道自在人心啊！

来吧师妹，和我一起抨击这个无耻的家伙！他双手握拳目光铿亮，只觉霎时春回大地，冷漠被播撒的真情覆盖，温暖重回人间。

却不想——

“没有啊，我觉得他说得很有道理！”游棠用极其真诚的语气与极其不真诚的内容回应。

方迭言瞬间体验了一把坠入深渊的刺激感。不是……师妹你咋还带临时叛变嘞！

因为从来就不是一伙人啊！

关键时刻游棠立场一如既往的鲜明，她同情地望望方迭言，真心实意希望他以后找队友的时候能擦亮眼睛。

就在方迭言捂着胸口一脸惨遭背叛的时候，叶屿摸摸游棠的头目露赞许，给他又补上了重重一击。

好了，可以了，他都明白了——唱独角的从来只有他，某个厚颜的家伙早就暗度陈仓唱起了双簧。被 10086 点暴击命中的方迭言带着两行泪惨淡退场。

“这样打击师兄真的好吗？”

“没事，他皮糙肉厚。”叶屿一扬下巴，“看，他已经把满腔热情投入到拉歌中去了。”

果然下一秒，一声大喊就在场地内炸响：“姑娘们唱起来！”

注视着场中左呼右喊调动气氛的方迭言，游棠头上滑下两道黑线。这么快就原地满血复活，师兄你是属小强的吗？

看着她专注的模样，叶屿抿紧唇线忽然道：“你刚才喊他师兄。”

“嗯？”游棠瞅着他不明所以，“不喊师兄难道喊师姐吗？”

“我现在大二，比你高一届。”

“所以？”

“所以你是不是也应该喊我一声师兄？”

游棠石化：“你有毒吧叶屿？”

刚才喊方迭言是她随口而为，可在叶屿正儿八经提出来后她莫名就喊不出口了——毕竟师兄师妹什么的，想想就有点小羞涩呢！

而叶屿目光清明眼神认真，看起来一派正常，只是说话带上了些诱哄的意味：“来，喊一声试试看？”

“你清醒一点！”游棠无言。还试试看，怎么不满意是不是还要退货？

“呔！妖孽速速现原形！

“嘛哩嘛哩哄！

“太上老君急急如律令！

“巴啦啦能量！”

闭着眼一通瞎喊，再睁开眼她绝望地发现，叶屿还是先前那副样子。

怎么回事，有人在她眼皮子底下偷换了叶屿的原装配置吗？

行，不就是喊声师兄？她喊！

游棠抓起身旁喝完的空瓶拧开高举过头，把瓶口对准了叶屿："二师兄！我喊你一声你敢答应吗？"

叶屿摇摇头取走她手中的瓶子，眼里蕴满笑意："把'二'字去掉。"

"我的天！"

在反常的叶屿面前，游棠的理智终于宣告崩塌。她扑过去抓住叶屿的领子就是一通猛摇："你这个盗版冒牌货！快把原装的叶屿还给我！"

"好了，我的武术权作抛砖引玉，接下来就看各位学弟学妹的特长绝技了……哎，你们俩要武斗到中间来，也让大家开开眼啊！"

方迭言耍完一套招式，引得气氛火热，正准备功成身退，余光瞄见角落里正在上演"全武行"的叶屿和卧底师妹，登时睁大眼睛兴奋无比。

他一声咋呼，单方面"施暴"的游棠瞬间被所有人目光集火。还没揪出叶屿反常原因的她动作一僵，不情不愿地松开手，向罪魁祸首咧开一口白晃晃的好牙。

"武斗就算了，师兄指导我几招怎么样？"

方迭言后背一毛，见游棠摩拳擦掌跃跃欲试，忙凑到叶屿身边小声道："喂！你不拦着点？我学了八年散打，万一没收住劲这妹子就惨了！"

"你打不过她。"叶屿睨他一眼淡定下结论。

真的假的？方迭言一步一回头上场，望着对面纤瘦的身影半信半疑。不到两分钟，他信了。

"不打了，不打了！"他跳出战圈，向游棠连连摆手，"深藏不露啊妹子！在下不敌，请求换人！"

“换谁？”游棠转转手肘，收回出到一半的拳头。

“他！”方迭言闪到叶屿身后，“你刚才不就在和他打吗，正好现在补上。”

“我可赢不了她。”叶屿摇头。

“现在不是谦虚的时候啊兄弟！”方迭言把叶屿往前推了推，“我扛不住了，妹子的甜蜜暴击就还给你了！”

叶屿只好无奈顶上。

两人是一起从部队里训出来的，小时候也没少切磋，彼此的套路早就熟得不能再熟。见状，游棠变化路数，使出了这两年学来的野路子。

本以为可以打叶屿一个措手不及，却不想被轻松拆招。她不信邪，又找着机会故技重施，可都被一一化解。游棠这才有些明白，她和叶屿不是势均力敌，而是叶屿高自己一筹。

这家伙，藏得够深啊……

“为什么让着我？”借着错身而过的时机，游棠挫败地问道。

她一直以为自己的身手还算不错，原来很大程度上都是叶屿注水的结果？

“不是让着你。”叶屿低低一笑。

“那是什么？总不会是你吃了大力菠菜发挥超常吧？”游棠追问，觉得自己一颗纯纯的少女心受到了欺骗。

“是因为我从来都赢不了你啊……棠棠。”叶屿收了动作，声音忽得温柔起来。

“你叫我什么？”头一次听叶屿这样叫自己，游棠悚然，脚下一崴就向前栽去，连前半截的重点都没注意到。

“我从来都赢不了你。”似笑似叹的声音在耳边响起，她被一双揽起的手臂接住，抬头正望进熟悉的一方天地，一方不论狭小还是浩渺，都盛着她和所有温柔的地方。

嗷，她现在应该怎么办？在线等，挺急的！

是该深情回应，还是欲语还休，或是羞涩而笑？在烧煳一片反射神经后，游棠脑袋一抽，毅然选择了备选方案外的第四种反应——

“那……那啥，我妈喊我回家吃饭我先走了你留步不用送！”

没错，当美梦照进现实，化作一份期待已久的真挚感情摆在面前，理智被谋杀的游棠同学却选择了落荒而逃。一路奔回宿舍扑倒在软软的床上，她抱着被子一通蹂躏，好半晌才平复乱窜在四肢百骸中的鸡血，这才想起一个至关重要的问题来，她为什么要跑？

顶着一头鸡窝坐起，她不由得唾弃起关键时刻就㞞了的自己。真是的，这样好的机会白白浪费，如果再来一次的话……好吧，再来一次的话，结局应该不会有什么改变。

怎么办，她要被自己蠢哭了。

游棠呻吟一声倒回床板，把好好的一床被子扭成了八爪鱼，望着天花板面如死灰，深深陷入了自我怀疑。

然后她眼睛一闭睡着了。

今朝有觉今朝睡，明日愁来明日忧，至于实在难解的烦恼，就交给时间好了——游棠如是想道，把群魔乱舞的脑袋扫扫干净，安心沉入了梦乡。

然后她做了个魔鬼梦，梦见叶屿中了邪似的，在旁一脸深情地喊她“棠棠”……有没有搞错，要叶屿情绪外露，她还不如期待太阳从西边升起！

连番受到惊吓，游棠霍然睁开眼，在天光大亮时翻身下床，使劲拍着脸告诫自己“梦是反着的”，这才洗漱出门，却不想在食堂外的小径上和叶屿狭路相逢。

她下意识地抬头望天。嗯，很好，太阳依旧从东边升起，她可以放心……个鬼咧！

五步外，叶屿眉眼含笑，丝毫不受她神色变幻的影响，招手唤道：“棠棠。”

虽然他的声音和语调都该死的好听，但从小被叶屿连名带姓喊到大，游棠表示她十分不习惯，直到叶屿扬起尾音，疑惑地又唤了一声，瞬间如羽毛般挠进了她的心缝里。

啊，不习惯什么的，就让它随风而去吧！

游棠暗戳戳道，随即甜甜应声，乐颠颠奔了过去。

Chapter
11

论醉酒的重要性

短暂又漫长的半个月就在相爱相杀中悄然度过，不知不觉，游棠和叶屿似回到了从前，关系也和缓下来。

“火辣辣的心啊，火辣辣的情，火辣辣的小辣椒她透着心里红……”

游棠哼着歌从校园中穿过。夏日仅存的热情似乎都奉献给了军训，霎时灿烂过后转眼就委顿下去，换了秋风降临人间。才两三日的工夫，S 大就仿佛披上了灿黄的新衣，到处都是一番新景致，其中以梧桐大道尤甚。

梧桐大道是 S 大的一条主干道，两侧遍植梧桐树，此时在秋意的抚摸下，繁茂的树冠层层渲染，顶部尚是青翠的颜色，底端却已染上大地的色泽，更有急切者借风松开树枝的脉络，迫不及待想要回归土壤的怀抱。

高年级的学生早已对这幅景象司空见惯，很少驻足观赏，可刚结束军训的新生们却新奇不已，三五成群地流连在此，或嬉闹，或拍照，或惬意地坐在长椅上谈天。

游棠被这份热闹所吸引，不由得转进来，踩上铺展在脚下的斑黄地毯，每走一步，就能奏出一段独特的音符；不时有新的落叶穿插在风的咏叹中，带来自己的华彩乐章。

眼前这一幕似曾相识，游棠眨巴着眼睛，许久才想起幼时确实来过这里，她还从一个小男孩手里抢了片好看的梧桐叶带回家，在妈妈的帮助下做成了书签。

一时兴致大起，她蹲下身想捡几片带回去重温童年记忆，正挑挑选选不亦乐乎，一个颀长的身影投在面前。

“你来得正好！”游棠头也不抬，把几片脉络清奇的叶子塞进叶屿手里，又重新投入到甄选中去。

“你这是在干吗？”叶屿捏着叶子一脸纳闷。

“重温童年。”游棠又递来几片，“哎，你知道吗，小时候就在这里，我从一个小男孩手里抢了片特别好看的叶子做成书签……只可惜后来丢了，我还难过了好久。”

“你的童年我不清楚。”叶屿摇摇头，慢吞吞道，“不过我知道，那个小男孩很可能就是我。”

游棠霍然转头:“你也被人抢过？不对,应该说……你被我抢过？”

叶屿伸出手比画着大概形状：“如果你抢的那片是蝴蝶状，那就是我没错了。”

游棠直着眼沉默了，好一会儿才抓起把叶子递到他面前：“我现在给你补上来得及吧？”

“你随手一把叶子就想把我打发？”叶屿玩笑道，“怎么也得把你压上才能还清这么多年的利息吧？”

“你比资本家还吸血！”游棠撇撇嘴。

她正要继续自己的大业，却被叶屿提溜着领子拉起：“别挖宝了文艺少女，快点起来洗洗手跟我走。”

“干什么去？”游棠把挑好的叶子妥帖地收进包里，又怕被压坏，干脆把原住民两本书转移到叶屿包里。

叶屿顺手拎出她的手机，指着她满屏的未读消息笑道：“看见没有？李啸说组织了聚会要给咱们接风洗尘。”

“哎呀，我关静音了！”游棠惊呼，连忙接过细看起来，“哪有人都回来快两个月才接风洗尘的？我看是借咱们的名头满足他自己的玩心吧。”

“他这段时间被李叔叔关了禁闭，难得能出来放风。”叶屿点点头，显然是赞同她的说法。

正说着，李啸的电话就打来了：“我说姑奶奶，你是被外星人绑架了还是掉进黑洞了，怎么大白天还失联啊？”

“你也没提前通知今天有活动啊！”尽管电话那头的人看不见，游棠还是没忍住翻出个白眼。

“我也没想到这个理由能放我出门啊！”李啸急吼吼道，“总之大家都到了，你们俩也麻溜点！”

“为了玩你也是够拼了！”游棠吐槽，“地址发过来，我们现在就走！”

“喳！”

出校门拦下辆出租车，不到十分钟两人就站在了“禅心清吧”门口，顺着侍应生的指引，他们成功地和当年游棠麾下的“拍砖小分队”会合。

“小李子，你还真是对酒吧情有独钟。”游棠瞅向“刑满释放”的李啸，“上次被你坑了就算了，你今天千万控制住自己，别把大家都坑进去。”

“咦，啸哥你干什么大事了，给大家分享一下呗！”立时就有人嗅到不同寻常的味道，嬉笑着追问。

“牺牲自己娱乐你们？”李啸横他一眼，“我看起来有这么傻吗？”

“有！”游棠接茬，“我都怕我妈不让我跟你玩。”

满堂哄笑，唯有李啸气歪了嘴巴。

眼见从李啸嘴里挖不出什么消息，一众损友齐齐把目光转向游棠：“棠棠姐给我们讲讲呗？”

“不许讲！”李啸拍案而起。碍于叶屿在场，他没敢去捂游棠的嘴，只拿一双眼发送威胁，“你要是说了，黑历史我就不帮你瞒着了！”

“我的黑历史你也基本有份吧？”为确认，游棠还特意筛了筛回忆，然后才继续道，“我倒霉你也跑不了啊！别忘了，你爸还在家盯着你呢。”

李啸呼吸一滞，显然是没想到这一茬儿。

“这样吧。”游棠笑眯眯道，“大家来举手表决……同意我讲的请举手！”

李啸黑漆漆的脸顿时被一片举起的手遮挡。此时此刻，他唯一的想法就是交友不慎。

恰此时悠扬的铃声在热闹中响起，看见班导来电，叶屿冲大家摇摇手机走出去接听，和送酒的侍应生擦肩而过。

李啸点了些调酒，因此侍应生甫一进入，一股酸甜香气便扑面而来。游棠抽抽鼻子，好奇地望过去：“这些都是酒吗？好香啊。”

“对，都是调制好的鸡尾酒。”侍应生笑着应声。

于是游棠像个好奇宝宝似的，睁大眼睛全神贯注研究颜色各异气味也不尽相同的一杯杯酒水，全然遗忘了就要吐露的故事，看得李啸喜上眉梢。

这酒送的好啊送的妙，一下子就把这姑奶奶的注意力都拉走了！

不如……

他换上一抹坏笑，清清嗓子凑到游棠身边，就要实施自我拯救大计：“游棠……哦，不，棠棠姐！说了半天你也累了吧？不如喝点东西？”

“这些吗？”游棠指指眼前一溜的缤纷色彩，一副心动又犹豫的样子，“我没喝过酒，会醉的吧？”

“哪能啊！”李啸使劲怂恿，“这些鸡尾酒度数都不高的！再说了游爷爷和游叔酒量那么好，你也不会差到哪儿去不是？”

他一番挑挑选选，端出杯放在游棠眼前：“看这个 Zombie！虽然名字恐怖了点，但口味绝对不会让你失望！而且里面加入了大量的果汁——来，闻闻看，是不是有很浓的菠萝味？是不是很想尝尝？”

鼻端萦绕着酸甜的水果气息，游棠把杯子端在手里，隔着剔透的玻璃细瞧这一捧夹着冰块的橘色液体：“为什么要叫它僵尸？”

“因为喝多了就会觉得自己跟僵尸一样。”李啸摊手，“不过你只喝这么一小杯的话，应该是体验不到这种感觉的。”

听了他的话，游棠渐渐放下心，试探着抿了一小口，味蕾上的新体验让她亮了眼睛，如发现新大陆一样惊喜。她舔舔唇，长鲸吸水般喝个干净，转眼满满一杯就空空如也。她放下杯子，颇有些意犹未尽。

“好喝！”她笑眯眯道。

见游棠喝得快，李啸本还有些担忧，又见她一脸餍足没什么不适，这才放下心，笑着伸手拍向她的肩：“可以啊！不愧是棠棠姐，第一次喝酒跟没事人一样……哎？”

他的手才搭到游棠肩膀上，游棠却突然向下一塌趴在了桌上，看起来就像是被他拍倒的一样。李啸吓了一跳，连忙摇了摇她：“游棠！你怎么了游棠！”

其他人也纷纷围了过来，一脸不明和担忧。

在众人的注视中，游棠抬起自己仿佛调了糨糊的脑袋，不紧不慢地露齿一笑：“有点晕晕的……咦，我是不是醉了？”

醉了？

这不科学啊老铁！你们老游家祖祖辈辈传下来的好酒量呢？被你剁吧剁吧和节操一起喂人类好朋友了吗？

就在李啸风中凌乱的时候，叶屿回来了。

“她喝酒了？”他皱眉看着一旁的空杯问李啸。

李啸语无伦次：“我……我以为……以为她酒量应该不错嘛。”期期艾艾半晌，他猛地叹气，“唉，她怎么就醉了呢！”

叶屿听懂他的意思了：“因为她随关阿姨，沾酒就醉。”

没想到是这个原因，李啸一阵瞠目。他正要仰头保持四十五度角明媚忧伤，却见叶屿半扶半拉起游棠。

“我先送她回去，你们慢慢玩。”

明媚忧伤什么的，都见鬼去吧！李啸立时回转脑袋，向叶屿大力挥手告别。走吧走吧，走了就没人揭他的短了！

也许是他的意图太过明显，已经走到门口的叶屿脚下一顿，挂上亲切无比的笑向一屋子眼巴巴的小弟道："你们之前不是想听李啸的故事？正好我明天空着，给你们分享分享怎么样？"

"没问题，叶哥！"

"好的，叶哥！"

"叶哥明天见！"

四起的欢呼声中，李啸亲临友谊破碎现场，体验了一把世界对他深深的恶意。

清吧的大门就像光影的分界线，里面有熏暖的灯火在低语，外面则被黑夜紧紧抱拥。

叶屿拐进便利店买热牛奶，出来的时候就见游棠蹲在路边，借着头顶的路灯看蚂蚁搬家。他一笑走近，递出手中的牛奶瓶："喝了会舒服点。"

游棠抬起头，脸上白皙如常，若不看她迷蒙的眼神，根本想不到她已经醉到迷糊。尽管酒量差得可以，她的酒品却好得不得了，整个人安安静静的，好像一个仿真版娃娃。

只见"娃娃"摇摇晃晃站起身，盯着眼前的牛奶瓶好一会儿，突然向后退一步摇了摇头，自言自语道："不可以，妈妈说过不可以喝陌生人递来的东西。"

叶屿哭笑不得："我又不是陌生人……我是叶屿啊。"

"你才不是。"游棠摇摇头振振有词，"你的眼睛挤在一起，鼻子嘴巴也是歪的，哪里是叶屿？"

被“换脸”的叶屿一阵无言。他摩挲着手里温热的瓶子，思索着怎样才能给自己验明真身。游棠却凑上来绕着他走了两圈，抽抽鼻子下结论：“你身上有叶屿的气息，你是不是认识他？”

叶屿本人对此表示好奇，他的气息是什么样的？

“这个不重要啦！”游棠挥挥手，皱起眉头追问，“你到底认不认识他嘛？”

没被认出来，叶屿有点不开心，瞥她一眼淡淡道：“我是他朋友，他让我来接你。”

游棠没听出来话里别的意味，只当眼前人真的是叶屿的朋友，便接过牛奶放心喝了起来，似乎叶屿认可的人在她面前自动打上了“靠谱”的标签一样。叶屿叹口气，被她这一番举动捉弄得没了脾气，暗自决定等这丫头清醒后谈谈“防人之心不可无”的重要性。

“我能问你个问题吗？”牛奶喝了大半，游棠的眼睛也被热气熏染上了一层水雾。她愣愣地望着“叶屿”，目光却像划破虚空，落在了不知名的地方。

“是不是叶屿又要离开，所以才让你来接我？”

“什么？”

叶屿下意识皱了皱眉。他见游棠面色不对，思路不由得往深处拐去。思来想去却觉得迄今为止，唯有在部队的这两年算得上是离开。

难道这其中有什么误会？

良久不得解，满腹疑惑的叶屿干脆用不解的语调试探道：“为什么这样问？他不是一直都在？”

“才没有……”游棠摇头，“他两年前就离开过一次，两个月前才回来……这两年我根本联系不上他！”

她歪着头问：“你不是他朋友吗？怎么连这个都不知道？”

“哦，我一时没想起来。”叶屿忽略脑海里浮出的莫名怪异感，随口回应道。他观察着游棠的神情继续探话，“他在一支特殊的部队里，训练期间隔绝了通讯，你联系不上不是很正常吗？”

“部队？”此话一出，游棠顿时愣住了，她垂下眼睫，目光透出几分茫然，“我不知道……他没有告诉过我……”

发现叶屿在自己面前状态失联，却在他人面前行踪透明化，这个认知顿时让醉酒后格外玻璃心的某只小辣椒难受了。

叶屿也愣住了，一个猜测忽地飘进他的脑海。这个猜测让他猛然起身，目光紧紧锁在眼前人身上，连声音都压入了急促：“你不知道？”

见游棠点头，他满脸不可置信，忍不住追问：“你怎么可能不知道？他走之前明明给你留了信讲明了去处！”

游棠现在的脑力，就如同偏远地区时断时连的信号一样，完全没有怀疑眼前这个“叶屿的朋友”是怎样得知其中详情，只忙着回溯当年的记忆。

“没有！”半晌后，她使劲摇头否认，声音染上些许不满，“就算你是叶屿的朋友，也用不着骗我吧？别说是信了，他一个字条都没留下……当时把我们都急坏了！”

原来是没有收到他留下的信吗？

脑中的迷云豁然消散，叶屿舒展开皱紧的眉头，望着噘着嘴的游棠若有所思。

虽然不知道这其中哪里出了岔子，但总算找到问题的根源了不是？那么接下来只要找个时间消弭误会，一切也就迎刃而解了——老实说，某人小脾气什么的，叶屿还是略有些吃不消。

而在他理清了来龙去脉因果缘由的时候，游棠也灌完最后一口已经不怎么热了的牛奶。跟眼前这个“叶屿的朋友”一通絮叨，她心中的郁结尽散不说，还对先前多愁善感的自己颇为嫌弃。脑热之下，她把手里空瓶往旁边一拍就要立flag：“要是叶屿他再玩消失，我就……”

“你就怎样？”叶屿好奇。

游棠嘴巴张了闭闭了张，语塞良久挫败道：“我不知道……”

“哦？”叶屿悠悠挑眉。这丫头居然有无计可施的时候？

游棠顿时大倒苦水：“这家伙太奸诈了！回来以后态度好得不得了，搞得我都不好意思跟他计较，只能自己暗戳戳腹诽，差点憋出内伤！”

她长叹一声，目光无限萧索，觉得人生真是惨淡。

“本来还想着打一架出出气，结果两年不见，我压根就打不过他了……唉，你别光听啊，给我出出主意呗！”

瞧着她眼巴巴的模样，叶屿忍不住笑出声来。他伸手捏捏游棠的脸颊，清咳一声正正脸色，“善解人意”地支着儿：“其实……这事很简单。”

闻言，游棠整张脸都传达着“求解”二字。

“既然放了你两年鸽子，那就把他赔给你做补偿怎么样？”叶屿一本正经地把自己卖了。

“真的吗？”游棠的眼睛瞬间放亮，半点bug也没察觉到，整个人兴高采烈地跳了起来，“你真是个好人！”

平生第一次被发好人卡的叶屿抽抽嘴角，终于良心发现停止了对醉酒少女的“坑蒙拐骗”：“走吧，送你回家。”

“你知道我家在哪儿吗？”游棠笑嘻嘻道，“不知道吧？我告诉你啊——我的家在东北，松花江上……”

魔音来得猝不及防，叶屿脸色一僵，垂眼望着她引吭高歌一言不发。见他反应平淡，游棠撇撇嘴：“好吧，我家不在东北，我家……住在——黄土高坡……喂，你怎么一点反应也没有？”

因为你家就在我家对面啊！叶屿面无表情地默默道。

“你这人真没意思。”游棠冲眼前的石桩子跺跺绵软的脚，转身迈着七拐八歪的步子就要自力更生。叶屿捂着头无奈地叹息一声，连忙跟上去，不时把走出 S 形步子的醉鬼拉回正轨。

偏偏醉鬼还不自知。

“不用拉我，我自己能走……你看我走得多直！”

是，直得快赶上波浪线了。叶屿忍不住在心里吐槽。

在酒的后劲的作用下，游棠人是越来越迷糊，兴致是越来越高涨——若不是叶屿拦着，她已经要跟街边的花花草草握手了。

喝醉的游棠什么的，简直太可怕了！叶屿下定决心，以后要让游棠离酒远一点。

握手不得，游棠撇撇嘴，有些不高兴地甩了甩手，但很快她又被不远处的动静吸引走了注意力。

“光天化日，朗朗乾坤！居然有人当街欺负弱女子！”她撸起袖子热血上涌，怒视着斜前方相对而立剑拔弩张的一男一女，拔腿就要冲过去。

“你干什么？”叶屿连忙一把拉住她。

“你没看见吗？那个女孩子被坏人缠上了，我得去帮她！”游棠跺跺脚，“救人如救火，你快点放开我，晚了就来不及了！”

“就你这醉醺醺东倒西歪的样子，到底是救人还是帮倒忙还两说呢。”叶屿拍拍她的脑袋，又望望那边争执不休的两人，“再说了，人家情侣吵架，你去瞎掺和什么？”

“咦？”

闻言，游棠有些不信，睁着醉眼把那两人看了又看，趁叶屿不注意突然拐着步子靠近，站在吵得难解难分的情侣旁边想要弄弄清楚。

身旁多了个“求知若渴”的人乱入，硝烟浓郁的气氛也多了丝不知从何而来的古怪尴尬，小情侣对视一眼，默默地闭上嘴。

“抱歉。”落后一步的叶屿赶上，向两人充满歉意地点点头，拖着游棠就要赶紧离开。

回家的一路上天雷勾地火霹雳带火花，游棠尽出幺蛾子，生生折腾得叶屿在十月底出了一头大汗。好在大院就在眼前，叶屿吸口气平复着略糟糕的心情，开始了对扒着大树不撒手的某人新一轮的劝说——某人坚称此树骨骼清奇，非合影不得走。

恕他眼拙，诚然这树老了点，可他实在不能从一棵掉得叶子都不剩几片的树上感受到“骨骼清奇”这四个字……不对，一棵树跟骨骼清奇有个毛线关系啊喂！

“不是已经给你拍了十来张合影？”叶屿木然道。

“拍得多有什么用，一张都没拍出这棵树的仙风道骨！”游棠猛摇头，举着手机在叶屿脸前直晃悠。

叶屿瞅着眼前手机壳上向他咧嘴大笑的皮卡丘，心情更郁悒了。好吧，是他孤陋寡闻了，那么谁能好心告诉他，怎样才能拍到一棵老树的仙风道骨？成精吗？

眼见失败再一次冲他咧嘴而笑，叶屿心塞得简直要扑倒在地。既然动口没用，就只好选择动手了——他干脆利落揪下游棠，两臂一张把人打横抱起转身就走，整个过程还不到三秒。

正忙着和树交流感情的游棠眼前一花，回过神来已经被抱着进了大院的门，她呆呆抬头，定定瞅着近在咫尺的一张侧脸。

被人一眨不眨地看着，纵然知道她醉着，叶屿还是有些不自然。又怕她继续折腾，便多分了些心神垂眼留意，却正好瞧见游棠掩嘴打出个哈欠，头一歪靠在他肩上找了个舒服的位置睡了过去，转眼就有微沉的呼吸声传来。

“……”

莫名有种被套路的感觉是怎么回事？

明撩不成反被套路的叶屿满心复杂地敲响了游家的大门。

“应该是棠棠回来了。”屋里，刚旅游归来的游家二老正在看电视，游爷爷笑眯眯起身去开门，“棠……怎么是你小子？”

第一眼落在叶屿身上，游爷爷挑眉有些讶异，紧接着目光一滑瞧见被他抱着的自家孙女，登时就不淡定了：“你你你！棠棠……你把我们棠棠怎么了？”

叶家这小子对棠棠有意思他知道，可这小子胆也太肥了，八字还没一撇居然就敢当着他面抱棠棠！太过分太不把他这个老人家放在眼里了！

游奶奶也闻声而来，刚靠近门口就闻到了淡淡的酒味，再看叶屿一脸无奈哪还有不明白的，当即一拽戏精上身的游爷爷不耐烦道：“行了瞎说什么呢，没看见棠棠醉了？还不赶紧把路让开让小屿进来！”

“是……这样吗？”在游奶奶的眼风下，游爷爷讪笑着往旁边挪了挪放叶屿进来。

“棠棠给你添麻烦了。”游奶奶又对叶屿歉意道。

“您客气了。”叶屿摇摇头一笑迈步，熟门熟路进了游家大门向游棠的房间而去。擦肩而过的瞬间，游爷爷脑中灵光一现抓住了重点：“你小子是何居心？居然带棠棠去喝酒！”

游奶奶白了跳脚的老伴一眼：“这你得去问李家小子，别说你不知道是他组织了今晚的聚会。”谁让这李家小子溜出门的时候正好被他们看见了呢？

“你怎么尽护着这小子？我说说都不行了？”游爷爷不满。

“行，当然行，最好是直接吓跑完事，然后你就能看到棠棠跟你急了。”游奶奶轻哼一声，不再理会幼稚的老伴，转身跟进了游棠的房间。

安置好游棠，叶屿便回了对面自己家，见时间不早索性也准备洗洗睡觉，只是临睡前他习惯性地向对面望了一眼，却发现本该熟睡的游棠赫然坐在阳台中央。

这是个什么操作？

十月底的天气已经很有一番凉意，尤其是晚上起了风，更显得只穿着一身薄睡衣的游棠“楚楚冻人”。叶屿揉揉额角从衣柜里提出件厚外套，动作利索地翻了过去。

那厢游棠披散着长发盘腿而坐，双手搁在膝上有模有样掐着法印，白净的脸上一派肃穆。感受到肩上一重，她睁眼就对上抱手而立似笑非笑的叶屿。

“大晚上坐这儿吹冷风？嗯？”

他尾音挑起，口吻危险，听得游棠不自觉地抖了抖。较之先前她显然清醒了些，至少认出了眼前的人是叶屿。

“嘘。”竖起手指轻嘘一声，她朝叶屿摆摆手，示意他不要打扰自己，“我忙着呢。”

“忙什么？”叶屿接话。

“当然是承接天地灵气,吸收日月精华了。”游棠回答得振振有词。

叶屿抬头望着被乌云遮蔽的天空无言，思忖着游棠喝到假酒以至于伤到脑子的可能性。

“既然被你发现了，那我就把秘密告诉你好了。”

“哦？”叶屿捧场地回应一声，整个人却兴致缺缺——他早就不对醉酒状态的游棠抱有期待了。

“咳咳！”游棠却显得很郑重，她清清嗓子一本正经地开口，“其实，我是从天上掉下来的小仙女，却被巫婆施了魔法，要是不在夜晚修炼，我就会在白天变成田螺……对了，那个坏巫婆还抢走了我的羽衣，你能不能帮我抢回来？”

看着眼巴巴的游棠，叶屿抽了抽嘴角。这已经不是喝伤脑子可以解释的了，这分明就是喝得大脑拆分重组了吧？照这个剧情发展下去，是不是还会接着出现牛郎织女、白雪公主等元素？

“行了小仙女，快点回去睡觉。”对此，头疼的叶屿选择了最简单粗暴的解决办法，直接提溜着游棠的领子把人丢回床上。

游棠在床垫上弹了弹，打个滚将自己埋进柔软的被窝，只露出颗脑袋在外控诉道：“不让我修炼，你真是太过分了！你和坏巫婆是一伙的！”

“我还能更过分一点。”叶屿眯起眼睛，嘴角勾起抹阴险的笑，“比如说……烧了你的羽衣，让你再也上不了天。”

游棠抖了抖，一言不发地扯起被子盖住脑袋。见状，叶屿满意地点头，一点都没有威胁醉鬼的愧疚感。他正要举步回家，手又被人一把抓住，回头就发现游棠掀了被子趴在床边，眨巴着眼睛泫然欲泣。

“难受，想吐！”

晨光破晓，安憩的城市慢慢苏醒，带着四射的活力开始了新一天的生活，游棠揉揉钝痛的脑袋，睁开迷糊的眼睛望着天花板发呆。

不知道为什么，她昨晚总有种如芒在背的感受，就好像……有人在盯着她一样？她扭扭有些僵硬的脖子，视线从床边掠过，下一秒，她震惊了。

“你怎么在这儿！”

瞌睡虫瞬间跑了个干净，游棠一个鲤鱼打挺滚到床角，心里掀起了惊涛骇浪。相识这么久，叶屿终于忍不住要对她这朵娇花下手了？

只见叶屿靠坐在床边面沉如水，一双眼冷飕飕地扔着眼刀。看得出来，他此刻的心情非常之不好。游棠咽咽口水，小心翼翼向他扬起个友好的微笑：“那、那个……”

叶屿嫌弃地瞟她一眼，一言不发起身就要离开。游棠愣了愣，这才后知后觉一拍床板怒道：“喂！大清早出现在我的房间，你不觉得应该给我一个解释吗？”

“解释？”叶屿停下脚步折回来，双手一展撑着床沿，俯下身盯着她笑了，“我怎么觉得应该是你给我一个解释？你可是折腾得我一宿没睡啊。”

嘎？

游棠瞅着叶屿眼睑下淡淡的青影，把他的话掰开了揉碎了细细思索，蓦地脑中劈过一道惊雷——莫非！是她自己终于忍不住对叶屿这朵娇花下手了？

我不是我没有你不要乱说污我清白啊！

游棠在心里疯狂叫嚣，被自己的想法劈得外焦里嫩，连脸都皱成了一团。叶屿挑眉，有趣地观赏着她的反应，他敢打赌，游棠的想法绝对跑偏到奇怪的方向去了。

抱着被子缩在角落的游棠觑着叶屿的表情，努力挤出个笑脸："所以……我到底对你做了什么灭绝人性伤天害理的事？"

"你都不记得了？"

游棠诚恳地点头，以示自己没有消极抵赖的想法。

"看来是断片了。"叶屿摸摸下巴，叠起手在床边坐下。

喂，你这个遗憾的语气是怎么回事？游棠瞪他。

发现当事人之一对自己的所作所为完全没有印象后，叶屿的目光顿时不善起来："我就是想问问，为什么你昨晚抓着我不撒手不说，我一走你就闹着要吐，我一回来你就什么事都没有？"

亏他还怕某人真的难受守了一夜，现在看来都是在耍酒疯？叶屿瞅瞅腕上还未褪去的红印，脸色一下冷了八度。

游棠也瞄一眼那明显是被自己抓出来的印子，讪笑着从角落挪出来一扭一扭移向叶屿："那什么，我不是喝多了什么都不知道嘛……"

叶屿冷笑："以后一滴酒你都别想沾！"

"必须的！"游棠连忙附和。喝一次的代价太大了，就算她脸皮厚也不能这样丢啊！她都不敢猜自己昨晚干了多少蠢事！

见她保证得干脆，叶屿的脸色缓和了些。游棠连忙祸水东引把锅丢了出去："你看，要不是小李子说那什么'僵尸'好喝，我也不会去尝试嘛！这是情有可原的对不对？”

睨她一眼，叶屿起身向阳台走去：“我先走了，大家还等着呢。”

“做什么？”

“当然是给大家讲讲李啸先前的‘英雄事迹’了，昨天你醉倒后我们商量好的。”他脚步不停漫不经心道，话音落下的同时已经翻进自家阳台消失在游棠的视线外。

游棠撑着脸颊的手一歪，脑袋险些磕到墙上，然后默默在心里替李啸点了一根蜡烛。

Chapter 12

对你图谋已久

叶屿一贯有着超强的行动力，从游棠口中套出了问题根源，他就开始思考解决之法。在推翻了一套套的方案之后，他终于拍板决定以出游的形式作为消弭误会的机会和载体。

于是乎，隔天早上趁没有课偷懒赖床的游棠垂死梦中惊坐起，臭着脸接通了聒噪的电话。

“棠棠，周末有时间吗？最近天气不错，我带你去秋游如何？”

“没空，不去！”纵然话筒那头传来的是叶屿含笑的声音，可依然没能拯救她的起床气。游棠“啪”地挂了电话，裹着一身低气压翻身继续睡。

不到一分钟，铃声再一次响起——这次游棠看也没看，伸手在手机上一划，干脆精准地直接挂断。叶屿听着“嘟嘟”的忙音扬眉一笑，手指一动很有耐心地又拨了出去。

这次游棠直接不理会了，拿被子掩着耳朵权当自己听不见，一时间，只有响了断断了响的音乐声在寂静的宿舍里回荡。不知是五遍还是六遍后，她终于对这宛如勾魂一样的折磨缴械投降：“去！我去！我去行了吧！”

世界重归清净。

解决完噪音，她丢开手机重新栽回床上，刚沉入梦乡铃声却又一次响起。有道是忍无可忍无须再忍，抓狂的游棠一把抓过手机咆哮道：“我都答应去了你还要闹哪样啊！”

“去哪里？”江邂把手机移远了些好奇道。

“问叶屿！”

听着游棠火大的声音，江邂耸耸肩和林子砚对视一眼，脸上不约而同多了抹坏笑。咦，好像很有故事的样子，他们要不要去凑个热闹呢？

答案自然是肯定的。

被这两个唯恐天下不乱的家伙提前发现了隐藏剧情，叶屿计划好的双人游自然是胎死腹中，再加之两人“一不小心”将消息走漏给了李啸……总之，周五叶屿来接游棠的时候，就对上了一堆不请自来的嬉笑面孔。

“叶哥出去玩啊？带兄弟们一起呗？”以李啸为首的一帮大院损友勾肩搭背冲叶屿笑得灿烂。

“上车。”叶屿敲敲车窗对游棠唤道，目光从这些早有预谋的家伙身上掠过，似笑非笑看向自家扯后腿的表弟。林子砚顶着他沉甸甸、凉飕飕的目光温文一笑，泰然自若地拉着江邂跟上了车。

叶屿送给不请自来的两人一发冷哼，一脚踩下油门，转眼给其余人留下个车屁股。李啸浑不在意，只一挥手吆喝着："兄弟们跟上！"

一帮年轻人争先恐后钻进路边的两辆车里，也跟着绝尘而去。嬉笑吵闹声从敞开的窗中倾泻，为略显寂寞的秋日增添了一线风景。

出城上了高速公路，叶屿就开始提速，以期甩开缀在后面的一众电灯泡。而看出他想法的李啸又岂会让他如愿，当即指挥开车的己方队员追赶超越，不多时就嚣张大笑着跟叶屿擦车而过。

笑声钻进车里，叶屿眉目不动淡定提挡，坐在副驾驶的游棠却按开车窗，兴致勃勃地和李啸斗嘴呛声。扫见她的笑脸，叶屿摇摇头，嘴角不由得浮出浅浅笑意。

一路行了两个多小时，灿阳转向晦暗时众人才堪堪抵达。游棠跳下车，望着眼前连绵的山头好奇地问："这是哪里？"

"邻市一个倚山而建的风景区，这里刚完工不久，再加上有些偏僻，所以游人不是很多。"叶屿停好车，走过来向她解释，"这里风景不错，娱乐设施也不少，有兴趣的话可以玩到周日再回去。"

"有兴趣！有兴趣！"游棠连连点头，望着路标上的"欢乐谷"蠢蠢欲动。不愧是好闺蜜，江邂的目光也一同落在这三个字上，两人对视一眼，双双把背包抛给身后的男生，手拉手向指示的方向奔去。

"棠棠！"

无奈的喊声传来，游棠回头向叶屿挥挥手："我们先走一步，不要太想念我哟！"

这丫头！

目送游棠毫不留恋地远去，一股"为他人作嫁衣"的感觉油然而生，叶屿沉着脸，冷冷瞟了林子砚一眼。

果然就该在半路把这两人丢下车的吧？

一边是表哥的眼刀，一边是弃他而去的女朋友，里外不是人的林子砚摸摸鼻子，觉得自己十分之委屈。

果然看戏有风险，八卦需谨慎啊！

第二日，众人用前半天时间把山下逛了个遍，午饭时又一合计，干脆准备起物件去爬山宿营看日出。

“好累啊！”江邂擦擦汗，手搭在额上远眺，“还有多远到宿营地？”

一行人在新开辟出的山间小径上走走看看，行程不快却也不轻松，江邂就是早先放飞自我时浪费了体力，才使得现在后劲不支。不光是她，还有几个疏于锻炼的大男生也磨磨蹭蹭落在后面，正在被李啸挨个嘲笑。

“上山还背这么多零食，你不累谁累？”游棠笑睨她一眼，脑中对应起看过的地图，“我们刚过半山腰，离宿营地还有一截呢。”

“怎么才走到这里？”

江邂脚一软，坐在地上欲哭无泪。她后悔了，她不该逞强用双脚来丈量祖国的大好河山，她该老老实实地坐缆车的！

游棠用指尖搔搔江邂的脸，把她鼓鼓囊囊的包轻松甩在自己背上：“可不就是才到这里？再这样磨蹭下去，天黑前咱们还不一定能到呢，到时就得摸黑爬山了。”

没有对比就没有伤害，一想到摸黑爬山这一备选项，江邂连忙爬起来，觉得自己腰不酸了腿不疼了吃嘛嘛香了，忽然又充满了干劲儿呢！

一只手忽然伸到她面前。不知何时，去探路的林子砚已然回来，正笑吟吟望着她，扬起的唇线温柔如春风。见状，江邂垂着脑袋眼睛乱转，瞧起来颇有些不好意思，只是那动作却毫不含糊，抬“爪”就把林子砚的手牢牢抓住。

好了，闲杂人等暂时退场，只留下我们的男女主角面面相觑。虽然游棠小姐没有对巍峨高山折腰，看起来依然是精力旺盛活蹦乱跳的模样，可叶屿小哥还是如林子砚对江邂一般向游小妞伸出了手。

咳，不为别的，他就是想牵牵某人的手。

但现实往往与理想有出入，还相去甚远。同在一片蓝天下一片青山里，两个人的脑电波却意外地没有同频——游小妞瞅着那颀长白净的手良久，解下了背包递过去，还是帮江邂分担的那个。

“……”

对着这么个不解风情的姑娘，叶小哥着实郁闷了。也罢，主动一步是主动，主动两步还是主动，既然他的姑娘驻足踌躇，他多走几步去接又何妨？

叶屿摇摇头，面露无奈，含在眉目间的笑却越发温柔。他上前捉住游棠的手圈进掌中，左拎包右牵棠，慢悠悠举步踏上后续的道路。

游棠老老实实地由他牵着，心里的小人儿上蹿下跳吵作一团。

一个是感性的代表：“嗷！叶屿主动牵手了！一定是他按捺不住自己汹涌澎湃的爱意了！上吧勇敢的少女，大声说出你的爱，dream come true 就在眼前！”

一个是理性的发言人：“醒醒吧亲，又不是第一次牵有啥好大惊小怪的？以前江邂还说过他喜欢你，可他杳无音信一走两年，你现在还没清醒吗？”

还有一个东躲西藏，在双方厮杀的夹缝中弱弱出声：“可是我怎么觉得叶屿确实跟以前有些不同，简直好脾气到没道理。”

“闭嘴！”双方齐齐喝道，扭头又和对方掐得过瘾。

小人儿委屈地闭上嘴，缩在角落小声跟游棠说话：“它们吵得我脑壳疼……”

“它们也吵得我脑壳疼。”游棠叹气。都说“少女情怀总是诗”，怎么她的情怀就闹成这样？她的内心明明也是个丁香一样的姑娘啊。

游棠百思不得其解，为心中闹翻了天的三个小人儿，也为迷蒙的自己。她的“愁怨”就在身旁，她却不敢去问出一个明确答案。

是怕结果不尽如人意，还是单单没有张口的勇气？

她不知道，她只知，自己也曾是一个勇敢的姑娘，可从一种叫“喜欢”的东西扎根心底潜滋暗长，那个叫嚣着要上九天揽月下五洋捉鳖的“游霸天”莫名就懂了“胆怯”二字的深浅。

“要是人眼自带 X 光就好了……”游棠暗自嘀咕着。

“什么？”叶屿没听清，偏着头笑问她。

“哦，我是说今天天气真好，就跟我的心情一样。”游棠镇定自若地接话。

叶屿望望天不说话。

游棠这才发现，太阳公公早已不知何时退了场，换一水儿乌云翻涌而来。飕飕冷风里，她对着叶屿，笑得有点傻眼。

叶屿也笑，伸手替她紧了紧衣领。正欲说什么，远处崎岖的路上扭过一个张嘴大喊的脑袋：“喂！没看天儿变了？还牵着小手慢悠悠散步呢！”

“小李子？”游棠又傻了，“你什么时候跑我们前面去了？”

“在你笑得傻兮兮的时候！”李啸翻翻白眼嫌弃道，“真是的，不就牵个手吗至于乐成这样？笑得见牙不见眼了还……看看人家叶屿，多含蓄！”

“你才傻兮兮！”游棠怒，宛如被踩了尾巴的猫儿一样，撸起袖子就要奔过去捶他。这死小子嘴真大，不知道看破不说破吗！

“你先放开我，让我去揍小李子一顿！”她摇了摇叶屿的手臂，整个人气势汹汹，却莫名透出几分被说破的心虚。

叶屿好笑地拽住她，瞥了山上正嘚瑟的李啸一眼，如他所言含蓄又慢条斯理地开口：“李啸年纪大，咱们不跟他一般见识，让让他这个空巢老人。”

山上的李啸一个倒仰，险些喷出一口老血。

年纪大？他就大这厮一岁！

空巢老人？他一个风华正茂的大好少年，因为暂且单身被人叫“空巢老人”？

我可去您的嘞！

他颤颤巍巍地指着心黑嘴毒的叶屿，满怀一腔悲愤摺手就走，觉得这个有叶屿的世界大大的坏了。

看着李啸落荒而逃，游棠乐了，满脑子扰人的思绪被扒拉扒拉到一边，抓着叶屿温热的手掌就追了上去。叶屿满脸无奈跟上，口中让她注意脚下安全，另一只空着的手还不忘拨开横在空中的树杈子。

没跑几步，天上开始掉雨珠子，一颗格外大的不偏不倚，吧唧落在了游棠眼眶里。游棠猝不及防，“嗷”一声就抬手揉眼睛，自然便忽略了脚下，差点踩空滑下去。叶屿忙捞住人，又撑开她眼皮瞧了瞧。

他们耽搁了，老天爷可没有，挥手降下一道闪电劈开了黑沉天幕，就着这道缝隙，雨点倒豆子似的就洒了下来。

秋雨不比春雨，端的是冰冷霹雳，砸在身上还有些疼。不过这也难怪，人们总夸春雨姑娘清新温柔，被忽略的秋雨姑娘也难免有些暴脾气了——被兜头浇中的一瞬间，游棠还有心情如是想。

相比起她，叶屿的反应正常得不得了，三两下就脱下外套裹在游棠身上，在本能的驱使下，他的动作快得不能再快。拉着游棠，叶屿一边奔跑着去和李啸林子砚等人会合，一边四下寻找着可以避雨的地方。

“那边！”游棠抬手一指不远处的山洞。她被叶屿的外套包得严实，没被噼里啪啦的雨点砸蒙，眼睛自然是格外好使，步子一拐拽着人就跑，还不忘扯嗓招呼前面一堆小弟。

前面的小弟们比较衰，雨落下时正走到片空旷区域，无遮无盖地被浇了个透心凉，转眼就成了一溜落汤鸡。须知“落汤鸡”们孔武有余，细腻当真是不怎么足，游棠大老远传来一嗓子时，这边还各个闷头乱转呢。

此时有了方向，大家纷纷撒开腿就跑，谁也不想脑袋多接两滴水，游棠站在山洞口，扳着手指挨个点人。点呀点，点到站在最边上脱了冲锋衣抖水的李啸时，她呆了：“江邂和林子砚呢？”

李啸赏她个白眼，把抖干了水珠的衣服重新穿好：“我怎么知道，他们先前不是和你们在一起吗？”

“我们落他们后面了……你没碰见他们？”

李啸摇头。

两人对视一眼，觉得事情大条了。

“我得去找找！”游棠当机立断，解下背包翻出电筒，“这两人一个比一个文气，指不定被困在什么地方了。”

“我也去！”李啸沉声道。他平日里总没个正形，不是招东就是惹西，现在遇到正事却是十分着调。

“你就别添乱了，乖。”游棠把口袋里多余的东西一股脑塞给他，准备轻装上阵。李啸正要反驳，却发现比起游棠，还真是自己更会拖后腿，一时间，郁闷的他只得默默闭上了嘴。

“我去。”一只手按在预备冲进雨里的游棠肩上，接过了她手中的手电，是确认完山洞情况的叶屿，“这里应该是个预备后期开发的地方，很安全，你们生火烤烤，去去寒气。”

叶屿安抚地轻拍她的脑袋，转身踏进雨幕。细密的水雾氤氲了他的背影，看起来竟像是回归了几年前尚且单薄的少年，却又比少年多了些什么，落进游棠眼里，便生出许多安心来。

长大后的他们变了许多，也有许多未变，不是吗？

游棠似悟出了什么，径自弯唇一笑，倒使得一旁的李啸有些莫名。她也不解释，哼着歌去和小弟们生火支帐篷了。

火越烧越旺，火苗一跳一跳映得山洞里都是绰绰的影子时，叶屿带着两个悲摧的走失孩子回来了，据说是迷路了，在岔路口找到的。

甫一进洞，江邂就以一串喷嚏作为开场白跟大家打招呼。林子砚的情况也没好到哪儿去，一张脸青白青白的，惯常含起的笑都没了踪影。

两人被雨浇得透透，被游棠和叶屿人手一个扔进帐篷里烘干换衣服。不多时，林子砚活蹦乱跳出来了，江邂却有些昏沉。

即便有林子砚替她遮挡着，江邂也淋了不少雨，再加之原本就有些感冒，游棠不放心之下便将她塞进睡袋里让她好好休息。

计划好的爬山暂时搁浅，能不能看到日出还是个未知数，唯有宿营似乎在换了场地后还可以进行下去。二十出头的年轻人恰是精力旺盛的时候，眼下烤着火去了寒气，一个个又抖擞起来。

小弟甲扯了大餐布铺好，把吃的兜底倒下，摞出座小山包；小弟乙和小弟丙互相飙歌，力图让对方振聋发聩；还有小弟丁逮着人玩游戏，输的绕山洞蛙跳一圈……

偌大的山洞一扫寂静，生生被折腾出了新春大联欢的氛围，看得林子砚一阵瞠目，忍不住戳了戳身旁喜静的叶屿："你居然坐得住？"

"这算什么。"叶屿提着瓶水慢慢喝着，闻言就是一笑，偏头望望另一边正在和李啸抢巧克力的游棠，这才悠悠补上后半句话，"最能闹腾的今天还没下场呢。"

言下之意，"饱受摧残"的叶小哥还没把眼下场面放进眼里。

林子砚当即对自家境界超凡的表哥投来敬佩的目光，并恳求他千万看住游棠，以示自己并不怎么想开眼界长见识的想法。

叶屿笑笑不说话，又望望那个被火苗映得熠熠生辉的姑娘。他没有告诉林子砚，只有在面对自己的时候，游棠的闹腾指数才会上升——或许，他可以把这称之为撒娇也说不定？

当然，若真的提出来，游姑娘是不会承认的，定然会一股脑赖在潜意识头上——她耍赖的时候一贯如此。只是这话倒也没错，在她还在闹着小别扭的时候，心却已经悄悄地抵达另一颗心旁。

这个认知让叶屿很开心，比重逢时还要让他开心。于是开心的叶小哥放下水瓶起身，替游小妞从李啸举得高高的手里抢回了巧克力。

诚然游小妞身高腿长一朵花，可比起一米八的李啸还是矮了半头，因此对那怎么蹦跳都差一点的距离和一张欠扁的嘴脸，她还真是咬牙切齿无可奈何，险些就要扫出一脚把人放倒了。

好在叶屿及时出手相助，游棠觉得心里那点不明所以的小纠结又消散不少呢！她喜滋滋把巧克力攥在手里，向李啸得意地龇出一口好牙。

“嘁！”李啸斜着眼恨恨道，“找男人帮忙算什么本事！”

“是不算什么，你找个男人帮忙才算是本事！”游棠言笑晏晏顺口吵嘴，一点都没发现两人的话里有什么问题，倒是叶屿眉一挑一落，被几个字眼撩拨了心思。

李啸脸一黑，作势就要来打这个说话极其不讲究的丫头。游棠哈哈一笑窜到叶屿背后，有恃无恐。

“喂！你不管管这丫头！”李啸瞪他，双眼冒出的凶光好似能把人烧个洞。

叶屿岿然不动，垂眸静静思索一阵后镇定开口：“要不……你也找个男人来帮你？”

“哈哈哈！”

闻言，游棠瞬间笑翻过去，手虚握成拳抵在叶屿背上捶了又捶，笑得整个人都在发抖。李啸的血压却噌地升高，一声怒吼瞬间盖过外面的雷声：“叶屿！你太过分了！”

“一般一般。”叶屿谦虚道。

李啸深深觉得自己被挑衅了。他深吸一口气，正要以咆哮来表示自己的不满，却被另一道脆亮女声抢先了。

“大晚上的号什么号！招魂哪！”

帐篷帘哗啦一掀，被惊醒的江邂杀了出来，一双犹带困意的大眼睛怒火升腾。李啸被她吓得一梗，卡在嗓子口的咆哮化作一个嗝打了出来。

“蟹老板你醒啦？感觉怎么样了，头还疼吗？”游棠欢喜地迎上去，摸摸江邂的额关切道。

江邂拍拍她的手示意自己无碍，继续盯着李啸放杀气。

哦，他这是造了什么孽啊！

李啸哀叹一声，把求救的目光投向林子砚。相较而言，林子砚是个厚道孩子，到底没法忽视这道火辣辣的视线，只得摸摸鼻子认命地上前，拉着江邂好言相劝：“阿邂啊，他也不是故意的，咱们大度些不跟他一个孤家寡人计较了哈？”

孤家寡人？被秀一脸的李啸表示自己又要暴脾气了，可想想眼下的处境，他又十分憋屈地闭嘴了。

江邂哼一声继续瞪，林子砚继续劝，边劝边把人往火堆边带：“你晚上没吃什么，应该饿了吧？走走走，咱们去吃东西，让他一个人空虚寂寞冷去。”

李啸瞅着这两人背影吁了口气，觉得女生真是种善变又可怕的生物。只是还没等他缓过神来，那边江邂就奓了毛尖叫道：“谁？谁吃了我的便当？”

便当？啥便当？

李啸还有点不在状态，却见所有人都齐刷刷扭头看向他，登时吓了一跳：“你们……你们都看我干吗？”

“看你要倒霉了。”游棠格外温柔道。

“阿邂，冷静，冷静哈。”林子砚忙按住一副要和人血拼的江邂。

江邂瞅他半晌，弯眉一笑当真怒气全消，冷静得不能再冷静地开口：“哦，那就算了吧，反正便当是给你准备的，你不介意就好。”

林子砚一愣，脸上的笑垮了一半。

江邂在火堆旁坐下，悠然自得烤起火来：“哎，这还是我第一次下厨呢，费了好些心思才做好，可惜……”她摇摇头不说了，面上多了惋惜神色。

“可惜便宜小李子啦！”游棠笑眯眯地接话，冲林子砚挤挤眼睛，“蟹老板花了两个多小时呢，切菜还差点切到手……子砚你太没口福啦！”

“李啸！”

温文尔雅的模样没有了，悲愤的林子砚一张脸乌漆抹黑，活像是从墨汁里捞出来的一样。

“你还我爱心便当！”

大抵是流年不利，抑或是出行有忌，李啸深觉自己近日与成双成对的人犯冲。可怜他小小身板，又哪里扛得住男女混合暴击？

因此，为避免自己这朵根正苗红的小花在摧残中转化为反社会人格害人害己，他决定避开与某些人的“正面交锋”，也就是大家常说的惹不起躲得起。于是，在所有人围着火堆坐成一圈聊天玩游戏的时候，他在距四人最远的对角线坐好，并且天真地以为这样就可以高枕无忧。

当然事实证明，是他想得太多了。

洞外风飕飕雨哗哗，还有闪电噼里啪啦，洞内却是一派温暖。一众人吃饱喝足嫌磕牙无聊，闹着要讲鬼故事来呼应大自然的心情。

“大自然有个毛线心情，你们怎么不呼应呼应我的心情？”天不怕地不怕就怕怪力乱神的李啸整个人都不好了，连忙跳起来大声反对。

“怎么呼应你？”游棠瞄一眼他手中挥舞的扑克，“跟你打牌？就一副牌你让大家都看你打啊？”

众人觉得这话在理，遂一致否定了李啸的提议，眼巴巴等着听故事。

李啸觉得自己被伤害了。他也没干什么缺德事啊怎么受伤的总是他？

“啸哥，你要是实在不敢听就到旁边吃点东西吧？”一旁的小弟甲同情地拍拍他的肩，望着清清嗓子就要开讲的江邂屏声静气。

这叫什么话？这话能听吗？他李啸是临阵脱逃的人吗？

当然，肯定，不是！

李啸不爽地瞪小弟甲一眼，想要溜走的脚又生生收了回来，绷着脸在原地坐好。

“啸哥……你千万不要勉强自己……”小弟甲又扭过头来，关切地看着他，欲言又止。

“不勉强。”李啸淡声道，还摆出一副大佬的坐姿，“专心点，故事要开始了。”

“噢。”小弟甲点点头，带着几分无辜道，“可是……你的腿一直在发抖啊。”

“就你话多！”李啸咬牙。

“我说两位，要不要到旁边打一架再过来？”江邂凉凉的声音从火堆另一头传来。

“你要讲就讲，晚了指不定小爷还不乐意听了！”李啸一噎，硬着头皮顶江邂的话。

江邂轻哼一声不接茬，慢条斯理开始现编：“从前啊有一帮年轻人，趁周末结伴去附近刚开发不久的山里游玩。在他们玩得正开心的时候，却突然天降大雨。

“这群人慌张极了。好在他们很快找到了一个宽敞的山洞，并决定在山洞里避雨过夜。可是后半夜的时候，悲剧发生了——山洞慢慢塌了。

“大家都吓坏了，争先恐后往外跑，慌乱中谁都没有发现，有一个女孩被掉落的石头砸中，睁着眼睛痛苦地失去了呼吸……”

四下一片寂静，只有火花炸响时的“噼啪”声，李啸抬头望望黑魆魆的洞顶，牙缝嘶出口凉气，默默往人堆里挤了挤。

江邂喝口水继续讲，轻灵的声音被风吹拂，透着难言的空洞缥缈。

“经过一段时间的整治，这座山重新开放，游客日益增多的同时，开始有人离奇失踪。大家都说是那个惨死的女孩太孤独了，所以在雨夜把避雨的游人拖进山洞深处做伴。”

李啸觉得有点冷，忍不住伸手抱抱自己。

“流言甚嚣尘上，这座山便渐渐没有人来了，直到几年后几个喜好探险的人来到这里。他们对女鬼作祟这一说法嗤之以鼻，扬言要揪出这个装神弄鬼的人。”

“然后呢？”小弟甲兴致勃勃地追问，“他们找到女鬼了吗？”

游棠循声投来目光，就瞧见他旁边的李啸皱着眉，一副坐立难安的模样。她偷偷笑了笑，借着叶屿身形的掩护，悄无声息起身摸了过去。

“然后啊，他们就来到了那个山洞，只是他们把山洞里里外外摸了个遍，却什么都没找到。”江邂眼睛一抬发现她的小动作，略一思索便了然，却不动声色继续往下讲，还特意哑着嗓压着音，生生营造出阴森之感。

听到女鬼没出来，众人有些失望，忍不住齐齐叹气。江邂八风不动十足淡定："这些人很失望，抱怨着就要依次离开，走在最后的那个人却僵住了——一只冰冷的手从黑暗中伸出，落在他的脸颊上轻轻摩挲，一股凉气直扑他的后颈……他听见一个声音贴在他的耳侧呢喃……"

众人齐齐屏住呼吸，下一秒，就听见一道幽幽的声音从另一个方向响起。

"……你是来陪我的吗？"

"鬼啊！"

一刹寂静后，李啸破了音的惨叫以山洞为圆心向整条山峦扩散，他扑向一边，死死抓着小弟甲不撒手。小弟甲的惨叫也随之响起："痛痛痛！啸哥你松手啊！别掐我啊！"

两人滚成一团，露出后面一个半蹲的身影。游棠若无其事收回扇冷风的左手，又甩甩在雨水中沁得冰凉的右手，上前分开了两人。

"不怕不怕哈，没有可怕的女鬼，只有可爱的游棠同学。"

"棠棠姐你可害死我了！"小弟甲哭丧着脸。

游棠对他歉意地笑笑，伸手戳戳一动不动的李啸："小李子？"这孩子不是被她吓傻了吧？

"游棠你大爷的！"这一戳就坏事了，仿佛被按了开关似的，李啸的咆哮如机关枪，"突突突突"打得游棠抱头鼠窜，"你要把我吓死了！我上辈子造了什么孽才摊上你这么个兄弟！怎么，看我不打女的你就可劲造了是吧！"

瞅着眼前被怒火加持气场足有两米八的李啸，游棠弱弱反驳："难道……难道不是因为你打不过我吗？"

"你还说！"李啸瞪她，"告诉你，我一颗纯纯的少男心被吓碎了！碎了！你准备怎么赔？"

一阵沉默后，游棠觑着他试探开口："拿胶给你粘粘？"

李啸咧嘴一笑："你觉得呢？"

游棠掩面泪奔，一溜烟藏到叶屿身后。呜呜呜，这样的小李子好可怕，救命啊叶屿！

"告诉你，你今儿躲谁背后都没用！"李啸大踏步追了过来，目光炯炯盯着叶屿，"你是准备让开呢，还是替她赔我的少男心？"

"你要做什么？"游棠顿时蹦出来挡在叶屿身前，面向李啸一脸警惕。

"瞧把你紧张的，我是能蒸了他还是煮了他？"李啸嗤笑。

叶屿一掌拍在游棠脑壳上阻挡她发散的思维。见两个人视线都落在自己身上，叶屿以手抵唇清咳一声，不疾不徐地开口："嗯，我看时间也不早了，不如大家早些休……"

"息"字还没吐出，游棠迅速闻弦歌而知雅意："对啊对啊，已经很晚了要赶紧睡觉了明天还要早起看日出呢，各位晚安！"

此时的游棠嘴皮子格外利索，一截话毫不打绊吐完，风一般卷进和江邂共用的帐篷。

不多时，就有夸张的呼噜声响起。

李啸被她的无耻惊呆了。他还真不敢去掀游棠的帐篷，哪怕所有人都知道这厮在装睡。眼下这场景，还真真是应了一句老话——人不要脸天下无敌。

“游棠！你好样的！”磨牙半晌，李啸恨恨吼道，怒气冲冲进了自己帐篷。

“走啦？”

听着外间渐渐归于安静，游棠从睡袋里探出脑袋，偏头悄声问拉开帐篷进来的江邂。

“走啦走啦。”江邂捂着嘴“哧哧”地笑，摸黑跟她击了个掌，“辛苦了好姐妹！干得漂亮！”

游棠抬手敬礼：“很高兴为您服务！”

你来我往相互打趣着，很快小闺蜜俩就倒在帐篷里笑成一团。江邂抹一把眼角笑出的泪，把捂着肚子直叫唤的游棠塞进睡袋：“好了不闹了，你快睡吧，小心明早起不来。”

“你不睡吗？”游棠疑惑。

“我刚睡醒没多久哎！现在精神正好，哪里还睡得着？”江邂摊摊手，“乖，我守夜，不会让大灰狼把你叼走的。”

风声雨声打雷声，声声入耳；数羊放空加催眠，都不管用。游棠睁大眼瞪着尖尖的篷顶，拿失眠的自己没辙——谁让她从小就有听见雷声睡不着的毛病。

夜间寂静，又置身于山洞，生生让人产生出雷要劈到自己脑壳上的错觉。听着那“轰隆隆”的声音，游棠跟块烧饼似的，烙完正面烙反面，烙完反面又翻回正面。

“蟹老板，你回来睡觉吧，我来守夜……”不多时，她掀开帐篷帘哀怨道。

就这样，两人换了位置。游棠往火堆里扔了几根枯树枝，搬了块石头坐到洞口看雨。雨声淅沥，她伸出一只手去接，只是还不待整个手掌浸湿，就听见一道轻缓的脚步接近。

“还没睡？”

游棠头也不回轻声问道，显然听出了来者是谁。

“本来已经睡了，只是知道你睡不着，所以出来看看。”叶屿也搬了块石头坐下，只是举止间不像他说的“看看”而已，倒有种促膝长谈的意味。

“看什么？”游棠托着腮奇怪道，“我只是失眠，又不是跟小孩子一样害怕打雷。”

“你以前可不是这样说的。”叶屿笑起来。他双手叠起呈塔形，身体向前倾斜，认真凝视着眼前的女孩儿，“既然睡不着，不如我们来聊聊吧，棠棠。”

“聊什么？”游棠诧异。她微微偏头避过叶屿灼灼的目光，垂眼瞧着两人错落在一处的衣摆，直觉他的每句话都意味深长。她无端生出几分烦躁。

“就……聊聊分离的这两年好了。”她情绪的变化被叶屿看在眼里，到嘴边的话登时打个转，从开门见山换了迂回含蓄，“不如你给我讲讲在T国的经历？”

“哦，这个啊。”游棠莫名松了口气的同时，心里却多了不知是喜还是恼的微妙心情。这种陌生的体验就像一把小刀，“嗤”地在她脑海中扎出个洞，给了那些深埋已久的疑惑不解和各种猜测一个争先涌现的出口。

被纷乱的思绪一冲击，游棠顿时有些上头，当即绷起脸气呼呼开口：“没什么讲的，我这两年过得枯燥得很，每天不是闻硝烟就是吃沙子。”

这是要把天聊死的节奏啊。

叶屿表示这话没法接。他默然半晌，斟酌着捡出个话头，想重新拿回聊天的节奏：“开学给你处理伤口的时候，不是说救过一个人？我记得是个小女孩？”

“你说阿依莎？”游棠一怔，没想到几月前自己随口一句话竟被叶屿记得。忆起那个总爱追着自己到处跑的小尾巴，她的火气渐如潮水般退去，露出滩上爱怜想念的白沙。

“阿依莎是个孤儿，父母都在战争中过世了……被我救下的时候她才十二岁，却被战火淬炼得早熟懂事，有些方面甚至比我还能干，倒衬得我十足无用。”

“不要妄自菲薄。”叶屿摇头，声音里满是不赞同。

“实话实说罢了，跟他们比我确实有很多不足。”想起那些热情活泼的孩子，游棠渐渐趋于平静。战争是无情的，也是残忍的，凡其所至，大人不得不背负起沉重的负担，孩子也被苦难所迫，在成长的路上拼了命地奔跑，面孔尚未褪去稚嫩就纷纷染上沧桑。而他们所求不过是平安温饱，以及漫漫长夜里和平的一线黎明罢了。

自打去了T国，游棠无数次庆幸自己生长在和平年代，生长在中国这片辽阔的土地上，就像网上流传甚广的一句“此生无悔入华夏，来生还愿种花家”中所言的一样。这里或许不那么完美，也或多或少存在一些缺点，却不能掩盖它和平、富饶，以及越来越强盛可期的事实。

“在T国的两年，我做过志愿者，也在战地医院打了许久的杂，甚至还在学校给小孩子们上过课……那些小孩子啊，都老成得不得了，有些对生活的理解比我还深刻。”

她轻轻叹出口气，眉眼间有些唏嘘黯然。若是可以选择，谁愿自己的人生与战火结缘，与流离相伴，与惶惑依偎呢？

叶屿也叹，拉过她的手安慰着轻拍，用自己掌心的温暖消融她一身料峭风寒：“如果成熟的代价这样大，我宁愿你天真愚钝，一生庸碌。”

游棠扬扬眉，有些诧异盖了理性印章的叶屿会说出这样感性的话。

“人总是要长大，早晚都会挨上无情岁月砍下的铡刀，没谁能躲过。”她陈述着自己的观点，气息平和眼中含笑，再无一丝方才的烦闷火大，“何况长大也不全是坏事，它会让人变得坚强，会赋予人抗争的勇气，也会带来充满希望的未来，不是吗？”

“你仿佛颇有体会的样子？”把游棠的转变尽收眼底，叶屿若有所思，猜测是哪句话触动了她，竟让她摆脱掉重逢以来种种不对劲的地方，逐渐回归到那个他所熟知的本真。

“因为我见得太多了。”游棠笑，扳手指就要分数一二，却发现基数过大不怎么现实，只得遗憾作罢，“要我说，那是个神奇的地方，人们虽然久经战乱之苦，陷于阴影却不溺于其中。他们怀揣希望，对未来满怀憧憬，相信灾难终会过去——最重要的是，人人都在向这个目标共同努力着。”

她目露怀念之色：“若是以后有机会，我真想再去一次……不管战争的目的是什么，民众永远都是无辜的，我想尽我所能帮助他们。”

“是个不错的主意。”叶屿点头赞同道，“我们可以一起。”

“那就说定了！”游棠屈起小指跟他拉钩，心情带上了几分愉悦。

人哪，真是一种奇怪的生物，没有对比，永远不会知道自己有多幸福。回顾了一通T国经历，她顿时想给自己这些时日以来的纠结，一个大写的囧字——别人是饱暖思淫欲，她倒好，安逸生矫情。

没错，就是矫情，经过深刻认识的洗礼，游小妞终于拨开云雾得窥自己别扭心思的真面目。她也是搞不懂自己了，你说你瞎琢磨个什么劲儿？先不说她不是姜太公，就算她是，叶屿这条滑不溜秋的鱼也不一定上钩啊！

都说情场如战场，不积极备战，怎么能攻克下喜欢的人？青梅竹马十余载，游棠自认万里长征走了大半，可若是因一时疏忽被扔回解放前，她就真的牺牲自己娱乐大众了。

被警钟敲散了脑中迷雾，游棠决定不“作”了，不仅不“作”，她还效率惊人地在脑中拟好了攻陷计划。就在她乐呵呵展望某高地被自己顺利登顶挂起旌旗的时候，认为时机已到的叶屿清清嗓子开口了。

“你刚刚讲了自己的经历，不如接下来听听我的？”

嗯？历时弥久的彩蛋终于要揭晓了吗？

游棠登时两眼放光。说来也好笑，她想知道的时候求之不得，现在想明白不准备刨根究底了，答案反倒就在眼前。哎哟，老天爷啊，您老人家可真会捉弄人。

“说吧。”她做洗耳恭听状，默默祈祷接下来的故事里不要冒出什么情敌，却不知老天爷打个哈欠，掏掏耳朵目露疑惑：你刚才说什么来着？

“其实我的更枯燥。”叶屿摸摸鼻子，一句话总结自己清汤寡水的两年，“我去了部队，这两年来一直在基地里接受训练。”

“你去部队做什么？弃医从军？”游棠惊了。

骗子！这个骗子！说好的毕生理想是救死扶伤，怎么转眼白褂子就换成了绿军装？

游棠瞪大眼睛，看得叶屿忙摇头摆手加以否认：“怎么会？只是去锻炼两年罢了。”

“真的？”她面露狐疑之色。

“我什么时候骗过你？”

游棠想想确实如此，遂放下心，可转念一想又觉不对，登时不由自主拔高了声音：“你是没骗过我，你瞒过我！去部队又不是什么不能说的事，你怎么现在才肯告诉我？”

她作势捂起脸凄凄惨惨戚戚，如电视剧里惨遭欺骗的女主角一样。可装着装着情绪上了头，当真嘴巴一撇吧嗒掉下金豆子，整个人哭得稀里哗啦。

叶屿忙抽出纸巾给游棠擦泪。他唇边溢出浅浅叹息，眼中却徐徐铺展开一抹笑，为清俊的面庞点亮温柔。

“一点小事哭成这样，还真是个傻丫头。”他低沉的笑声在她耳畔响起，了然的嗓音带着些许循循善诱，“承认吧，你对我图谋已久。”

哭到一半的游棠被他气得打嗝：“谁对你图谋已久了！你无耻！自恋！厚脸皮！”

“自辩无效。”叶屿轻拍着她的后背帮忙顺气，一语双关道，“我可没有你那么迟钝。”

“我知道我傻，你不用照顾我的情绪说迟钝！”游棠嚷道，“我绝对是上辈子欠了你钱没还，这辈子才会遇见你喜欢你！”

她赌着气破罐子破摔，生平头一次把自己的喜欢在叶屿面前摆上明面，好像只有这样凶巴巴，才能掩盖住内心的茫然和不安。

“那你一定欠我一笔巨款。”叶屿失笑，注视着游棠的眸子澄净包容。他远比游棠想象的还要了解她，这么多年的相处，足以让他将一个人看得透彻，更遑论是自己喜欢的人。

“你还笑？”游棠目瞪口呆。

为什么不呢？

你的反常，皆起于你的喜欢啊。

叶屿伸手揽游棠入怀，把下巴轻轻搁在她的头顶，又竖起食指，抵在挣扎着还想说什么的她唇上：“嘘，别急，听我讲。自从我回来，你对我的态度就不大对，我奇怪了许久却百思不得其解，一直到几天前，我才明白了其间缘由……你是因为我当初的不辞而别，还有这两年的杳无音信吧？你甚至以为我讨厌你，才不惜消失不见？”

“难道不是吗？”游棠闷闷道。

“幸亏你不是法官，不然得判多少冤假错案。”叶屿满脸无奈，“为什么不来问我原因？还有，我要是真的讨厌你，有上百种办法可以解决，又何须搭上自己？”

“你都没有要说的意思，我又为何要问？让你更讨厌了怎么办？”游棠消沉道，觉得自己注定要在追爱的路上凉凉了。

“因为你要是问了，就会发现咱们台词对不上，拿的也根本不是同一个剧本。”

“啊？”

“我走时给你留了信，讲明了离开的时间和原因，可不知道出了什么岔子，你根本没见到信……”说到这里，叶屿也是郁闷极了，若不是棠棠喝醉，他们是不是会在阴错阳差中生出一道越来越深的隔阂？

“等等等等！你说你给我留了信？”游棠猛地抬头，却忘了叶屿下巴还搁在自己头顶上，于是一声碰撞过后，两人皆热泪盈眶。顾不得揉揉痛处，游棠定定注视着叶屿，一颗心急促地怦怦直跳。

原来这是一场乌龙，一场不会成真的误会。

她眼中渐渐涌出欢喜："这么说，你不讨厌我？"

"仅仅是不讨厌就满足了？"叶屿抚着下颌，另一只手撩起游棠的额发揉了揉，笑得意味深长，"你可以贪心点。"

那就是……喜欢了？

"是我想的那样吗？"游棠按住心里乱撞的小鹿，抿起发干的唇紧张道。

"你想的是哪样？"叶屿故作疑惑。

游棠白他一眼，嘴角却抑制不住扬起，一双眸子熠熠若星辰，看得叶屿哑然失笑。

"刚才还傻乎乎的，现在倒聪明了。"

"谁让你藏得深？我先前又不知道！"

叶屿"哦"一声："既然现在知道了，你准备怎么办？"

什么怎么办？你这种要我负责的腔调是怎么回事？

游棠傻掉的模样落入叶屿眼底，引得他闷声而笑，决定不逗她了。他站起身整整衣服，温柔而真挚的目光把眼前喜欢多年的姑娘笼罩，用前所未有的认真轻轻问道："棠棠，你愿意跟我牵手，一起向前走吗？"

淅沥的雨不知何时停歇了，乌云被风驱赶，露出几点疏星一弯淡月。游棠怔怔瞧着被镀上一层银辉的叶屿，竟恍惚觉得一切如在梦里。

"嗯……你不说话，我就当你默认了。""梦里"的叶屿捏捏她的脸颊，向她俯俯身优雅致意，"以后还请多指教，我的女朋友。"

"女、女朋友？"被强买强卖的游棠回过神来，捧着红红的脸，瞄了他一眼。

“不习惯的话，你称呼我‘男朋友’也是可以的。”叶屿耸耸肩，从善如流。

有区别吗？

“男朋友你好，男朋友再见。”游棠黑线，觉得自己被套路了，挥挥手转身就走，“雨停了雷散了，我回去睡觉了。”

“正好顺路，我送你。”叶屿笑吟吟跟上，几步把人送到帐篷前，抢先在她耳畔留下句“晚安”，而后脚步一转施施然拐向自己的帐篷。

游棠被近在咫尺的温热气息电得外焦里嫩，晕乎乎扒开帐篷爬进去，晕乎乎钻进睡袋，晕乎乎一觉睡到天将明，晕乎乎被江邂摇醒。

“起来了起来了！外面雨停了，我们快收拾好去看日出！”江邂捏住她的鼻子催起床。

“蟹老板……”她从睁开眼睛起就开始傻笑。

笑得江邂毛骨悚然：“你你你！你还好吧？是不是昨晚被雷声吓着了？”

“我没事。”游棠摇摇头继续笑。

江邂不信，探头就要喊人：“我找叶屿来给你看看。”

“不用！”游棠拉住她，嘴角快咧到耳根子，“蟹老板我告诉你个事，我有男朋友啦！”

“叶屿？”

“你怎么知道？”游棠惊讶。

江邂嫌弃地瞅她一眼：“除了他还有哪个能让你激动成这样？”

“有这么明显吗？”她不好意思地捂起脸，忍不住在睡袋里打个滚，“可是一想到他，我真的好开心啊！”

“出息。”江邂轻哼，一副受不了她如此腻歪的模样，脸上却忍不住浮出欣然乐见的浅笑。

整理好行装，众人便开始向山顶进发，由于一路上两位当事人不同寻常的亲密状态，小伙伴们纷纷露出了恍然又八卦的目光。

李啸挤着眼睛，用无声的目光跟近水楼台拿到了第一手消息的江邂打探。一通如此这般这般如此的交流后，他露出抹坏笑，几步蹿到正低语的游棠和叶屿身边。

“恭喜啊二位！”他像模像样作个揖，笑容可掬。

“多谢。”叶屿嘴里蹦出两字，似笑非笑等着他的下文。

果然李啸摆摆手，继续开口：“不谢不谢，只要你们二位从此互相祸害，别再轮番摧残我等无辜群众就好了！”

游棠“噗”地笑出声：“你就不怕我们一致对外来转移内部矛盾？”

“不能啊！”李啸被惊得呆住。怎么这两尊大神还送不走呢？

“所以你还是祝福我们感情似海深的好。”叶屿悠悠接道。

“滚滚滚！别在哥面前秀！”李啸怒，觉得自己就是柠檬树上结出的最酸的一颗柠檬果。

借着昏暗的天光爬了许久，一行人总算在破晓前抵达山顶。见太阳露脸还需些许时间，众人纷纷摸出食物准备垫垫肚子。

游棠和叶屿并肩站在山崖边，吹着清冽的晨风，看山间氤氲而起的岚烟。她拆了包饼干往自己和叶屿嘴里塞着，目光遥遥落在天边翻涌的云层上：“好奇怪，明明以前也和你看过日出，为什么这次更期待了？”

“或许是心境不一样的原因？”指尖蹭去饼干屑，叶屿笑着拈起碎发替她归拢耳后，“饿了就专心吃吧，太阳露脸了我叫你。”

游棠摇头：“我和你一起看。”一起看，才不会有一丝一毫错过的遗憾。

“好吧，听你的。”

叶屿拉着她的手把她揽入怀中，用自己的身形挡住从谷底攀缘而上的微凉山风。不远处正笑闹的江邂看见了，和林子砚交换个心照不宣的眼神，皆微微笑起来。

“以后总算不用熬夜陪游小妞煲电话粥了。”她皱起眉假意抱怨着。

“我也是，再也不用陪阿屿喝茶喝得睡不着了。”林子砚也跟着吐槽。

“我们真是一对苦命鸳鸯。”两人异口同声下结论。

正说着，忽然一道明光晃过两人眼前，江邂扭头去看，正瞧见太阳公公从云朵织造的被窝里跳出来。

“喔！”跟她一起惊呼的还有游棠。

望着天边被七彩霞光簇拥的一抹金红，游棠满目惊喜，简直要移不开眼睛。大自然到底有着人力无可比拟的神奇，即便经常可见高科技制造出的恢宏场景，可面对此情此景，她的心里还是多了无以复加的震撼，就仿佛天地间真的降下千条瑞气万丈金光，荡涤尽她身心的尘埃。

游棠久久凝视着那一方天空，直到层层云海开始散去。她喃喃道：“这是我生平见过的最美日出。”

叶屿注视着她与烟霞同辉的湛澹眉眼，垂眼间一笑：“是，也是我生平仅见。”

看完日出就像是了结此行心愿一般，一众娇生惯养的少爷小姐气力一松，纷纷表示受够了一夜风餐露宿，嚷着要下山拥抱繁华人间。

叶屿思忖半晌，表示既然都是下山，不妨另走一条路，还能看看谷底的风景。众人一想确如此言，便又振奋了精神，叽叽喳喳往谷底而去。尚在半山腰，就瞧见其下一道狭长水潭，弥漫出缕缕水汽，衬得附近植被如梦似幻青翠欲滴。

“这水潭看着怎么像是好几个连起来的？”待到走近，某小弟疑惑道。

“确实是由七个小水潭连起来的。”叶屿拿着手机查资料，“这里最开始只是一条小河流，后来经人工开凿形成了现在的规模，因为潭水终年冰冷，所以被称为‘七星寒潭’。”

“听起来很有看头的样子。”游棠按捺不住，拉着他从山坡上一溜跑下，伸手掬了一把清澈潭水。

“小心一点。”叶屿把她往后拽了拽，“这水很深，你不会游泳，当心掉下去。”

“哎。”游棠应声，抬头见江邂和林子砚上了连接起七个水潭的浮桥，当即如发现新大陆一般，兴冲冲地要跟上去，“走，我们也去看看！”

虽说是浮桥，可因是架在颇深的潭水上，安全措施十分到位。叶屿瞧着那护栏堪有游棠腰身高，也便放下心缓步而行，任由她跑跑跳跳东看西顾。

跑了一阵，游棠累了，又见叶屿落得远，索性停步趴在朱红栏杆上看喙羽微黄的水鸭子。

水鸭子游到西，她脑袋跟着转向西；水鸭子游到东，她脑袋跟着转向东；水鸭子游到近前，在浮桥边动动黑豆似的眼珠，她脑袋……哦不，她蹲下身，伸长手想要摸摸水鸭子的头。

当然，想象是很丰满的，现实是很骨感的，水鸭君只是不动声色随便一游，游棠却不幸踩在昨夜的积雨上，并付出了相当惨重的代价——从叶屿的视角来看，就是“扑通”一声过后，桥上少了个人，水里却多了个人。

“救命啊啊啊！”下一秒，尖叫声乍起。

游棠抹一把溅到脸上的鸭毛，以无师自通的“狗刨式”在水里沉浮，暗恨最近掉了五斤的体重——她差一点就能被栏杆卡住了！就差一点！

分神之下，她不幸呛了口水，整个人欲哭无泪：“叶屿！你在哪里啊叶屿！”

即便是落水，游棠的嗓音也不改嘹亮，没惊起一滩鸥鹭，倒惊掉了一帮人的魂儿。叶屿拿出五十米冲刺的速度，愣是在清凉无比的谷底急出一头薄汗，下饺子似的跳进水里。

然后就没浮起来。

要知道，前文那句“潭水终年冰冷”不是说着玩的，再加上入水太快，还没等他舒展四肢，就发现自己腿上一麻抽起筋来。

于是游棠悚然发现，来捞她的叶屿比她还有先沉下去的趋势。她登时急了，也不顾水花拍在头上的冰凉，扑腾着就要去反捞叶屿。

浮桥上露出的一排脑袋被眼前一幕惊呆了，脑中不约而同飘过“原来叶屿也有不靠谱的时候”。

“喂！你们还愣着干吗！快点救人啊！”

江邂和林子砚这对旱鸭子听到声音便从浮桥中央的凉亭往回跑，一路火急火燎过来，瞅着被冻得脸发白的两人急得团团转。

又是“扑通”两声，李啸带着个水性好的小弟翻下水，所幸这两人没出什么岔子，顺顺利利一人捞起一个，终于拯救了一对差点被淹死的亡命鸳鸯。

湿哒哒回到浮桥上，叶屿僵着一条腿坐倒在地，除了脸色冻得有些苍白以外，倒没什么大碍。游棠却惨了，以一阵惊天动地的咳嗽作为开场。她比叶屿泡得久，又不会游泳，情急之下更是呛了不少水，此时连嘴唇都有些发青。

江邂手忙脚乱给他们裹外套，又见浮桥上地方大，索性让林子砚就地支了个帐篷，好让湿漉漉的四人换衣服。

众人见状，都拥过来帮忙。

看游棠咳得难受，叶屿撑着手臂慢慢挪过去想要帮她顺气，她却突然扭身扑进了他怀里，圈着脖子以一种害怕失去的姿态将他抱紧。

叶屿一怔，安慰着轻拍她的背脊：“刚才吓到你了？别怕，已经没事了。”

游棠不答，依旧在低低地咳嗽着，肩膀却剧烈抖动起来。怎么能不怕？她差一点就要失去他了！

因着身体还未回温，是以那滚滚而下的泪水淌落在脖颈上，就越发显得灼热滚烫。叶屿被烫得整个人都是一僵，安抚的手停在半空，不知该不该落下。

许久，他抿起唇反拥住游棠，给予她温柔的支撑：“乖，不哭了，我们不是都好好的吗？”

游棠的脑袋拱了拱，继续稀里哗啦地哭，好像只有这样才能排出心中未去的恐惧。要知道此小妞从小彪悍，再加之心宽，是以迄今根本没掉过几次金豆子，此时一番哭泣，直让叶屿手足无措起来。

“你不总说自己是游霸天吗？霸天怎么能哭呢？”一阵搜肠刮肚，他把声音放得轻松，诙谐哄道，“瞧瞧，我衣服都让你泡了。”

“我就哭！你管我！”游棠哭得更凶了，“你还拿小时候的事笑话我！”

叶屿无奈望天，有些认命地捏捏眉心：“唉，算了，想哭就哭吧，我这衣服交代给你了。”

“你衣服本来就是湿的！”游棠忍不住捶他，手上力气看着挺大，落在人身上却轻飘飘的。她憋着一泡泪抬头，两眼兔子似的通红。

“你刚才……你不怕吗？”她吸吸鼻子期期艾艾。

“怕啊，可我更怕来不及救你。”叶屿莞尔一笑，捧起她的脸为她拭去泪水，“在你落水的那一刻我才发现，原来对你的喜欢，早就不知不觉积攒为逾越生命的爱。”

游棠刚刹住的眼泪又开始哗啦啦地往下掉。

“我觉得自己真像一个坏女孩，总是仗着你的爱任性胡闹……”

“胡说！”叶屿笑着打断她，“你抹黑自己不打紧，可别诋毁我的眼光。”

“你这人！夸我还不忘捎上自己！”游棠被逗笑了，泪珠还挂在脸上，却再也落不下来，“你别总夸我，夸多了我会骄傲的。”

“不怕你骄傲。”叶屿的笑里透出几分小得意。

“怎么，怕我被别人的三言两语哄走，所以防患于未然吗？”

“不。”他的额贴上她的额，透过咫尺之距，看两人彼此投映的眼瞳里重叠的倒影。他愉悦地笑开，笑声随着胸腔的震动一路蔓延，直达游棠心里。

她听到他这样说："我要多夸你，一直夸你，夸得你无以为报只好以身相许。"

游棠也跟着笑起来。

这是她最期待的甜言蜜语。

Chapter 13

朝 暮 与 共

又是一年毕业季，六月某日，天气晴，微风。

胆大包天的游小妞和自己的竹马君悄悄扯了证，一把大锤把两人的爱情砸到瓷实，附赠一票晕厥群众——自家老爷子和众多贼心不死的情敌。

是不是很好奇？且先别急，听我慢慢道来——

春去秋来，叶屿和游棠先后迎来了自己的毕业典礼。

台上领导们轮番发言，抒发着对本届学子的期待和祝福；台下学子们却没几个在状态，纷纷期待着接下来的毕业照环节。

众领导眼皮一抬，已是见怪不怪，如往年一样加快速度讲完，两手一拍放这些叽叽喳喳的孩子们出去自在。游棠晃着学士帽上的流苏，和班上同学摆出各种 pose 合影，记录下大学时光里最后的回忆。

毕业季，总是伴随着不舍与分离。它们很有心机，一直潜藏在四年的朝夕相处里，小心埋伏日渐渗透，终在这个阳光灿烂的日子轰然爆发，理直气壮卷走无数人的眼泪。

游棠面对一双双或执手或相拥的泪眼，心情也跟着低落起来，她一贯不喜分离。想了想，她决定去找叶屿挽救一下心情。

此时医学院也是一片愁云惨淡，游棠苦着脸从人少的小径快步穿过，在大广场一角的树下找到了叶屿。

“正准备去找你，你就来了。”叶屿收起拨号拨了一半的手机，抬眼笑容清浅。

“我好难过啊叶屿！”游棠扑过去，脑袋无精打采地抵在他肩膀上，整个人就像晒蔫吧的小树苗。

“短暂的离别是为了更好的相逢，不是吗？”叶屿摸摸她的头开解，从她手里取下相机调了调焦，“来，看镜头，笑一笑。”

她扯动嘴角露出个勉强的笑，直看得叶屿嘴角一抽。

“看见我就让你这样不高兴？”

游棠不解地接过相机，一眼过后毫不犹豫选择了删除，觉得实在对不住镜头后面这个把松散学士服都穿得格外好看的宝藏男孩。

“你说得对，短暂的离别是为了更好的相逢！”她握拳振奋了精神，“更何况还有你一直陪着我！”

“总算想通了。”叶屿笑睨一眼，拉着她沿树荫慢慢走，“毕业对我们来说，既是结束也是开始，与其伤感于过去，倒不如期待新阶段的到来。”

“嗯！”游棠重重点头，重新展露笑脸，拉着他满校园合影拍照，要重温这四年来的生活轨迹。

第一次约会走过的梧桐大道，要拍。

一起坐过的小木椅，要拍。

经常光顾的奶茶店，要拍。

吵过架的小树林，还是要拍。

一路走一路拍，一卷胶卷眨眼间就用完了，游棠颇为遗憾地掏出手机，正要在花园里跟叶屿合个影，眼睛被一道闪光灯晃到。

她好奇转头望去，却是一对即将结婚的学长学姐，穿着婚纱特意返校，正在草坪上甜蜜地拍婚纱照。见她看得目不转睛，叶屿摇头一笑，拉着她走近了些。

这对学长学姐相视一笑，朝围观两人友好点头。游棠望着他们举手投足间流露的幸福，眼中露出浓浓羡慕，心里也被催生出一个大胆的想法，且愈演愈烈，终对身旁人脱口而出：“叶屿，我掐指一算，今天除了毕业证，还有一证适合到手！”

叶屿挑起眉：“结婚证？”

“我们果然心有灵犀！”一拍他的肩，游棠目光灼灼，“走不走？”

“走！”

任理智烧糊，疯狂大胆的两人意见达成一致，回家各自偷了户口本奔赴民政局。

登记拍照盖章，不多时便走完一系列程序，游棠捧着两个红本本，被正走到头顶的太阳晃得眼花，恍惚觉得一切犹在梦中。

“这就结束了？”她犹自呢喃。

“不然呢？放挂鞭炮庆祝一下？”看着她呆呆的样子，叶屿不由得轻笑。别说游棠，就连他都有些没回过神来，实在是这样的随心所欲，不是自己一贯的风格。

“放鞭炮就不用了，但吃顿大餐是必须要有的！”游棠摸摸空空如也的肚子。

“子砚前两天推荐了一家不错的店，不如我们去试试？”叶屿摸出手机查地址，另一只手就要拉着她步下台阶。

“等等！”游棠脚下不动，顾盼间钩住他脖子，以迅雷不及掩耳之势在他脸上“吧唧”亲了一口，“先盖个戳！”

亲完她扮出个鬼脸，笑靥如花先一步跑开，留下一串笑声围绕叶屿左右。叶屿摸摸那片柔软触感犹在的脸颊，迈开步子笑着跟上那个活泼身影。

走在前往餐厅的路上，游棠挽着叶屿在街边买了奶茶，整个人神采飞扬，只觉得连心情都被奶茶渲染成草莓味。她忍不住就想和他分享这份好心情。

叶屿侧首听她叽叽喳喳，不时含笑插上一句，然后在不经意的一个瞬间，把一个丝绒小盒子塞进了她手里。

游棠疑惑望着他笑而不语的模样，忽而想到什么，满怀期待打开，果不其然被一块熠熠光斑点亮了双眸。

“叶屿，叶屿！”她拈起这枚钻戒瞧了又瞧，仰起脸笑眯眯地问，“老实交代，你是不是想娶我很久了？居然戒指都早早准备好了！”

“是有一阵了。”叶屿轻咳一声故作淡定，殊不知脸上的薄红早就暴露了他。

“果然我的魅力已经无处安放了！”游棠一撩头发毫不客气地自夸，夸完才发现叶屿撇下她向前走了几步。

“叶屿，叶屿！”她“哎哎”呼唤着追上去，伸出左手在他眼前晃动，“你不替我戴上吗？”

“你今天怎么这么多话？”叶屿语露嫌弃，脸上却是难以掩饰的宠溺。握起游棠纤长的手，他轻轻把戒指套上去，短暂的动作带着郑重，就此许下了一生的承诺。

游棠抿抿唇，本想笑得含蓄些，可终究没忍住，嘴角一直扬起到灿烂的弧度，被爱包裹的她在这一刻，像个真正的小太阳一样光芒四射。

“叶屿，叶屿！”拽拽她的男孩的袖口，她声调软软再一次唤道。

“嘘！”被唤住的男孩含笑俯首，两片柔软的唇轻轻印上她的朱唇，下一秒，他们的唇齿间氤氲开草莓的香甜气息。

游棠蓦然睁大眼。

用目光描摹着这张熟悉的眉眼，她的微讶渐渐转为欢喜，她听到心底有个悄悄的声音。她说：

叶屿叶屿，我真的好喜欢你。

暮色四合，游棠牵着叶屿推开家门，喜滋滋地朝躺椅上的游爷爷喊道：“爷爷！我带你孙女婿回来吃饭啦！”

“爷爷！”叶屿跟着恭声喊道。

“臭丫头不知羞！”老爷子挪开眼前报纸，推着老花镜扫了玄关处两人一眼，“知道你喜欢叶家小子，可再喜欢也不能整天瞎喊啊！传出去像什么话！还有你叶小子，没事跟臭丫头胡闹什么？”

“没瞎喊。”游棠踢掉鞋子奔过来，举着两份红本本到他眼皮底下，“您看，中午刚出炉的，还热乎呢！”

老爷子被她手上折射的光晃了眼睛，第二眼才看清塞到自己眼下的是何物。这一看了不得了，血压噌噌飙升的老爷子眼风似刀，好似要把骗走了自家小白菜的坏小子戳个千疮百孔。

“你小子胆够肥啊！一声不吭就把我家宝贝拐走了？”

从这咆哮声就可以听出老爷子出离的愤怒。

游棠缩缩脖子挡在叶屿身前，有些心虚地弱弱开口：“爷爷，他没拐我，是我主动提出来的……”

“闭嘴！这没你事儿边上待着去！”老爷子挥手赶这碍眼丫头，觉得心肝脾肺肾一齐被气得发疼。

“怎么了？怎么了？老头子你怎么又训孩子？”在厨房煲汤的游奶奶闻声而来，母鸡似的把游棠和叶屿护在身后。

“你还护着他！”老爷子更气了，把证一把塞进老太太手里。

老太太就着窗边夕阳，一边看一边嘟囔：“这不是结婚证嘛……哟，这照片照得好，标致！看着还有点像咱家孩子……”

她下意识地回头望望，这才后知后觉发现，这标致照片上不就是自家孙女和隔壁小子吗！

“你们……”老太太把薄薄的两本证件翻来覆去地看，满脸不可置信。

老爷子在旁轻哼一声，等着老伴回过神来跟自己同仇敌忾。

只是他的想法注定要破灭了，因为这世上对女婿越看越喜的不只有丈母娘，还有奶奶——回过神来的老太太拉着叶屿看了又看，慈祥的脸上笑逐颜开，连声喊“好孩子”。

“奶奶你不生气吗？”游棠瞅着自家奶奶的笑脸，壮起胆子问。

“不气，不气！”老太太拍拍她的手，凑近她小声道，“比你奶奶我的眼光好！”

老爷子耳朵尖，一字不落听到，登时老泪纵横——这日子没法过了！宝贝孙女被拐跑，连老伴都叛变了！

他满心悲愤，拄着自己往日里装饰大于实用的拐，一路“咣咣”到隔壁叶家去讨说法。

近日国际局势平稳，游山便和关素请了假千里迢迢回来，常年驻守边境线的叶江也归了家。不到两日，双方家长欢聚……哦，不，汇聚一堂，给自家糟心孩子搞出的事扫尾。

虽叶、游两家只一墙之隔，可既然扯了证，再分住就不大合适。于是问题来了——游家舍不得放人，叶家又盼着想要。

一番你来我往，就婚后如何住的问题，直被双方上升到国际局势历史因素，听得陪坐末位的游棠一脸懵然昏昏欲睡。

见状，同样陪坐的叶屿一拉她，两人偷偷溜回房间联机打游戏。待家长们口干舌燥，准备指使两个孩子茶水伺候的时候，才发现哪里还有他们的踪影？

合着我们争来抢去着急上火的，你们反倒是悠闲了？

家长们顿时肝火上蹿，也不争不抢了，一致表示不想看见这对小冤家。被嫌弃的两人摸摸鼻子，在大院隔壁街上给自己安置了小窝，卷包袱麻溜滚蛋了。

甜甜蜜蜜出去旅游一圈回来，两人开始研究找工作的事。鉴于自己常关注去T国的事，而叶屿也格外应和的缘由，游棠觉得他们会选择哪里似乎是一件心照不宣的事，直到她把自己申请通过的志愿者任职书摆在他面前。

彼时叶屿正抱着本大部头在看，见状眯眼一瞄，目光像确定什么似的在“T国”两字上一转，声音平静优哉游哉地开口:“什么时候走？”

“下周。”游棠皱皱眉，有些不满他这样淡定，但很快又期待问道，“你的呢？拿来我看看。”

叶屿便从旁抽出几页纸递给她，顺带欣赏她一瞬目瞪口呆的模样。

“你怎么去了这里？”

游棠失声喊道，目光好似要把那“XX中心医院”烧个窟窿出来。这是S市本地的老牌医院，无数毕业生挤破头都想来的地方，好处多多自不必说。可问题是……

可问题是，这厮不是要跟自己去T国吗？面对泰然自若中带着一丝疑惑的叶屿，她无声泪奔了。

转眼到了要离开的日子，游棠对着空荡荡的屋子跺脚，气哼哼拎了行李去赶机，好巧不巧，旁边乘客是个酷肖叶屿的年轻男人。这让她的心更塞了，无精打采把自己窝进座位里。

听到她忧伤的叹息声，年轻男人转过身来，抬头笑问：“怎么大清早就在叹气？”

熟悉的声音眉眼，不正是叶屿？

见状，游棠哪里还有不明白的，当即张牙舞爪扑过去：“你骗我！”

“居然倒打一耙，真是个小没良心的丫头。”叶屿屈指点点她的眉心，“你也不动脑子想想，我为什么哪儿都不去，偏偏去了中心医院？”

“为什么？”她虚心请教。

“因为它年初刚刚成立了援外医疗队，去的正好是T国！”叶屿扶额，真想敲敲她自诩聪明机灵的小脑袋瓜。

游棠“噢”一声：“原来你对这个项目觊觎已久。”

“不，我只对你觊觎已久。”他一本正经地纠正她。

“你暴露了！”她捂嘴闷笑，笑声里揣着丝小得意，像是发现了叶屿的秘密，“你果然暗恋我很久！快说说，什么时候开始的？”

叶屿竟真的思忖起来，只是半晌后他摇摇头，表示自己也不清楚。

游棠不信，鼓起嘴巴让他老实交代。

“是真不清楚。”叶屿笑起来，揉一揉她微蓬的发顶，目光霎时悠远。小时他并不喜欢“未来”这个词，因为未来太多变难测，让人难以把握，可遇到她后，他开始憧憬——憧憬未来有她的朝朝暮暮。

或许这就是喜欢的开始吧？

失重感传来，飞机划过一道弧线，轰鸣着腾入天空，叶屿握住游棠的手，像是握住了新的未来。

何其有幸，茫茫人海得遇你，这样好的你。

Fan wai

番　外

月亮打着哈欠，伴着微凉的风徐徐从云中露出，懒懒地洒下一地细碎的光，又随手给沙漠换了银装；而沙漠欣然披起新衣，仿佛化身迤逦光带，与天上星河遥相呼应。

此时的它占尽鲜妍，却只能在静默中顾影自怜，直到那光影交叠的边缘多了两道剪影。

前面的姑娘纤瘦高挑，正撒着欢奔进沙海，单一个朦胧的身影就显出无限活力；缀在后面的挺拔男子则单手插兜，始终迈着不疾不徐的步子，对两人越扯越大的距离浑不在意。

五，四，三……

叶屿默默数着数，果然在他念到一的时候，已经跑到沙丘附近的游棠跑不动了，干脆利落扑倒在地“面朝黄沙背朝天”。

“来，翻个身。”

他在旁边坐下，施施然屈指一弹，弹得挺尸装咸鱼的某人“嗷”一声跳起来，捂着脑袋瓜泫然欲泣——一贯的干打雷不下雨，假到叶屿都没办法昧着良心捧场，当即撇开目光一脸不忍直视。

“下次能装得像一点吗？好歹尊重一下我这个观众？”他打商量。

“我哪里装了？明明就很疼好不好！”游棠凶巴巴瞪叶屿，一屁股坐下来把脑袋直凑到他眼前，“疼死我了！快帮我揉揉！”

见她做戏的成分远大于真实感受，叶屿便配合地伸手薅了两把：“怎么样，还疼吗？”

游棠一脸虚软使劲点头。

“现在呢？”叶屿又薅了两把。

游棠坚定不移继续点头。

“这可怎么办？”他无奈求教。

游棠咧嘴笑：“吹一吹就不疼了。”

闻言，叶屿眼睛眯起神色莫测，张口就往她近在咫尺的耳朵里轻轻吹去。始料未及之下，游棠被他偷袭个正着，当即冒起一身鸡皮疙瘩，整个人又酥又麻僵掉。

“你！”眼看叶屿很有再吹一口的架势，她也顾不上造作了，捂着耳朵就要开溜。

“我怎么了？”叶屿挑眉戏谑而笑，声音却一派无辜正经，“不是你说要吹的吗？”

理亏在先的游棠一阵语塞，她刚才有多得意，现在就有多憋屈。瞧着她精彩纷呈的脸色，叶屿忍俊不禁：“过来。”

“干什么？”游棠警惕道。

“不是你说要看流星？时间快到了，快点过来坐好。”他扫一眼手表，拍拍身旁沙地。

游棠望望天，将信将疑挪过去，不想刚坐下就被扑倒。

“骗子！”她愤怒尖叫。

“不这样说怎么抓得到你？”叶屿半靠在她身上，弯起手肘撑住头，偏过来的视线里满是狡猾，“再说了，我也不算是骗你，时间确实要到了……”

老天爷仿佛格外给他面子，只见话音刚落，就有一团耀眼的光划过天幕，拖曳着绚丽的尾巴。无数流星紧随其后，沿着它的轨迹奔跑追逐。

游棠的目光越过叶屿的肩，把这场璀璨景象尽收眼底，半张着嘴不由得看走了神儿。叶屿瞅着她呆呆愣愣的模样，一声轻笑后俯下身，温柔地吻上她的唇。

游棠骤然回神，大睁的眼和叶屿对个正着。好似所有声音都从这一刻开始抽离，他们望着投映在彼此眼中的星河，只觉天地寂静远去，唯有拥吻的对方真实而鲜活。

“阿嚏！”

这一刻气氛正好，游棠的鼻腔却传来一阵痒意。她暗道不妙，可只来得及把脸扭向一旁，下一秒一个喷嚏就迫不及待冲出来向整个世界热情地打招呼。

“……”

气氛什么的，都散了吧。

论拆台能力，她只服自己。

游棠一骨碌爬起来，背对着叶屿揉鼻子，懊恼得无以复加。叶屿屈起一条腿坐起，搭着手臂想象她此时应会皱成一团的包子脸，不由得闷笑出声。

游棠被他笑得脸上一热。

被夜色包裹的沙漠带着沁凉的气息，她摸摸自己裸露在空气中的小臂，觉得脸丢都丢了，索性清清嗓子厚着脸皮问道："叶屿，你冷不冷？"

"嗯？"叶屿鼻中钻出个不解的单音节，想着许是游棠冷，抬手便要脱了外套给她。

"算了算了，我直接点好了……"游棠一把按住他的手，小声嘟囔一句后干脆道，"来，说你冷。"

"我冷？"叶屿茫然重复。

"不要用疑问句，用陈述句。"

"我冷。"他依言配合，带着一头雾水忍不住发问，"为什么？"

"因为你冷的话，我就可以理所当然地用拥抱来温暖你啦！"游棠返身扑进叶屿怀里，头歪在他肩上把他抱紧，笑得甜蜜又得意，"怎么样，是不是一点也不冷了？"

"能把占便宜说得如此理直气壮的也只有你了。"叶屿忍不住垂眼一笑，也紧紧抱住她。

漫天星斗无声闪烁着，从相识的那一刻流转而来，照亮他们互相依偎的身影，又投往无限可能的未来。

但无论哪一种可能，他们都不会缺席对方的余生。

头一次来T国的那两年，游棠没事就喜欢往沙漠里钻，尤其爱在夜里躺在沙丘上看星星。时隔几年，这习惯没改不说，还带得叶屿也跟她一样起来。

“总觉得这儿的星星触手可及。”

游棠遥望苍穹，情不自禁伸出手，星子在她拢起的指缝间若隐若现，仿佛真被掬了满捧一般。这两年国内雾霾污染严重，她已经很久没看到星空了。

“那时我不知道你在哪里，所以每每想你了，我就会跑来看星星……我安慰自己，它们在天上看着你，那我就看它们，也算是我看到了你。”她歪头璀然一笑，“是不是很傻？要是人能不睡觉的话，我能每天看个通宵。”

“傻不傻我不知道，但我知道你八成一边看一边骂我。”叶屿摸摸她的头慢吞吞道。

“骂你什么？”游棠声音小了点，有些心虚地缩缩脖子。

“‘薄情寡义，冷漠狠心’之类的吧？总之不是什么好词。”叶屿似笑非笑，投过来的目光意味深长。

“那不是一时气不过嘛！”拽拽他的袖子，游棠面上浮出无辜之色，举起拳头发誓，“就腹诽了两次……哦不，最多五次！”

“到底几次我又无从得知，还不是任由你随便说？”

游棠顿时语塞。

她该怎样证明自己的“清白”？

要是知道坦白从宽会换来这样的后续，她还不如来个死不认账呢！

悄悄吐槽两句，游棠扬起甜到齁人的笑，扯着话头直往外拐：“那什么，这种陈芝麻烂谷子就别提了哈，咱们来说点愉快的？”

叶屿瞥她一眼不说话。

为博他一笑，游棠真是绞尽了脑汁，直到目光不经意间从被月光映得银白似雪的沙上略过，她双掌一拍兴奋起来。

有了！

“哎！你还记得给我读过的故事吗？”

叶屿一愣，不解她的思维怎么突然发散到这里。游棠见他愣神，却以为他是没想起来，登时有些急了：“就是我刚回大院那年冬天……”

“我知道。”叶屿出声打断，敲敲她的脑袋安抚道，“我都记得。”

“那你怎么不回答？”游棠嘟囔一声，抬头望来的眼睛亮晶晶的，渐与他心头浮上的一张稚嫩面孔重合。

游棠回大院常住的那年冬天，S市的寒风赶着年末的尾巴，捎来了一场大雪。

恰逢周末，游棠一夜好梦醒来，就被一片白茫茫的天地震撼到了——从未见过这么多雪的她欢呼一声，连脸都顾不上洗，踩着拖鞋就往外冲，急得游奶奶追在后面边喊“小冤家”边把大棉袄往她身上裹。

独自撒了许久的欢，她想起了小伙伴叶屿的存在，于是用嘹亮的嗓门刷了一波存在感。

刚吃完早餐回到房间，叶屿就被游棠招魂似的呼喊方式闹得心头一梗。拧眉拉开窗帘，瞅着斜下方一身黄外套被雪衬得格外显眼的“小黄人”，还不等他的反射神经做出反应，一个稀烂的雪团就先一步上了脸……前的窗玻璃。

“出来一起玩啊！”作案人员愉快地向他发出邀（挑）请（衅）。

“……”

心情并不怎么愉快的叶屿和被雪沫子糊了满扇的窗齐齐沉默了。三秒后，他一捋袖子扭头就走，杀气腾腾迈出家门踏上雪地。

一场谁都没占到便宜的鏖战过后，两人沾着一身碎雪各回各家，叶屿黑沉着一张小脸，边走边抹融化在眉梢上的水珠，觉得自己真是脑袋抽了才会陪游棠一起疯。

觉得需要一个人静静的某人暗自下了“暂时不要和游棠接触”的决定，然后——“小屿啊，来！你一个人是不是很孤单？奶奶带你去隔壁找游家小姑娘玩。”

来看孙子的叶奶奶如是说。

就这样，不到十分钟，每一个细胞都散发着抗拒的叶屿被迫又和游棠见面了。

“阿嚏！”

游小姑娘打着喷嚏欢迎他，哆哆嗦嗦向他挥挥手，又忙不迭把自己塞进毯子里。

穿得像个粽子似的玩雪也能感冒，叶屿对她也是佩服得很。

两家老人在喝茶聊天嗑瓜子，他被强行发配来和游棠玩。

“说吧，你想玩什么？”他抱臂立在一旁，把难题抛还给罪魁祸首。

“你能给我讲故事听吗？”游棠小声问道，带着不易察觉的期盼，“以前生病了爸爸妈妈都会给我讲的。”

眼前的小姑娘抱着毯子缩成一团，脸上是生病引起的苍白。没了平日里四射的活力，她就像个易碎的瓷娃娃，看起来好不可怜。

“好。”一个字脱口而出，叶屿鬼使神差答应下来。他拍拍游棠的头，举步走到书桌前，信手拾起本被看了一半的书，徐徐念起小王子和玫瑰花的故事。

那声音平稳清淡，带着让人心安的力量，衔接起游棠从总角之龄至桃李年华的漫长时光。

“叶屿，我常常觉得自己就像是那朵玫瑰花，被你包容着任性和坏脾气。”思之所至，游棠有感而发。

“你才不是。”叶屿含笑摇头。

“你是我的整个星球。”